U0693877

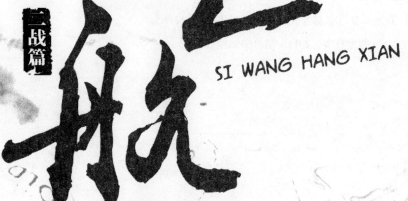

死亡航线

二战篇

SI WANG HANG XIAN

金万藏 作品

重庆出版集团 重庆出版社

图书在版编目（CIP）数据

死亡航线 / 金万藏 著. —重庆：重庆出版社，2011.12
ISBN 978-7-229-04633-0

Ⅰ.①死… Ⅱ.①金… Ⅲ.①长篇小说—中国—当代 Ⅳ.①I247.5

中国版本图书馆CIP数据核字（2011）第216956号

死亡航线
SIWANG HANGXIAN

金万藏　著

出 版 人：罗小卫
策　　划：华章同人
特约策划：田　力
责任编辑：舒晓云
责任印制：杨　宁
封面设计：八牛设计

重庆出版集团
重庆出版社　出版
（重庆长江二路205号）

三河九洲财鑫印刷有限公司　印刷
重庆出版集团图书发行公司　发行
邮购电话：010-85869375/76/77转810
E-mail：bjhztr@vip.163.com
全国新华书店经销

开本：787mm×1092mm　1/16　印张：17.25　字数：216千
2012年3月第1版　2012年3月第1次印刷
定价：28.00元

如有印装质量问题，请致电023-68706683

版权所有，侵权必究

发生在二战驼峰航线的诡异事件

目　录

发生在二战驼峰航线的诡异事件

引子

二战里的秘密数之不尽，我有幸知道一个神秘的故事，而这要从我在新疆发现了一个被掩埋的二战保险柜说起。

2002年10月，一个名为《历史的记忆》的图片展在美国举行，当时展出了大量的历史图片和实物，再现"开凿滇缅路"、"飞虎队"、"驼峰航线"、"轰炸东京"等重大历史事件。那次活动由中央级别的部门主办，还有美国一些官方机构协助。

我的名字叫黄千山，在活动中充当一名英文翻译，此外还搜集和整理重要的资料。在活动举行的五个月前，我和来自美国的一位朋友在云南昆明搜集资料，然后把资料的英文翻译说明做好。有一天，从新疆传来一个很特别的消息，次日我就和那位朋友马上飞到了新疆。为什么我们会那么着急，是因为在新疆的森林里发现了二战的飞机残骸，而驼峰航线与新疆相距数千里，这是一个很不寻常的发现。

驼峰航线的诞生是在一个特殊的历史时期。1937年的七七事变后，日本几乎切断了中国所有与外界的联系，抗日战争也不见捷报。1942年日本攻向缅甸，切断了滇缅公路，那是当时中国抗日战争里最重要，且唯一的国际战略补给路线。自此，中国可以说是陷入了绝境。

兵马未动，粮草先行，国际补给非常重要。国际上有意援助中国，可那时候他们进不来，我们也出不去，战略物资出、入口都是大难题。既然海陆都行不通了，中美等国政府便联合起来，共同开辟了赫赫有名的驼峰航线。

这条航线特别危险，所经之处被美国人称为"上帝的遗弃之地"。驼峰航线西起印度，向东横跨喜马拉雅山脉；然后进入中国云南和四川等地。那一带的山峰绵延起伏，犹如骆驼的峰，故而得名"驼峰航线"。

当得知有一架二战美机坠落在新疆时，我就觉得很吃惊，这和以前搜集到的历史资料大相径庭。到底是什么力量把那架飞机卷到新疆去了，是空中神秘的气流吗？这绝无可能。要知道新疆离驼峰航线非常远，中间还隔着一个辽阔的青海省，怎么也卷不到新疆。

和我同行的美国朋友叫琳达，她为中美航空遗产基金会工作。琳达的祖父是老飞行员，曾参与了驼峰航线的运输任务。当年，琳达祖父的飞机坠毁在云南杉阳，他跳伞时腿折断了，幸而得到当地农民的救护才得以生还。琳达的祖父仍健在，她从小听那些故事长大，对中国有浓厚的兴趣和向往。她为那次图片展的活动提供了很多帮助。

为了不耽误中美的纪念活动，各地政府都给我们提供了很大的便利。我们赶到新疆时，看到飞机残骸是在那拉提山下的云杉森林里。云杉森林层叠紧密，每一棵树都像准备冲天的火箭，壮阔异常。飞机残骸是一位护林工人发现的，可能由于多次雪水冲击，那架残骸满布污泥，有一半已经被掩埋在地下了。护林工人还说，飞机残骸也可能原先被埋在地上，经历数十年雨水冲刷才慢慢露出地面，因为新中国成立以前，这里发生过数次山洪，也许残骸在那时被埋起来了。

那架飞机残骸的型号是C-54，是当时性能最好的军用运输机，属于远程货运飞机，最远能飞6000多公里。那种飞机在二战时产自美国，最多只有1000多架，能分到中国的寥寥无几。因此，我和琳达看见此情此景，心潮澎湃，这无疑是历史上的一个离奇发现。

为什么驼峰航线的飞机会坠毁在遥远的新疆森林里，当时这里到底发生了什么事？

对于残骸的发现，来自中美航空遗产基金会的琳达是有权处理的。中国向来是礼仪之邦，因此没有为难琳达，还下了指示要我从旁提供帮助。其实，我也很想知道这架飞机的来历。现在没有史料证明它为什么出现在新疆的森林里，只有把它挖出来研究，才能揭开谜底。

那天下午，我和琳达不顾疲倦，加班加点地清理残骸里的物品。因为飞机残骸很大，不适合马上移动，所以我们的清点工作都是在森林深处完成的。当地的工作人员热心地为我们支了帐篷，让我们休息，可那时候怎么能休息呢，我们的身心全扑到那架残骸上去了。

我举起相机给每一处先拍照，可发现穿孔的机舱内有一个被污泥包裹的柜形物体，于是问："琳达，你去看看那是什么？"

琳达是个中国通，中文难不倒她，有的中国人还不如她普通话说得地道。当琳达听到我的话，她马上走进舱内，本想把那东西拖出来，可那东西根本拖不动。我放下照相机，跟琳达一起剥掉那东西上的污泥，激动地等待真相的到来。数分钟过去后，污泥被剥得差不多了，而摆在我们眼前的东西竟是一个二战时期的保险柜。

"保险柜里会有什么东西？"

这是我们每一个人迫切想知道的答案，琳达也很激动，甚至马上打电话给远隔重洋的祖父。琳达祖父听到这个发现，比我们更吃惊，因为他从未听说有哪次任务要飞到新疆那边。当时的驼峰航线一边是印度，一边是云南，物资集中在印度，然后飞过驼峰航线，运进中国，没有必要飞去新疆。即便迷航了，飞到一半也该发现不对，肯定要调头的，不可能错飞那么远。

我们每一个人都想知道保险柜里有什么东西，可又担心是机密，万一看到不该看的东西怎么办？我一个做翻译的，虽然见过一些大人物，但也不能随便惹乱子。琳达不像我那般犹豫，她觉得既然发现了就有权查看，何况那是他们国家的东西。所幸那个在美国举行的活动临近了，活动的主办方来头很大，谁敢阻拦呢？飞机几十年前坠毁，到现在都没人来挖残骸，恐怕知道此事的人已经不在人世了。

于是，我们做了一个决定——打开保险柜！

保险柜有厚实的金属层保护，坠毁时都没有受到破坏。现今技术要开启保险柜并不困难，但要不破坏里面的东西，那就要小心处理。可惜，懂得开保险柜的人在新疆很难找，一连找了几个自称锁王的人都没有把保险柜打开。保险柜除了需要一组密码，还需要一把钥匙，我们全都没有。过了一天，保险柜不仅没打开，消息反倒流传出去了。更让我们没有想到的是，第二天中午有一位老人竟来到那拉提山的云杉森林里，告诉我们他就是当时在飞机里的一员。

琳达曾被人骗过几次，所以警觉地问我："黄千山，这老人不会在说谎吧？"

我自然不信了，当即就说："大爷，你别添乱，这里不是你来的地方，快回家吃饭吧。"

有一位工作人员认识那位老人，于是站出来说："刘大爷，这两个人你得罪不起，快走吧！"

老人见我们不信，随口报道："飞机的编号是107286，那是美国陆军空运总队运输机的一个编号，里面还有一个保险柜，对不对？"

关于保险柜的发现，早就被护林工人讲出去了，这并不稀奇。不过，我和琳达清理出飞机残骸上的编号时，只记录在工作本上，旁边围观的人根本不懂那是什么，没人会去记那些数字。我不大相信这位老人，如果他当年是机组人员，为什么坠机后没有回到昆明，却一直住在森林外面？

琳达看老人挺诚实的，放下警惕道："刘大爷，那你能告诉我们，保险柜的密码是多少吗？钥匙你带了吗？"

老人摆手不干："那柜子不能开！"

"为什么？"我问，"该不会你不知道密码，也没钥匙吧！"

老人生气道："年轻人，你爷爷我打鬼子时，你还不知道在哪吃屎呢。我告诉你，飞机里还有一个女人，她身上有把枪，里面还有一发子弹！去看看吧，我到底骗没骗人！"

老人是想说残骸里有具女尸，她身上有把枪，枪里还有一发子弹。这事连我和琳达都不知道，因为飞机还未清理完毕。为了确定老人有没有耍把戏，我和琳达马上走进机舱，忙活了十多分钟，竟真的在舱内的一大团黑土里扒出一具发臭的白骨。我们也不知道那是不是女人的白骨，反正琳达摸了尸骸上的衣服，的确找到了一把枪，枪里确实还剩一发子弹。

这证明老人没有说谎，如果是撞大运，那也太巧了。这是我和琳达始料未及的事情，谁也没有想到，森林外竟住了一个当年活下来的飞行员。那架飞机来历神秘，也许是上天眷顾那些被埋在驼峰航线上的英雄们，所以留下一个活的答案给世人。

当地的工作人员明白后，马上请老人坐下，如待上宾一般。据当地工作人员的介绍，那位老人叫刘安静，现在近百岁了，新中国成立前一直和牧民住在一起。至于什么时候开始住在那拉提山外面的牧民区里，当地工作人员回答不出来，户籍资料也很不清楚。

我和琳达马上给老人递水，请他告诉我们保险柜的密码，可他却怎么都不肯说。我以为他要诈钱，可老人却鄙夷地瞪了我一眼。琳达见老人不肯说，于是循循善诱，慢慢地问一些关于飞机来历的话，为什么他们当年会飞到新疆，又为什么这么多年来对这事只字不提。

老人眼神沧桑地望着残骸，老泪纵横，如果是骗子的话，这演技也太出神入化了。当老人知道琳达的祖父也是以前的一名飞行员时，他终于松了口，慢慢地讲述了他那传奇的经历——

我叫刘安静，1923年开始在南昌航空教导队学习，国父孙中山现身致辞，他的那段话让我终生难忘。时隔多年，我不记得全文了，只记得孙中山先生多次提到"航空救国"这四个字。当年一起参加空军的同志，多半都是因为孙中山先生的那段致辞，我无疑也是如此。

抗战爆发时，中国空军只有305架老式飞机，全是洋货，有的还说不定飞着飞着就自己掉下来了。中日开战后，日本人已经用单翼、时速超过300公里的"零式"战斗机了，而中国空军还用每边两个机翼的"霍克Ⅲ"，实力悬殊是显而易见的。

驼峰航线主要由中美组成，苏联当时要应付德国的攻击，加上他们和日本关系缓和了，早已撤走了支援中国的空中力量。1942年，招募飞行员时中美都很保密，唯恐被日本窃取了机密，取得先机。我那时已经退役了，知悉中美合作的这个计划，于是热血沸腾就报名参加了。

那条航线经过多次摸索，死伤无数才确定下来。航线途经高山雪峰、峡谷冰川和热带丛林、寒带原始森林以及日军占领区。再加上这一地区气候恶劣，强气流、低气压和冰雹、霜冻，飞机在飞行中随时面临坠毁和撞山的危险。

我们也想选容易飞越的航线，可是日本人在四处阻截，没有别的选择。尽管如此，那条航线仍每天都会坠机，有些人第一次飞就一去不回，不知生死了。

抗日战争初期，中国方面节节失利，日军经常以少胜多，这是为什么？都是人，日本人又不比中国人壮，差在哪里，不就差在补给和装备跟不上嘛。这时候，驼峰航线就更加重要了，日军也在附近建立了空军基地，用"零式机"阻截。由于日军强烈阻击，中美方面的飞机都损失惨

重，因此迫不得已把货运航班全部改为夜间飞行。

夜间飞行是什么概念？

谁都明白，这分明在找死。白天飞越还可以参照地形，夜间飞行就等于无头苍蝇乱飞。更甚，夜间天气恶劣，中国从美国那边得来的飞机又落后，很容易就机毁人亡了。这是逼于无奈的做法，在那样的条件下，日本的"零式机"是出不来的，飞行员最大的敌人就是夜晚和恶劣的天气了。磁罗盘、无线电定向机、无线电台也都有昼夜效应，越到晚上故障越多，有时候还会全部失灵。

"驼峰航线"时期，我的战友死了好多个，都快记不住有谁了。幸运女神似乎一直照顾我，每次都能顺利完成飞行运输任务，可就在有一晚，一切都发生了改变。

01. 黑云之光

1943年夏天的一个晚上，我刚从青岛回到昆明，调度室飞行任务单就下来了，要机组赶在两小时内到达机场。

我已经一个月没飞过了，因为三个月前，我的一个女战友在驼峰航线上失踪了。女战友叫杨宁，是青岛人，也是少数女飞行员之一。三个月前，杨宁和其他几架飞机一起从印度汀江出发，结果一直没飞到昆明。这事并不稀奇，好多战友都是这样的情况，飞着飞着忽然就没了，怪就怪驼峰航线上的天气太古怪了。

杨宁曾和我一起去美国受训，关系比较亲近，她很早就拜托我，如果她出事了，那就请我替她回去跟她家人说明情况，并把她攒下的钱都带过去。三个月后，一直没有任何音信，我这才腾出时间去了一趟青岛，把杨宁嘱咐的事情办好。虽然路上差点死在日本人的刀下，但好歹把战友的遗愿完成了，也算是值得的。

那晚，我一回来就接到了任务单，领完氧气面罩等物，以及履行了必要的手续后，被告知要去印度运一批货物。可能说出来都没人信，当晚同行的有一个是新人，根本没学过跳伞。我以前也是如此，因为他们根本没有时间，都是边飞边摔，先上去然后再学。

我是出了名的幸运儿，那时还安慰新人，不会也不要紧，没事的。可是，那晚日本的"零式机"竟然罕见地出动了，而且一来就是三架。我们吓得一身冷汗，这是头一回在晚上遇到"零式机"，不知道为什么日本人冒着黑夜，在几千米的高空上拼命地追击我们的C-47运输机。

更让人意外的是，C-47运输机上也发生了一件恐怖的事情，我也似乎听到了死神的召唤声。

我那晚的飞行任务是从昆明到印度的汀江，然后去加尔各答把物资运输回来。包括我在内，同行的飞机有14架，2架是美军的，12架是中国航空公司的。

我驾驶的那架C-47运输机并不算最先进的，它是由DC-3客机改装的，最高只能飞到8000米左右。喜马拉雅山几乎都是5000米以上的海拔，C-47很多时候都飞不到5000米。

那次飞行中，我那架飞机上有五个人，分别为机长、副驾驶、报务员，还有两个额外的副驾驶。因为加尔各答那边出了点事，有两个副驾驶死了，所以才从这边调派两个过去，把那边的物资运到中国境内。

机长是美国人，叫格雷，他和另外三个中国人是头一回见面，而另外三个中国人彼此间也不熟悉。另外两个副驾驶，一个叫张一城，挂了副张飞脸；另外一个叫胡亮，人长得特别英俊，以前是开客机的，和他飞过的空姐，都特别喜欢他。三个副驾驶里，只有我最幸运，除了一些小惊险，基本没遇到过大麻烦。不像张一城和胡亮，每次飞出去，都是抱着回不来的心态。

报务员叫韩小强，个子不高，虽然才30多岁，但已经有秃顶的迹象了。韩小强原来是地面报务员，这次人手不够，他就硬头皮上了。他飞的次数不到两次，根本不会跳伞，起飞前还仔细地问我，跳伞到底怎么跳。

飞机上的报务员非常重要，飞机起飞后，韩小强要把电台频率调到其

高频第四频道，整个飞越驼峰航线的过程中，他都要职守此频道，只要有敌机出现，就要通知其他飞机改线或者躲避。那晚，飞机起飞后，韩小强每隔几分钟就到后舱张望，以确定是不是有日本的"零式机"杀出来了。

我们为什么这么怕"零式机"，这里就要引用一个资料了，方便让大家体会当时的恐惧感。

"零式机"是第二次世界大战时太平洋战争中日本海军的主力战斗机，生产年1939年是日本纪年2600年，因此被称为"零式"战斗机，正式名称是"零式舰上战斗机"，简称零战。在战争前期日本国民并不知道飞机正式名称，报纸、广播等在发表战果时，只宣称"海军新锐战斗机"。美军在1942年6月捕获的"零式机"上，见其机身腋下有"零"字样，零在英语里是zero，于是美国方面就称其为"zero"。

在战争初期，"零式机"以出色的爬升率、转弯半径小、速度快、航程远等特点压倒美军战斗机。但到战争中期，美军使用新型战斗机并捕获"零式机"后，其被研究出弱点，慢慢"零式机"优势就没了，到了战争后期，成为神风敢死队的自杀爆炸攻击主要机种。

那晚，14架飞机飞离昆明后，还未到雪山那边，我所在的C-47就落在了后面，另外13架飞机早就飞远了。韩小强还能用电台与同行的飞机联系，眼看距离越拉越远，他就问我到底怎么了，为什么一样的飞机我们慢了许多。我也觉得奇怪，这晚的天气不算差，怎么就落后了？我英文一般，胡亮和张一城的英文就好一些，所以我朝胡亮使了个眼色，叫他问一问格雷在搞什么名堂。

就在这时，一道黑影袭过，格雷惊叫："Zero！"

天空上一道巨大的黑影闪过摇摆的C-47，我们五个人都慌了，要是遇到"零式机"，那就惨了。C-47是用客机改装的，根本没有战斗能力，遇到了敌机就只有逃命的份儿。不是我们不行，而是飞机不行，谁也不愿意那么窝囊地跑。

可是，那道黑影闪过后就消失在夜空里了，不像是"零式机"的作风。夜间飞行很危险，"零式机"极少在这时候出来。何况我们现在是空机，又没有运送重要物资，舱内只有几个空油桶，没必要这么死追。韩小强很肯定那不是"零式机"，他负责报务，怎么可能出现疏漏而没有提前发现？这一回，没人再把心思放在飞机速度慢的问题上，胡亮忙叫韩小强到后舱去看一看情况，我们就在前面看那道黑影还会不会返回。

张一城不放心，觉得韩小强在偷懒，于是就跟他到后舱去看看是不是有日本的飞机追出来了。可这一看，不仅韩小强觉得奇怪，就连张一城也纳闷，后面追过来的东西怎么这么奇怪？

飞机后面有一团黑云，云里有道金红色的光，在后舱里看得不真切。那团黑云紧跟在后面，过一会儿又加快了速度，一下子超越了我们的C-47运输机，冲向了漫无边际的黑色天空。韩小强愣在后舱，说这才飞第三次，怎么就看见了邪门的东西。张一城不信鬼神，和韩小强不同，他一看见就认为自己产生了幻觉。

要知道，20世纪40年代活塞式螺旋桨飞机，机舱、客货舱都不密封，只要飞机爬到10000英尺，机组人员就要立即戴上氧气面罩吸氧，而此时正是报务员急于和地面、导航、友机联络之时。因此，报务员戴着氧气面罩拍发、接收电报非常不方便，常常索性摘掉。就因为如此，飞机上的报务员容易出现高空缺氧，大部分人才会过早地出现秃顶的迹象，就如韩小强那样。

张一城怕韩小强飞的次数少，没能及时适应，出现高空缺氧而意识模糊，这才跟到后舱一起看情况。张一城飞的次数多，觉得自己比韩小强本事高，不会头晕眼花。这次张一城看见了异象，被吓了一大跳，但又不好意思问韩小强是不是也看见了。以张一城丰富的经验来看，这种怪事绝无

仅有，从未听队友说过驼峰航线上有发光的怪云，而且飞得比飞机快。

我在前面坐着，通过挡风玻璃看见内部有金红光芒的黑云，觉得不可思议，恨不得叫格雷快点飞，追上去瞧个究竟。只有胡亮不好奇，反叫格雷开慢点，别去追那种来历不明的东西。

谁知道，飞机忽然强烈震动，五个人都觉得身体要散架了。这时候，格雷脸色大变，隔着氧气面罩都能听到他在叫："Oh my God！This is impossible！"

飞机进入了一团浓黑的云里，我瞥了罗盘一眼，高度已不到5000米了。如果飞机出现任何偏离航线的情况，并遭遇强劲气流，那很可能会撞到山体。说来奇怪，强劲的气流没遇到，就是飞机无论如何都无法提高了，还产生了颤动。

当飞机的高度跌破4000米后，我才明白格雷为什么反应这么大，因为机体出现结冰的状况了。凡是飞过那条航线的同志都知道，狂风暴雨不怕，就怕结冰了。只要一结冰，整个机身气动布局就跟着改变，机翼的升力减小，机身重量加大，飞机已近于难以操纵之阶段，再往下发展，就跟一块石头似的，很快就会掉下去！

格雷启动了除冰机，可起不了作用，飞机还是继续往下掉。这样下去还得了？我心想可能要完蛋了，但又不想跳伞。毕竟，我们要去运物资回来，多少兵民在等待那些宝贵的东西，不能这么快放弃飞机，这些飞机不是用来给我们坠着玩的。再说了，在驼峰航线上，历史记载的"中航"跳伞生还者才有两个人，一跳就必死无疑。

飞机还在往下掉，格雷都想要放弃了，我也动摇了。韩小强就在这时忽然喊了一句，我听不懂那是什么话，大概是方言吧。可我又想，不对，韩小强不是黑龙江人嘛，他们的方言不就和官话差不多？再回头看一眼韩小强，我忽然心生怀疑，一般飞得久了的报务员才会秃顶，韩小强才飞三次，怎么这么快秃顶了？

不容我多想，飞机上的电铃响起，红色信号灯也亮了，原来我们已经冲出了云团，飞机又开始回升了。等韩小强又回去联系友机时，胡亮就凑上前，在后面问我有没有发现问题。我不明所以，反问出什么问题了，难道飞机着火了？

"刘安静，你熟悉韩小强这个人吗？"胡亮摘下了氧气面罩，很小声地问。

我听不清楚，胡亮又说得很小声，一来二往，好不容易才弄明白。我摇头，表示不清楚，别说韩小强，就连你胡亮也不熟。飞机上的五个人，本来就各自陌生，不了解是很正常的。可是，胡亮却对我说，刚才韩小强情急之下喊出的话是一句日语——

ちょっと待て！

胡亮说这话时，一直提防韩小强，也不让张一城听到。格雷是注意到了，可他又不懂中文，没准以为我们在聊天。胡亮告诉我，那句日语是"等一下"的意思，韩小强估计是叫机长别放弃，飞机又冲出云团了。刚才情况紧急，韩小强不可能那么幽默，搞一句标准的日语出来，何况在那个敏感时期，说日语并不光荣，弄不好还被误认为是特务。

我不愿意怀疑战友，毕竟我们这些人都是千挑万选的，特务不会这么容易混进来。胡亮的日语是从空姐那边学来的，只懂点皮毛，也许韩小强也认识个把会日语的空姐呢？可我也明白，有时候一个人情急下会说出母语，莫非韩小强是个日本人？这还不算奇怪的，我心想，可能只有我一个人注意到，韩小强的秃顶来得太快，不可能才飞了三次。

格雷又大喊了一声，骂了句英文粗话，四个中国人听见了就耸了耸肩膀。这时，我感觉到机舱冷了很多，看了看温度表，结冰还在加剧。

飞机上的挡风玻璃已经白化了，我打开挡风玻璃上的酒精喷雾器，想靠酒精的挥发把冰面限制在最小范围。喷雾器工作正常，酒精均匀地成雾状涂抹在前挡风玻璃上，在夜里能明显看得到，除冰效果并不是很好，浓雾实在太大了。格雷想冲出这道冰雾，奈何冰雾范围大，刚冲出云团，又被另一团云包住了。我头一回遇到这种问题，手心都出汗了，倒是胡亮最冷静。我见状就想问，你小子得意什么？就你见的世面多。

现在我最怕听到"噼啪"声，这是冰块从螺旋桨上脱落，然后打在机身上的声音。这样下去，飞机还没坠毁，冰块就先把机身砸穿了。此时，机身上的冰层越来越厚，机舱内的温度继续降低，连舷窗内侧都结满了一层冰霜。

气温依旧继续下降，机舱内供暖系统停止工作，温度计指针已经越过了最低刻度，我估计应该是在零下30℃左右。在这个高度和温度中，本迪克思无线电罗盘完全失灵，已经不让人信任。担心被冰冻结住，从结冰开始，后座的报务员韩小强就一直不停地转动裸露在机身外的德律风根定向仪。从定向仪上判定，飞机还处在航线上，但具体是什么地方，五个人都无法回答。

我尽量安慰自己，幸而有一点可以放心，在这种鬼天气下，日本人肯定不会出来。可是，韩小强这时却忽然喊出声："糟了，日本人的'零式机'在我们后面，总共有三架！"

02. 不可能到达的高度

　　我惊得冷汗直冒，"零式机"居然追出来了，这出乎所有人的意料。身为报务员的韩小强着急地通知友机，可是一架飞机都联系不上了，从刚才开始也跟地面导航站失去了联络。这并不奇怪，飞机上的仪器因结冰失灵，只要越过冰雾，还是有机会与友机和地面导航站取得联系的。

　　韩小强急得手忙脚乱，眼看"零式机"越来越近，C-47随时都会被它们击落。格雷刚才因天气而苦恼，发现日机追在后面，顿时又来了脾气，硬要周旋下去。我知道在这样的范围内，"零式机"能轻而易举地拿下我们，何况三打一，我们没有胜算。我回头看看胡亮和张一城，他们正恼火，为什么没有把炸弹带到飞机上。

　　这里要解释一下我们不能带武器的原因，除了C-47不是轰炸机，还有就是在返航时要运输物资。大家都知道，飞越"驼峰航线"不容易，凡是能装东西的地方都会被塞满，哪里还容得下炸弹。再说了，炸弹如果没准备到一定的基数，光凭几颗炸弹起不了作用。而且飞机在挂架和弹舱里带炸弹，降落时很危险，极易发生爆炸。到时候别说击没击落敌机，自己反会被炸成碎片。

　　张一城脱掉氧气面罩，大骂："他妈的，别跑了，我们回头撞他们，

死也要干掉一架日本鬼子的飞机！"

胡亮见状制止，把氧气面罩塞回张一城手里，做了个镇定的手势。情况紧急，没人能支援我们，张一城不愿意死得窝囊，硬把氧气面罩又扔掉。韩小强一直在呼叫友机，时间一长，他的脸就变成了酱紫色。我回头看了一眼，尽管舱内不明亮，还是发现了韩小强的问题，于是摘下面罩叫胡亮去提醒韩小强吸氧气。

一时间，张一城暴怒着要撞"零式机"，胡亮大声叫韩小强吸氧，格雷高念英文，C-47里像开舞会一样吵。我无可奈何地望着这情形，想要叫大家安静一点儿，敌机就在我们屁股后面呢。可话还没说出口，"零式机"已悄然而至，有一架已与我们的C-47平行了。黑夜里，我隔着结冰的挡风玻璃，惊恐地望着外面的"零式机"，以为另外两架要在后面开火了。

不过接下来发生的事，却让我们大感困惑，C-47内的吵闹声也戛然而止。

与C-47平行的"零式机"根本没停留，我刚望过去，它已经飞到前面去了。后面的两架"零式机"也冲上来，呼啸而去，完全不理会我们这架可怜的C-47。对于这情况，我们都傻眼了，想不通日本鬼子为什么肯放过嘴里的鸭子。奈何他们速度快，我们的C-47又出了问题，一下子就落在后面，"零式机"眨眼间就看不见了。

格雷顾不了这么多，飞机出现暂时性的故障，如果不能解决结冰的问题，就算日本鬼子不杀回来，C-47也要坠毁。张一城恨恨地坐下，又把氧气面罩戴上，刚才他气急败坏地大骂，脸色也变成和韩小强一样的酱紫色了。我回头看胡亮，他还在劝韩小强吸氧，但韩小强根本不听话。

胡亮看劝说无用，干脆来硬的，一边强行给韩小强戴上面罩，一边说："你不戴，老子就把你丢下去！"

　　韩小强想反抗，可他哪里是胡亮的对手，面罩马上就被戴上去了。胡亮完成了任务，马上坐回位置，自己也把脱掉的面罩戴上。可是，韩小强等胡亮走了，又把氧气面罩脱下，比牛还顽固。我坐在副驾驶的位置，不方便过去劝他，只能回头大喊放弃吧，现在联系不到任何人或者友机了。

　　张一城戴着面罩，声音不清地说："你由着他吧，这是他的本职，不让他干，等于杀了他！"

　　我嫌戴面罩麻烦，脱掉后向后叫道："喂，韩小强，你不想活了？"

　　胡亮不情愿地又起身："让我打晕这小子，然后给他戴上，看他还敢不敢摘下！"

　　韩小强看见胡亮走过来，急得摆手阻止，可他因缺氧说不出话来了。尽管我们的高度不断下降，但在冰雾里，空气像被抽得一干二净了。格雷只知道"你好"、"我爱你"、"再见"这样的中文，对于我们在舱内的喧哗，他根本听不懂。闹了半天，格雷才明白问题出现在韩小强身上，可他要驾驶飞机，不能帮忙，只能干着急。

　　胡亮帮韩小强戴上面罩，还没走开呢，韩小强又摘下来了。这可把张一城气坏了，我也有些恼火，发脾气要看时候，现在不把命留着，以后谁来帮我们报务？韩小强看见两个大汉围在旁边，终于急得喊出了一句话，他嘶哑道："你们别干扰我，刚才有人联系到我了！"

　　张一城意外道："谁？谁联系你了？"

　　"不清楚，刚才你们干扰我，我还没能回应！"韩小强呼吸急促道，"应该是我们飞在前面的人发过来的，不过……"

　　"不过什么？"我好奇地回头问。

　　韩小强喘个不停，实在不行了，他才主动戴上面罩，过了一会儿才告诉我们刚才发生了什么事情。原来，就在"零式机"飞到前面时，韩小强的耳机中传来了一起出发的同伴们发出的求救信号。可我们的C-47已经发不出信息了，接到求救信号也是一瞬间，根本没能听出友机发生了什么事情。韩小强约莫算了一下，当时求救的超过了7架飞机，也就是说一起飞出去的14架飞机有一半已经出事了。

"他们说遇到了什么事情吗？"我不安地问。

韩小强没听见，胡亮又帮忙重复了我的问题，然后韩小强才回答："他们都与地面导航站失去联系了，你们知道，这样飞行很危险的。我想你们更知道，如果这么多架飞机同时与地面导航站失去联系，那意味着什么吧？"

我听后心一沉，这下完了，果真出大事了。韩小强说得没错，这事的严重性，我们五个人都很清楚。虽然韩小强估计有7架飞机呼救，但其他6架飞机可能也出事了。14架飞机同时与地面导航站失去联系，类似的事情在三个月前也发生过，当时有12架中美运输机在空中执行任务，可地面导航站因日军突袭被迫关闭，短短十几分钟就造成了一场灾难——12机飞机全部失事，飞行员无一生还，而杨宁正是其中一位飞行员。

韩小强以前就是地面报务员，马上想到地面导航站可能被日军袭击了。这样一来，在空中执行任务的飞机就如同盲人没了拐杖，在此情况下，没有一架飞机能够平安返航、到达、降落。张一城火大了，大骂难怪刚才就与地面导航站失去联系，还以为是飞机结冰引起的。胡亮还算理智，分析地面导航站被关闭情有可原，不然会遭受更大的损失。

"那就选择把我们'损失'掉了？"张一城不甘心。

"算了，现在你难道还要跟地面上的负责人评理？"我回头说，"快戴上氧气面罩吧。"

胡亮拍了拍韩小强的肩膀，说道："韩小强，先戴上面罩吧，如果再联系到其他队友，你就做个手势告诉我们。对了，你也试一试能不能主动联系他们，要通知日本人追出来了，提醒他们避开。"

韩小强点点头，终于听话地戴上面罩，飞机上暂时恢复了平静。我看了看无线电定向仪，C-47还在航线上，可谁也说不出到底飞到哪个位置了。我看到舱头的挡风玻璃内壁结冰了，这可了不得，既然不能与导航站联系了，那更不可以连路都看不见了。其实，不止挡风玻璃内壁结冰，舱内的每一处都结冰了，C-47已经变成了一个飞行的冰库。

我脱下手套，拧开了一瓶酒精，倒了点酒精在手掌就去抹挡风玻璃。本想借此融化冰霜，以方便我和格雷看到外面的情况，可酒精的挥发速度太快，寒气侵蚀，我吓得将手缩回来，但仍被撕掉了一小块皮肤。按常规，我们不该这么快遇到结冰问题，因为根本还没真正地到达"驼峰"——喜马拉雅那一带。只有到了那边，结冰现象才会如此严重。

这时，我还没来得及把酒精瓶盖上，飞机就出现了前所未有的震颤，就像被炸弹击中一样。震颤维持了数秒，我手上的酒精瓶早就脱开了，不知道飞到哪里去了，酒精也洒遍舱内。张一城马上想到，是不是"零式机"又回来了，刚才不会被击中了吧？可胡亮看了看舱内，到处都好好的，没有穿孔，也没有冒烟起火。

挡风玻璃全蒙了一层浓浓的灰色，看不到外面的情况，我望了望身旁的格雷，却见他惊讶地大叫："40 thousands feet！"

这句英文很简单，是"4万英尺"的意思，我扫了一眼操作台上的仪器表，猛然间和格雷变得一样惊讶了。妈呀，C-47现在的高度居然达到了4万英尺，也就是说飞到1万2千多米的高度了！这绝对是C-47无法到达的高度，平常连8000米都飞不到，怎么可能飞到1万2千米？我们刚才还在往下掉，都跌破3000米了，现在居然一下子就飞到1万2千米了！

面对突如其来的怪事，我和格雷迷茫地对视一眼，两人语言不同，想的却一样：4万英尺是不可能到达的高度！

03. 女人

　　飞机摇摆不定，起初我还以为是仪器表出问题了，因为机体结冰后的仪器都不可信了嘛。我和格雷一脸茫然，一时不知要如何操作，再这样升上去还不得到外太空去了？在这种高度以及上升的速度下，氧气已变得相当稀薄，谁都不敢再摘氧气面罩，一个个都坐在位置上，等待未知命运的降临。

　　紧接着，飞机外响起了巨大的"砰砰"声，听起来就像有人在敲门。当然，这么高的地方肯定没人敲门，应该是外面有东西打到飞机上了。由于机身外面包裹了冰霜，又是在黑夜里，我们都看不到外面的情况。直到挡风玻璃上的冰霜被震得脱落，我们才看到外面的情况。原来飞机遇到了强烈的上升气流团，因而被迫提升了万米，现在外面不是雨就是冰雹，疯狂地敲打C-47。

　　我明白，无论多么强劲的上升气流，终有结束的时候，可现在就是要控制飞机不被卷到别处去。以前有战友也遇到过，有被气流卷到广西，也有直接被卷到珠峰去的。格雷想要控制飞机，麻烦的是在这样的风速下，定向仪完全失效。伴随强劲上升气流出现的，往往还有下降气流和猛烈的侧风。如果没能脱身，到时候被迫迅速下降，极易与雪山相撞，或者直接坠落到地面上。

格雷已经尽力了，唯一能做的就只有祈祷上帝的怜悯，我们四个中国人也无计可施，上帝可不会保佑中国人。谁都知道，驼峰的地形和天气才是最大的杀手，"零式机"与其比较就差远了。我浑身都湿透了，就像从水里爬出来的一样，其他四个人也好不到哪儿去。C–47不是密封舱，我们感觉戴氧气面罩都没用，正觉得一口气提不上来了，下降气流就出现了。

这时，黑夜里的C–47如同一颗巨石，从天而降，而且是垂直降落，飞机完全不受控制了。我脸上全是成串的汗珠，还没来得及擦掉，舱内忽然爆出一声"噗"响，C–47就倾斜侧身往下坠。从上万米的高空坠落，人肯定受不了，还要在这时候操纵飞机，更是难上加难。我勉强看了高度表一眼，下降速度超过了每分钟3000英尺，不消一会儿就真的在劫难逃了。

后舱不知道是不是被冰雹砸穿了，我听到"乒乓"的碰撞声、翻倒声，还有一股股灰尘的味道钻进鼻子里。我急忙回头看，舱内尘土弥漫，每个人的脸上像涂了一层灰粉一样。陀螺罗盘、地平仪没有读数了，终于在格雷和我的努力下，空速表指针变慢了，并显示现在的时速是每小时40英里。

飞机控制住了！

当一切稳定后，我才发现飞机就在一座雪山的山头旁，如果继续下降，非得撞个粉身碎骨。这时的飞机如同一片枯叶，在夜空慢慢飘着，已经经不起任何摧残了。格雷把侧身的飞机放平后，我才发现后舱的油桶散开了，胡亮见状就与张一城去重新绑好。脱掉面罩的韩小强对着话筒连续呼叫，试图联系刚才求救的战友们，同时眼睛热得发红了。

我们心知肚明，就算没遇到那三架"零式机"，战友们也很难逃出天气的魔掌。虽然刚才天气很好，但驼峰航线上本来就变化多端，有可能前一秒还出太阳，下一秒就刮暴风雪了。我们都与地面导航站失去了联络，一切只能靠自己，这时候不会有人出来营救我们的。好不容易，无线电定位仪大幅度翻转，我依稀辨别出方位，可不由得吃了一惊，现在居然在喜马拉雅山的北坡范围内了。

今晚先飞了近一小时，仪器全部失效后又飞了很远，那时肯定离昆明很远了。刚才又被上升气流掀起，在高空急速翻滚了一会儿，然后又被下降气流拉下来，C-47是有可能被卷到这个位置的。所幸飞过喜马拉雅山脉后，天气和地形会比较好，不像现在每一秒都是痛苦的煎熬。可喜马拉雅才是驼峰航线里最危险的一段，能不能活着到达，往往都取决于这一段航线的情况。

当胡亮和张一城绑好散开的油桶，又走到座位旁时，韩小强忽然问："这次飞行任务里有女飞行员吗？"

我听到这句话，回头答道："没有！怎么这么问？"

韩小强愣了一下子，然后答道："奇怪了，我怎么接收到一个女人的求救信号？"

我们的飞机用的是甚高频第四频道，工作频段不一样的话，那就接不到其他频道的信号。韩小强既然能收到信号，那就说明那个女人用的频段与我们一样，应该就是在飞机上呼救的。可我想来想去，都不记得有女飞行员，也没有搭载女性去印度那边。我一想，就马上联想到三个月前失踪的杨宁会不会还活着，毕竟女飞行员很少，极可能是她在求救。

张一城首先质疑耳机是否在飞机颠簸时坏掉了，声音因此失真，男人的声音就变成了女人的声音。韩小强承认这有可能，但失真后的声音仍能听得出来，这完全就是柔和的女声。胡亮为了确定，于是走过去，戴上韩小强递过来的耳机，仔细听了一会儿。胡亮点头承认，耳机里是一个女人的声音，不会有错。张一城不信，又过去听，当他都不得不承认后，我们才相信真有一个女人在求救。

我坐在副驾驶的位置上，很想过去听一听，如果是杨宁的声音，我一定能听得出来。可惜我脱不开身，只能不停地回头，迫切地想通过他们的描述来判断那女人是不是杨宁。可是，根据韩小强当时的描述，那女人的口音是陕北一带的，而杨宁是青岛人。如此看来，那女人并不是杨宁，可我也不记得女飞行员里有哪个人是陕西过来的。

女人求救的原话是：救命啊，额在一个雪谷里，飞机掉下来啦！额不知道现在在哪儿，有人听得见吗？快来救额，飞机外面有怪东西，死了好多人啦。

女人说话像子弹似的，听得出她很害怕，可韩小强对话筒喊了几句，却得不到任何回应。不知道是我们的话筒坏了，还是那边收不到信号。持续了几分钟，女人的求救声就没了，取而代之的是三声枪响。最后，耳机里恢复了平静，听不到任何人声了。韩小强又试着联系其他友机，想问一问有人收到这样的信号吗，可一无所获。

既然女人是存在的，那很可能就是其他13架飞机里真的有女人。只不过她身份特殊，或者要执行什么秘密任务，因此我们没被告知。这种事情不是没有发生过，按理说有人求救了，我们就要去营救，可现在我们都自身难保。韩小强分析，女人的呼救不专业，肯定不是随机报务员，也不是飞行员。甚高频有时能够收到几千英里外的信号，我们就算想飞过去，燃油也不够用。

不过女人提到了"雪谷"，那可能真的就在喜马拉雅山一带，但这一带的范围实在太大了，我们不可能每一处都搜索一遍。除非女人事先报告了具体方位，以及附近的特征，显然这个女人连呼救都不会。胡亮把事情翻译给格雷听，格雷摆手不干，这时候去救人等于自杀。关键是这个女人来历不明，又没报任何信息，无法确定她搭载的飞机是我方的。

韩小强满脸担心："如果真是机密的重要人物，我们不就错过了，干

吗不试一试？"

我回头道："小强，我也想救人，可在喜马拉雅山怎么降落，这里又没机场。"

张一城觉得这个问题荒谬，于是轻笑道："要想降落那就只能坠机，下面都是我们兄弟的英魂，你这么着急去陪他们，我可不想。"

胡亮心细，回忆着女人的求救内容说："那个女人说'外面'有奇怪的东西，死了很多人，这么说来她肯定是在飞机里发出求救信号的。这一带太乱了，山里面有些地方几千年、几万年都没人去过，谁知道有什么怪东西。刚才你们都听到了吧，那三声枪响？只要不是傻子，谁都知道在雪山里千万不能制造巨响，否则雪崩出现，还能往哪里逃？"

我心说这话没错，那个女人纵使求救不专业，但依身处的地理环境来看，她应该能够明白雪谷里不能开枪，除非遇到了非开不可的紧急情况。胡亮接下来分析，女人在飞机里发出求救信号，那飞机就可以当暂时性的避难场所。如果遇到雪谷里的狼群等野兽的袭击，完全可以用飞机抵挡，不至于要用枪来自卫。

张一城冷冷道："那你老胡的意思，是说她见到妖怪了？现在不是危言耸听的时候，能不能讲点科学？你当我没文化啊！"

胡亮坦言："我只是根据情况猜测，没说有妖怪，那你说说看，到底怎么了？"

张一城不以为然地说："猜测管个屁用，能猜得对吗？我不猜！"

信号断掉后，韩小强连续试了几分钟，我看他又开始出现高空缺氧的状况，赶紧提醒他戴上面罩，别去联系那个神秘的女人了。就算我们找到那个女人的位置，也不可能去救她，只能联系地面导航站，让那帮人来想办法。不过，我们一直联系不到地面导航站，想来它还处于关闭中。格雷和我想的一样，他用英文说在雪山里降落，成功几率太小，即便成功了，到时候也没有地方让飞机助跑升空。

C-47脱离了强风暴后，舱内的温度渐渐回升，除冰机已经能够解决机身结冰问题了。我递了两瓶酒精给胡亮，让他和张一城把后舱的冰霜抹掉，至少要让我们通过挡风玻璃看见外面的情况。坐在副驾驶位置，我也拧开了一瓶酒精，开始去除附在飞机内部的冰块。过了一会儿，舱内全是酒精味，冰霜也除得差不多了。

冷不防地，我看见有一架飞机在旁边，看那机型应该是C-53运输机，是今晚同行的一架友机。后舱的韩小强看见了，急忙对话筒大喊，试图联系那架飞机上的报务员。看到战友还活着，张一城和胡亮都很高兴，甚至欢呼起来。那种兴奋的情绪，只有在当时才能体会，每一架飞机都心心相连，血液全部交织在一起。现在天气稳定，没有强气流也没有风雪，正是看清地形的好时机，幸运之神仿佛又回到了我们的身边。

两架飞机靠得很近，就这么平行地飞着，距离近得能够看见对方飞机里的人。我们透过舷窗，朝那架飞机的驾驶员挥挥手，结果手还没放下来，那架C-53忽然从5000多米的高空急速降落，不到10秒就触山爆炸了。

04. 真空袋

宁静的雪山"轰隆"一声，飞机爆炸的火光在黑夜里如一朵花，但很快就凋零了。

那架C-53运输机刚才好好的，现在忽然坠毁，这让我大吃一惊。他们肯定没有遇到下降气流，因为我们就飞在它旁边，距离这么近，如果真遇到下降气流，C-47肯定也会被拉下去。欣喜瞬间转换为悲痛，我们五个人都来不及施援手，没有什么比亲眼看到战友遇难更痛苦的事情了。

大家都沉默下来，谁也不说话，机舱内只有"嗡嗡"的声音在回荡。韩小强忘记了呼叫，似乎在等待幸存战友的回应，可惜没有等到。胡亮还在看外面的夜空，就好像那架飞机还在那儿，并没有坠落。张一城干脆坐回位置，不再往外看，省得想哭。格雷和我忍住悲伤，把飞机的方向调偏，迅速远离刚才的区域。C-53的神秘坠落并非偶然，天空中虽然空无一物，但隐藏了一个看不见的凶险——真空袋。

说起真空袋，每一位在驼峰航线上飞过的人都知道，并且亲身经历过。真空袋是在驼峰航线上特有的天气现象，当年的飞行员都这么叫，至于这学名是否专业，那我就不清楚了。这种现象出现在驼峰航线上的对流层中，当几种要素都具备时，在某一个特定的区域里，会忽然出现一个真空区域。飞机在空中飞行时，是靠机翼对空气产生的升力使飞机浮在空中的，一旦没了空气，即出现真空袋，后果可想而知。

进入真空袋后，一直沉重的发动机噪声会立刻变得轻飘飘的，螺旋桨也旋转得有气无力，飞机急速跌落。这时候，任你怎么加大油门，发动机的转速就是提不上去。不仅如此，螺旋桨好像还与飞机脱离了，一摇一摆，有点像转不起来的竹蜻蜓。真空袋和风雨雪雾不同，你是看不见的，很多飞机没有警觉地钻进去，悲剧就马上发生了。

我心说难怪刚才夜空变得清晰了，他娘的，原来那里有个真空袋，天气好时最容易出现这害人的东西了。我们在空中盘旋，一直俯视下面C-53运输机的坠落位置，希望能看到生还者在下面招手呼救。下面的雪山一片黑暗，偶尔被C-47的灯光照射，反射几道金光上来，很难看见生还者，只能隐约看到飞机的残骸在冒烟。

格雷用航行灯照射，大约搜寻了几分钟，实在无果后就要继续往前面飞。老天对我们的战友太狠心了，连把黄土都没有，我趁C-47倾斜时，迅速拉开舷窗把雪白的飞行围巾丢出去，让自己的围巾永远陪着将要长眠雪山的英魂。当飞机平稳后，刚被丢出去的白色飞行围巾居然飘上来，晃到了飞机头舱前面。

格雷心中起疑，顿觉不对劲，围巾那么重，怎么可能飘得起来，应该往下掉才是啊。我也很纳闷，难道外面的风有这么大，居然能吹起围巾？一秒还没到呢，飞机下面就冲上来一团内部有金红色光芒的黑云，可怜的白色围巾马上就被烧成了黑色的灰烬，一下子就被风吹散了。

出发不久，我们在夜空就遇到了几团诡异的黑云，它们的速度远超过了C-47，就连当时很先进的"零式机"也望尘莫及。格雷发现怪云后，立刻又扭转飞机方向，侧身向左边飞过去。黑夜里，哪一朵云都是黑色的，直叫人心惊胆战，万一被奇怪的黑云撞上，那飞机不是要烧起来？

韩小强惊问："那团云是什么，今天见了几次了，你们以前飞的时候，也见过吗？"

我回头说："没见过。对了，小强，你到现在还是一个人都联系不上吗？"

韩小强愁道："是啊，除了那个女人的求救信号，其他的什么都没有收到过。"

张一城坐着说："不用那么麻烦，如果有飞机在旁边，难道会看不见？肯定都出事了。"

我担心道："那三架'零式机'不知跑哪儿去了，但愿他们走了，要不我们遇上了，那可不好办。"

胡亮答道："日本鬼子不会飞到这里来的，你又不是没飞过，连这都忘了？"

可我觉得今晚不能用常理推断了，从起飞到现在，没有一件事情是顺利的。天知道日本人为什么追出来，居然还肯放过我们，并继续往前飞。我提高警惕，打量夜空的情形，一边注意是否有奇怪的黑云靠近，一边观察有没有别的飞机在旁边。格雷发现我分心，便朝我打个手势，叫我集中精神管好操作台。

不料此话一出，C-47的"嗡嗡"声就没了，螺旋桨的旋转速度也变得很慢。我心说，妈的，飞机钻进真空袋了。看来我的运气用尽，准备下去陪战友们了。格雷拼命拉升飞机，可这回掉的速度太快，比结冰那时还要严重。现在别说跳伞，可能降落伞都没拿出来，飞机就先着地了。

有时候，真空袋范围很小的话，飞机只要掉出它的范围，还是有机会扭转乾坤的。怕就怕真空袋太大了，数秒内做不出有效的措施，神仙都救不了我们。眼睁睁看着C-47掉下去，这回真的无能为力了，我回头看了一眼胡亮等人，想要记住战友们的模样。可头还没转回来，飞机就产生了剧烈的撞击，整个机身都像要散架了，后舱绑着的油桶都震得散开，砸到韩小强和张一城的身上。

我以为飞机掉到地面上了，可飞机还在空中，并翻了几个跟头，每个人因此都被撞得鼻青脸肿。尽管不知道怎么回事，但我和格雷抓住机会，立刻控制住翻转的飞机，尽量把它保持在3000米的高度上。我们全身发麻，想要弄明白发生了什么，刚才明明撞到东西了，为何又被弹回了高空之上？

"What happened？"格雷惊问。

我还想问别人呢，于是摇头表示不知，格雷看我不出声，又扭头去看后舱。我没有回答，主要是隔着面罩不好说话，跟穿着棉衣游泳似的麻烦。后舱一片狼藉，在刚才的猛烈撞击中，张一城被油桶砸得嘴角破裂，韩小强更被砸晕过去了。幸而胡亮没有大碍，待飞机暂时稳定后，他就去看韩小强是否重伤。

混乱中，我张望前面的情况，猜出了其中的玄妙。有几团黑云又从下面升上来，刚才我们可能与黑云撞上了，因此弹回空中。可黑云是气体，哪有这么强的力量，能把飞机弹回空中，并让飞机恢复动力？现在不是刨根究底的时候，就算有那闲工夫，以我的认知水平也搞不清楚黑云是什么东西。

接下来，飞机变得更奇怪了，舱内好不容易恢复的暖气，竟慢慢变成了高温。格雷脸色很差，当打开自动驾驶仪，让飞机自己飞行后，他就到后舱查看情况。韩小强陷入昏迷，胡亮没能叫醒他，格雷经过时就甩了个巴掌，硬把韩小强扇得醒了过来。我啧啧地回头看，那巴掌肯定很疼，格雷真下得了手。

可我忽然闻到一股烧焦的味道，再往仪表盘那边看，哇，居然冒烟了！黑云不知道怎么那样古怪，把飞机一撞，内部就起火了。格雷在后舱也发现了烟雾，可这时候又不能泼水，这样会更糟糕的，何况我们也没水可泼。看着驾驶舱内浓烟四起，整架飞机都窜出火苗，我就知道这架C-47彻底完蛋了，只能跳伞了！

韩小强还觉得头晕，当知道要跳伞，马上吓道："可我不会啊！"

张一城急躁道："这有什么难的，穿好伞包就往下跳，不会跳老子就在你屁股上踹一脚！"

胡亮和我都没说话，谁都知道在这里跳伞很危险，没走到绝境不会选这条路。飞机下面是什么地方？是喜马拉雅山！在茫茫雪谷里，我们纵然跳伞成功了，不被冻死也会葬身于野兽腹中。而且，喜马拉雅山太偏僻了，被人遇到的几率比芝麻还小，很难遇到救援力量。

没办法！虽然我们不想跳，但这是唯一的求生机会，不能跳也要跳！

胡亮把韩小强从通讯座位拉起来，帮他穿上伞包，并说了要注意的事项。张一城不忘吓唬人，说胡亮以前开客机的，到底有没有跳过伞，别教错人家。（这里要解释一下，当时航空公司明文规定，客机一律不配降落伞，只有货机才配降落伞。）时间紧迫，我就叫他们别开玩笑了，赶快穿好伞包，飞机很难把这个高度维持很久。

韩小强不敢第一个跳伞，我们也不肯先跳，一时间居然客气地推让活命的机会。张一城嫌韩小强和胡亮婆婆妈妈，见胡亮已经穿好伞包，边说"雪山上见"边把胡亮推出舱门外。我见此情况吓了一跳，不过胡亮经验丰富，肯定能顺利打开伞包。张一城见我脸色铁青，忙说胡亮已经打开降落伞了，没什么可担心的。为了给韩小强打气，张一城猛地大嚷"干死日本鬼子"，然后打开舱门后跳了出去。

一股强风刮进来，我们直觉得肺部刺痛，像是有针在扎一样。下面是雪山，我们如果有幸生还，必须要有食物补充，以及武器防身，所以格雷一直提醒跳伞要带点必需品在身上。按照规定，身为正驾驶（或称机长）

的格雷必须最后一个离机,那时候没人能帮他,生还率最小的就是他了。

这时候,我们都不去劝格雷,如果劝他提前跳伞,那就等于侮辱了他。从我们决定加入这项任务开始,每个人都知道会有这么一天,只不过早晚不一样罢了。我拿了一些药品、食物以及枪弹,并叫韩小强先跳,我和张一城会跟在他后面。韩小强两腿打架,根本不敢跳,但飞机开始剧烈颠簸了,手一松他就咬牙跳了下去。

我和张一城紧张地往下面望,生怕韩小强一紧张,把怎么打开降落伞的程序忘记了。不一会儿,韩小强的降落伞打开,在空中慢慢飘落下去。我放心地笑了笑,然后和张一城紧紧拥抱,格雷也过来抱住我。我脑子空空的,眼睛很热,回抱了一下。也许,三个月前,杨宁也和我一样,处于这种很绝望的情况下。

我很不舍得,想再看飞机一眼,于是就让张一城先跳。再怎么说,我是副驾驶,必须倒数第二个跳。张一城笑说别忘了,他也是副驾驶,然后又抱住我,最后说了"刘安静,再见!"就跳出了舱外。轮到我了,格雷必须去控制失控的飞机,他坐回驾驶舱,对我笑了笑,然后就催促道:"Go!"

我点点头,没说话,心里又想起了杨宁那丫头,三个月前她会不会也是如此?

我深吸一口气,站到冒黑烟的飞机舱门旁,右手握住开伞拉把,左手抓住舱门框、蹲下,左手再一推舱门框,人马上就来到空中,并向下俯冲。默数十下,我就拉开降落伞,可风实在太大,拉开伞时,头上飞行帽就被吹掉了。我的耳边风声大如响雷,就这么着飘向雪山,可当我低头看下面时,先行跳伞的三个人竟不见了。

05. 消失在空中

一眨眼，先跳伞的三个人就不见了，我惊讶地想，该不会降落伞破了，整个人直接掉下去了吧？深夜里，雪山狂风吹个不停，我摇摇晃晃地在空中飘荡，心里五味杂陈。没了飞行帽，冷风刮过来，人就像没穿衣服一样，全身不是一般的冷。为免在夜里失散，跳伞前每个人都把手电系在身上，以便大家能互相发现。可是，夜空里竟看不到手电的光束，现在风雪太大，不知道他们是不是被风雪挡住了。

C-47还在头上，格雷仍未跳下来，我被降落伞挡住视线，仰头后看不到情况。上面不时地掉落火点，那都是C-47上被烧掉的残片，很快地夜里就下起了"火雨"。我拉动降落伞，拼命地离开C-47下面的范围，不然火点掉在降落伞上就麻烦了。穿过层层云雾时，我唯恐碰到古怪的黑云，所幸一路无碍，就是冷得命根子都缩进肚里了。

往下飘了一会，旁边就有三个降落伞陆续掉下来，我左右看了看，这不是先跳下去的那三个人吗？在空中风声如雷，无法对话交流，因此我没能问他们刚才去哪儿了。烧起来的C-47终于撑不住了，着火的残片越掉越多，不一会儿就从高空狠狠地跌落。C-47拉着长长的黑烟，在我们旁边激出了一道很强的气流，我们四人像被溅起的水花，彼此间的距离荡得更远了。

我无暇顾及其他三人飘哪儿去了，只是低下头张望，看着C-47坠进雪谷。C-47和先前的C-53一样，一触山就发生了爆炸，冲天的火光扰乱了雪山的宁静。空中仅有四只降落伞，我没看到格雷，想必他坚持到最后一刻，没有机会跳伞求生。我急忙从空中记住坠机位置，如果有幸生还，一定要埋葬格雷的尸骨。恰好C-47坠落的位置靠近那架C-53，降落后可以把兄弟们的尸骨也好好安葬，不让这些英魂在雪山里受冻。

喜马拉雅山范围广，飞机坠落前我从无线电定位仪看出大概位置是在它的北带。北带是喜马拉雅山系的主脉，由许多高山带组成，宽约60公里，平均海拔在6000米以上，数十个山峰的海拔在7000米以上，其中包括世界第一高峰珠穆朗玛峰。北带的各山峰终年为冰雪覆盖，可以说是银色的海洋，要徒步走出去可比登蜀道难多了。

终于，我快到地面了，于是集拢伞绳，收起双腿，护住头部，毫发无伤地降落在地面上。其他三人降落到别处去了，不过距离不算远，只要没受重伤肯定能找到彼此。喜马拉雅山的雪常年不化，每一处雪都很厚，踩一脚上去感觉地上很硬。割断伞绳后，我从背包里找出一件长衫，然后包裹头部，免得被严寒侵蚀脑袋。

我降落的位置靠近C-47，能看到数百米外的山脚下有淡淡的火光，残骸的黑色影子在白色的雪地上拉得很长。其他三人落地后，肯定也会来找残骸，虽然飞机是空的，但里面仍有不少急救品和食物。只要飞机没有全部烧毁，我们就能找到应急的东西，以备不时之需。

从腰间抽出手电，我就想冲到C-47那边，可刚一迈步就踢到了一个东西，声音听起来像是金属。我扫开地上的积雪，原来脚下有一架飞机残骸，是C-46运输机。这架残骸深埋雪中，一定是很久前就失事了，可却没人发现它。在雪山上，坠毁的飞机太多了，遇到一架残骸很正常。我难过地想，何止是这架飞机，航线上坠落失踪的飞机数都数不清。现在的史料

记不全，到底有哪些人葬身驼峰航线，坠落的飞机残骸都在哪些地方，只留了个问号给世人。

我用力地扫开紧紧的白雪，想找到战友们的尸骨，但残骸舱内都被白雪填满，没有一小时肯定挖不开。权衡之后，我决定先去C-47那边，搞不好格雷大难不死，还有一口气在呢。正要走过去，我却发现残骸上有些古怪，于是又蹲下来将积雪全部扫开。过了一会儿，这架残骸的机翼被我清理出来，在机翼上有两个暗红色的字：危险！别降落！

这是用血写成的，早就在风雪中凝固了，战友们可能是想警告其他飞机这里有危险。雪山上不是白色就是灰色，用鲜红的血做标记，这样很醒目。可雪山地形险峻，有凶猛罕见的野兽出没，飞行员们早就知道了，根本没必要写。当时的我看了那句话，心中就有一股难以言表的恐惧感，战友们用血警告我们，是不是遇到了什么可怕的事情？

战友们既然能写下警告，肯定离开飞机舱内了，但雪地附近找不到尸骨，不晓得他们有没有逃出去，又或者尸骨被野兽叼走了。C-47的火还在烧，我见状就不安地离开了雪里的飞机残骸，头也不回地奔过去。C-47爆炸了一次，我担心燃烧时再爆炸一次，所以提心吊胆。

这时，对面的风雪里有一个人蹒跚地走过来，我抹掉脸上的雪花，当人影清晰后，这才发现是胡亮。我们相顾无言，默契地走到C-47残骸旁，想要找到格雷的尸体。可火势仍未变小，我们很难进入机舱内，只能在外面干着急。韩小强第一次跳伞，生死未卜，我又想要不现在去找韩小强。

胡亮听了就答："刚才我看见张一城了，他自告奋勇地去找韩小强，让我先来找你！有张一城在，你放心吧！"

我苦笑一声："那就好，就怕韩小强吓得尿裤子了。现在飞机在冒烟，如果张一城找到韩小强，也能一起找到这里。"

说话时，我看地上有那么多雪，何不用来灭火，要不然飞机得烧到什么时候？胡亮认为此法可行，二话不说就和我一起把地上的雪抛到机身上，好不容易才把火势扑灭。灭火时，我还想问胡亮在空中为什么突然消失，又突然出现，可觉得现在不是时候。火一灭，韩小强和张一城就找来了，他们小命还在，但都受了轻伤。我们四人聚到一起，欷歔不已，而我心中的疑问就暂时搁着了。

韩小强看见被烧黑的C-47，于是就问："格雷没跳出来吗？"

"格雷这蠢货，干吗不跳，非得做英雄才开心！"张一城痛惜道。

我摇头道："还不是为了给我们争取跳伞的时间，万一刚跳下来，飞机就坠落，很容易砸到我们！"

既然火已经灭了，胡亮就说："现在进去找格雷吧，然后把飞机上还能用的东西清理出来，尽快离开这个鬼地方。"

巍峨的雪山上空气稀薄，我们降落后就觉得头疼，不可避免地出现了高原反应。现在不能戴氧气面罩吸氧气，全靠自身调节，如果不能适应高原气候，那别想走出喜马拉雅山。一进飞机，胡亮就想找打火工具，以及后备燃油，可这种东西在爆炸时都烧光了。好在飞机上有个应急箱，里面有药品、打火机、军刀以及指南针，箱子没被炸毁。

至于飞机上的无线电仪器，还没坠落前就全部坏了，现在想要发求救信号都办不到。我们不能报告位置，机场方面就不能派人出来营救，总不能让他们天天冒险出来一处处寻找。我们四个人都清楚这一点，所以对救援不抱任何希望，要想活命就要靠自己。不过，在飞机失事前，我们曾收到一个陕西口音的女人发来求救信号，如果能找到她的那架飞机，那还有机会与飞过上空的友机联络。

在舱内找了一会儿，我们都没找到格雷的尸体，哪怕一根手指都没找到。张一城觉得奇了，猜测格雷是不是在爆炸中被炸成灰了，否则怎么会找不到他人。我也觉得费解，不管爆炸还是燃烧，尸体总该留下痕迹，绝不会消失得这么干净。韩小强握着手电环顾机舱，怀疑刚才没仔细找，格雷的尸体可能压在某个角落里。可胡亮却很肯定，刚才进行了地毯式搜查，不会漏掉任何细节。

这么一来，格雷就真的失踪了，可是他如何消失在天空中？

我心里起疑，又想起这三人刚才都短暂地失踪过，于是就问他们在空中降落时怎么回事。原来，这三个人跳下去后，有两团黑云又从下面冲上来，并刮起了一股很强的上升气流。眨眼间，三个人都被吹到飞机上空，因此我跳下来时才没有看见他们。可谁也搞不懂黑云是什么，为什么内部有金红色的光芒，为何在这一带频频出现。

"老子那时吓得直哆嗦，差点就被那团怪云烧成灰了！"张一城心有余悸道。

"那格雷为什么不见了，你在空中没看见他跳伞吗？"韩小强问我。

我皱眉道："他真的没跳，如果跳了，我肯定能看见。就算格雷也被黑云刮上去，不可能一直留在天上，总要掉下来嘛。降落伞那么大，又落得那么慢，我没注意到的话，你们也会注意到啊！"

张一城随手扶起一个油桶，说道："那就怪了，如果格雷没跳伞，那他人到底去哪儿了？"

这个问题让我们想破头，原本要安葬格雷，现在连尸体都没有，这要怎么安葬？站在呛鼻的机舱内，我甚至怀疑找错了飞机，也许这架不是我们的C-47。可大家都看着C-47坠到此处，飞机也的确是同一架飞机。面对现实，我们不得不承认格雷真的消失在空中，张一城笑言但愿信上帝的格雷被接到天堂去了。

胡亮一直没说话，仍在清理机舱内的东西，把还能用的东西都堆到残骸外面。我想要帮忙时，胡亮却脸色阴沉地从外面走进来，对我们做嘘了一声："别出声，也别出去，外面有些古怪！"

06. 日本人的尸体

雪夜里的风呼呼吹过,我们站在被烧毁的机舱内,听不到外面有异常的动静。张一城猛拍胸膛,笑言堂堂一个大男人,有什么好怕,别像个女人那么扭捏!我明白胡亮没开玩笑,他也不胆小,外面肯定有事。我挤到前面,从脱开的舱门处窥视外面的雪山,不由得心生疑惑。远处的一个角落里竟有两束灯光,在夜里隔着风雪,看不清那边是什么人。

韩小强不理解,既然那边有人,为何不走过去呼救?也许是其他坠机的幸存战友。可胡亮不许任何人出去,那架势如临大敌,不安的情绪慢慢地把大家也感染了。果然,风雪里的人走了一段距离,我们就看到那两个人真的不是战友,而是日本鬼子。他们穿了日本空军的制服,手里拿了枪和手电,凶神恶煞地走在雪地上。

在我们坠机前,曾看到三架"零式机"飞过,莫非日本鬼子也坠机了?我热血沸腾,想要干掉这两个鬼子,以祭弟兄们的在天之灵。我看得清楚,鬼子手里捧的是二式小铳,也叫二式步枪。那是二战时日本伞兵用的武器,轻便小巧,能拆成两段,但只能装五发子弹,打完了得再装。

我们四个人手上拿的是盒子炮,正式名叫毛瑟军用手枪,是从列强手里缴来的货。盒子炮的弹匣能装20发子弹,有效射程在百米内,只要那两

个鬼子走近了，我们每人开一枪，保准儿让他们变成蜂窝。可惜那两个鬼子还没走太近，忽然就转身又跑回蒙蒙的雪里，很快就看不见了。

"你看你，怕什么，鬼子都跑掉了！"张一城恨恨道。

"让他们跑吧，难道你还要跟他们拼了？"胡亮压低声音道。

张一城晃着手里的盒子炮，怒道："废话！不杀鬼子，我把枪拿出来干什么！"

胡亮手一挥，说道："收起来！你没看到四边都是雪山，打一枪可能就雪崩了，你想现在就被活埋？"

我情不自禁地点头，胡亮比我们三个心细，除了他没人想到这一点。若非胡亮提醒，我和张一城可能真跑出去杀敌，然后一起葬身雪山。我们不怕死，但谁都不想和日本鬼子死后同穴，那种厌恶感在当时特别强烈。韩小强忧心忡忡，没兴趣理会两个鬼子，一心想再把无线电器都修好。可是，经过飞机上的大火一烧，任凭你再厉害都不可能修好了。

胡亮后来分析，那两个鬼子可能还有同伙在附近，贸然冲出去只会惹来更多的鬼子。三架"零式机"夜里追出来，又反常地放过我们，搞不好在喜马拉雅山里有什么名堂。我先是吃惊，然后疑惑地问难道鬼子已经到雪山里搞空军基地了，这还了得！胡亮忙说这倒不可能，喜马拉雅山地形复杂，气候恶劣，鬼子就算有机会建空军基地，谅他们也没那本事。

张一城烦道："这不可能，那不可能，那你说日本鬼子在雪山里干什么？"

我看韩小强脸色不太好，于是说："那就当我们大发慈悲，先放过那两个鬼子，当务之急要找到出路，走出这里。"

韩小强也同意道："走出雪山要几天的时间，那还是在不迷路的情况下。只要到西藏有人烟的地方，我们才算比较安全。"

我悲观地想，这话说得轻巧，谈何容易。虽然我们都有指南针，但雪山阻隔了直线的去路，很多时候必须绕弯路，或者翻过高耸的雪山。这还不算上大风雪，以及神出鬼没的雪山野兽，如果遇到较强的风雪就寸步难行了。而且我们没有爬雪山的专用工具，真的要走出去少说一周，多则半个月。争执片刻，疲惫不堪的我们决定今晚在C-47残骸里休息，这里能挡住风雪，起码比在雪地里露宿要强。

另一架飞机坠在附近，我本想现在去把战友们的尸骸找出来，好好地安葬。可胡亮建议明早再去，现在大家受了伤，又很累了。雪山上有太多未知的地方，在夜里行走太危险，必须等明天早上才能走出C-47残骸。韩小强挺担心我们的C-47会被雪埋住，就如同我刚才发现的那架残骸，但那架残骸留在雪山很久了，一晚上的雪肯定不能将C-47全部埋住。

要过夜就得有火，我们手里有酒精和汽油，以及打火机，不过没有燃料，要烧火取暖如同无米之炊。为了保暖，我们把能穿的都穿上，然后打算围在一起睡觉。大家精神高度紧张地在空中飞了几小时，又在跳伞中受了伤，坐下后谁都不愿意再起来了。格雷的神秘消失让我无法释怀，总觉得死不见尸的话，那他一定还活着。格雷死守最后一刻，不肯提前跳伞，难道飞机上有什么东西让他不想离开？

飞机上具体有什么东西，我们谁都不记得了，只隐约记得有八个大油桶而已。那些油桶是空的，我们要飞到设在印度的空军基地，运输八桶高辛烷值汽油，还有其他抗战物资。可我再一数，八个油桶只剩七个了，还有一个已经不翼而飞。随后，我又想飞机坠落时，舱门已经打开了，很可能油桶掉出去了。当然，格雷的尸体不可能掉出飞机，因为当时驾驶座有安全带绑着。

听到我的推论，胡亮又勉强地站起来，把其余七个油桶都放正。我们的油桶不仅有个圆口，还能直接拆掉上面的大盖子。这样的设计是为了赶时间，如果遇到日军空袭，你还慢慢地从圆口里注入航空燃油，皇帝和太监都会急死。张一城懒得看油桶，少就少了，何必费神去追究，现在又不可能有上级骂我们。韩小强身体不舒服，站不起来了，只好靠在后舱静静地看着。

当我和胡亮把第七个油桶扶正时，明显感觉到油桶不是空的，里面装了很重的东西。飞行时，油桶曾散落，后来被我们重新捆好。这个油桶很重，不容易滚动，那时肯定还好好地立在后舱内。可搬运货物上飞机的人总该发现油桶不是空的，如果他们已经知道了，那就是上头有批示了，看来里面的东西是机密。

现在我们坠到雪山上，哪管油桶里有没有机密，必须打开来看一看，不然怎么把机密带出去。张一城听到油桶里有东西，拍了拍屁股又站起来，想要一饱眼福。在紧张的氛围里，胡亮用军刀撬开油桶盖子，很快地，"嘣"的一声盖子就掉到地上去了，一股浓烈的臭味随之喷涌而出。我满以为是什么先进武器，打开一看就失望了，但仍觉得不可思议。里面装了一个日本鬼子，身上穿着日本空军的制服，可人已经死了，而且有臭味了。

张一城骂骂咧咧："操！谁把鬼子装油桶里了，难怪我们坠机，原来沾了晦气！"

我满头雾水，问大家："现在情况特殊，有话就直说，不要藏着掖着了。你们有谁知道，这个鬼子是谁放进油桶里的吗？为什么要把他运上飞机？"

可其他三人都摇头，胡亮还说："除非上头疯了，不然绝不会运一具日本鬼子的尸体，这有什么好机密的！"

韩小强还坐在地上，看样子很难站起来，他对我们说："如果没人批示，尸体不可能运到我们的飞机上。当时是谁把油桶抬上来的？"

这一问，我们面面相觑，上飞机前端油桶的人除了同飞的几个兄弟，那就只有四个人了——我、胡亮、张一城，还有美国人格雷。八个油桶都长得一样，现在又丢了一个，谁都不记得自己当时运的是哪一个。我想起韩小强喊过一句日语，马上怀疑是他干的，可他那时没碰过一个油桶，最不可能的人就是韩小强。

打死鬼子在那时很光荣，没必要这么神秘，说出来还会被表扬。我不愿意怀疑谁，如果不想说那就不说，也许是另外几个兄弟端上来的。可我怎么都想不通，干吗运一个日本人的尸体，难道这个人很特别？我看尸体身上的军服，应该是一个副驾驶，可惜衣服上都被刮得花花的，尸体上也没有别的东西能证明这鬼子究竟是什么人。

张一城不愿动脑子："别想了，不就一个鬼子，死了就死了呗！不过不能让他留在我们的地盘上，得把他扔去喂老鹰！"

胡亮干笑一声，说道："你想得倒挺美，雪山上哪来的老鹰！"

我不愿意费神处理这具尸体，于是就提议把他留在油桶里，要处理也得先处理战友们的。鬼子侵略中国，以及其他国家，不值得我们同情。虽然这话听起来很残酷，但在那种时候真是如此，没人会把日本军人的尸体安葬在神圣的喜马拉雅山上。张一城把油桶盖子合上，硬把油桶推出机舱外，把鬼子的尸体扔在风雪之中。

我估计现在已经凌晨3点了，再不睡觉真要天亮了。现在每个人都有高原反应，休息是必须的，否则铁人都熬不住。吃了一点东西后，我们就蜷缩在一起，闭上眼睛强迫自己睡觉。为防雪山上有突发情况，我们一个人守夜一小时，有事就大声叫醒其他人。这一晚，我们半睡半醒，身体冰冷，在睡梦里都觉得头疼欲裂。

浑浑噩噩地睡了不知多久，最后一个守夜的张一城突然大喊起来，吓得我们都睁开了双眼。天已经亮了，光亮从机舱外透射进来，外面的银色铺天盖地，让人心生畏惧。我忍住头疼，搓了搓眼睛，问出什么事了。

张一城走到外面的雪地上，对我们叫道："你们快看，那边的雪山上冒出来的东西到底是什么？"

07. 红烟柱

昨晚睡觉时，我们把脱落的舱门合上，防止雪花飘进来。张一城刚把舱门打开一条缝，一团团的冰雪就破门而入，C-47的残骸已经变成了一个银白色的坟包。所幸今早风雪停了，天上涂满湛蓝色，与地上的银白色交相辉应，美得让人窒息。听到张一城惊呼，我们就迷糊地爬起来，走出机舱去看情况。雪山高得直触天穹，人在这时候变得特别渺小，和蚂蚁没什么区别。

在一座雪山后面，有一道红色的烟雾，如农家炊烟一般，缓缓地升到空中。红烟柱离我们最少有几公里远，又躲在一座我们念不出名字的雪峰后面，谁也弄不清它是什么东西。我昨晚就想过了，要不要烧一堆火，用烟雾来报告我们的位置，请求路过的战友救援。可货运飞机都在夜间飞行，烟都是黑色的，很难被战友们发现。不管烧什么，烟不是黑的就是灰的，我们没有一个人看见过红色的烟柱子。

韩小强仰头问："会不会其他战友还活着？"

"你问我，我问谁？"张一城说道，"我觉得不是我们的人，要不你们说说看，以前去美国受训时，有人教过怎么生红色的烟柱子吗？"

我摇头说："没人教过！"

胡亮忍住雪地反射的刺眼光线，抬头看向远处："你们看那座雪山，后面的烟柱子起码有几千米高，不然早被雪山挡住了。有什么烟能升到几千米都不散掉？"

张一城摆手道："你小子别蛊惑人心！你怎么知道那烟柱子是从地面冒起来的？也许有人在雪山顶上烧了一堆火，我们没看见而已。"

我琢磨张一城的话，虽然看似粗糙无理，但也有这个可能。毕竟没人见过能直线冒起几千米的烟，一般的炊烟不到几十米就全散掉了，也很少有人看见过红色的烟雾。在大自然里，烟雾的颜色越鲜艳，燃烧物的毒性可能就越强，这绝不会是战友们烧出的烟柱子。日本人那么变态，不是剖腹就是制造慰安妇，那烟柱子肯定是他们搞出来的，我们最好别接近。

张一城举双手赞成我的观点，那座雪山挡在前面，没有冰镐和冰爪等做辅助很难爬过去。如果要绕弯子，山下倒有一条路，可谁都不知道能不能绕过去。韩小强气都喘不上来了，自然不敢逞强，连忙说不去那边最好了。不过，胡亮想要满足好奇心，恨不得长双翅膀飞到那边。可眼下我们都是残兵伤员，哪有那种精力，因此胡亮不得不妥协。

我们所处的位置是大喜马拉雅山带，这里有数十座雪峰，每一座海拔都在7000米以上，且常年冰封雪飘。C-47坠毁后，掉在一座雪山脚下，我们叫不出雪山的名字，导航图在这时候不管用了。我记得，北带这一段越往北面走，地势会越平坦。（注：是北带，不是北坡，与南北坡定义不同。）在没有专业用具的情况下，千万不能往南面走，那边越来越陡峭，而且没有一点儿人烟。

我从口袋里掏出指南针，确定了北面的位置，没想到就是红烟柱那边，看来必须与烟柱子打交道了。我指着那边，感叹不知要走多久才能绕过面前的雪山，可能要在雪地里走几十公里。现在我们都冷得嘴唇发紫，干裂得像缺水的农田，必须先补充体力。更严重的是，这里的温度太低

了，我们感觉血液都结冰了，不生火的话真会冻死。

这时，胡亮看了看他手里的指南针，然后问我："你刚才说哪边是北面了？"

我愣了一下，答道："有红烟的那边，你刚才没听见吗？"

胡亮抬头说："不对吧，那边是南面。刘安静，你到底会不会用指南针？"

我打开手里的指南针，刚才明明对照过了，有烟柱子那边是北面。这种简单的问题，我怎么会弄错，于是就把自己的指南针递给胡亮，让他检查。这一回，胡亮变得很纳闷，因为他的指南针和我的不一样，指针的方向完全相反了。我忙说不会吧，让老子瞧瞧，可别在这时候开玩笑。

我把两只指南针拿在手里，果然指针的方向不同，有一百八十度的差别。韩小强见状，赶忙拿出自己的指南针，与我们的做比较。可韩小强的指南针得出的结果也不一样，与我们的相差九十度。我们三个人看向张一城，这才使得他懒洋洋地拿出兜里的指南针，他的指针方向也和我们三个不一样，与韩小强那只是反过来的。

这让我们很头疼，四个指南针指的方向不一样，可以说东西南北都分不清了。去美国受训时，我听说有的地方会有异常强烈的磁场，指南针会发生偏离。可那些偏离的幅度都差不多，从没听说奇怪的磁场会让几个指南针得出截然不同的结果。这肯定与磁场无关，因为磁场的指向都是统一的，不会出现不同的结果。

张一城没放心上，对大家说："这有什么好奇怪的！我们昨晚从天上掉下来，现在又那么冷，也许指南针坏掉了！"

我承认张一城的话有道理，指南针可能真的坏了，好在能依据太阳的位置来判断方向，不至于迷失在雪山里。看了看天空中的太阳，我们才确定冒起烟柱子的那边是北面，我的指南针是正确的。不过太阳在雪山里只有指路的功能，我们完全感受不到它的温暖，好像它也坏掉了。

一早，我们把飞机残骸里能带的东西都带走，而那具日本人的尸体就留了在雪地上。虽然不愿让鬼子玷污国土，但我们不可能背他离开，也没条件把他烧成灰，因为汽油和酒精必须节省。张一城"哼"了一声，说雪山里有野兽，就让野兽吃掉他好了。后来我曾回想这一段往事，倘若没有把那具日本人的尸体留下来，或许不会造成日后的遗憾。因为，我们那时谁都没有想到，他的身份会是如此的特殊。

关于那个日本人的身份，在故事里很快就会揭晓，现在让我继续把故事往下讲。

我们商议了一会儿，决定先吃点压缩饼干充饥，然后趁天晴去找昨晚一起坠落的C-53运输机。我们身上的食物不多，不能一口气吃完，必须谨慎地分配。其实那些压缩饼干都特别难吃，和糟糠没区别。除了压缩饼干，我们还有美国生产的巧克力，但只有两块，谁也不舍得马上就吃掉。我们身上没有水，吃了压缩饼干觉得口渴，只好吃了一小撮雪，几乎把舌头冻掉了。

离开飞机残骸后，胡亮就打头走在前面，朝西北方向走。根据记忆，我们昨晚看见C-53坠在那边，和C-47约有一两公里远。那个位置是两座雪山的交汇处，地势要低一点，现在处于背阴面，得不到阳光的照射。这种情况对我们有利，因为在雪山不戴墨镜的话，人的眼睛很容易被白雪反射的光线刺瞎。我们的墨镜在昨晚已经丢了，如今走在雪山的背阴面，双眼反而得到了放松。

初行时，这条路很窄，可越往里走就越宽，变成了一个巨大的雪谷。风在这里鼓吹，我们就像风筝似的，差一点儿就能飞起来了。韩小强最虚弱，我担心他走着走着就会死掉，所以一直扶着他。走出一段距离，我们冰冷的身体终于变暖了一点儿，可手脚觉得很痒，像是有蚂蚁在咬一样。

只有张一城适应得比较好，除了嘴唇依然干裂，头已经不那么疼了。

雪谷里的积雪很厚，昨夜飘下来的雪还未被压紧，我们一脚踩下去就如同踩在淤泥里，小腿拔出来特费劲。这个雪谷并非直线，远处有个转角，让人无法看到尽头。在离转角不远的地方，我们看见雪地里有一个大坟包，顿时感慨万千，那就是C-53的残骸啊。大家加快脚步，着急地走过去，想让战友们少受一点罪，不料走到那边后却找不到战友们的尸体。

扫开一层白雪，我们钻进破裂的机舱内，里面一个人都没有。这架C-53遇到真空袋而失事，我们在旁边看得一清二楚，当时没有一个人成功跳伞，机组人员全在飞机里。我心说，他们难道和格雷一样，都在天空中神秘地消失了？这会不会太邪乎了？张一城没找到尸体，于是就去翻没被烧掉的东西，看能不能派上用场。遍寻无获，胡亮走出机舱，到外面去找。我让韩小强先在里面歇会儿，然后也跟出去，想要问胡亮有何发现。

刚走出去，我就看见戴着黑手套的胡亮在扫雪，像在挖什么东西。我走过去问在找什么，可还没问完，胡亮就挖到一块梯形的石头。石头后也堆了坟包似的白雪，但没有飞机残骸那么大，所以我们起初以为是普通的雪堆。这块石头有被烧黑的痕迹，肯定是因为昨晚飞机坠落时砸到山体而滚落下来的。只见那石头上歪歪扭扭地刻了四个字——"英雄之墓"。我立刻醒悟，白雪后面埋了战友的尸骨，看来有人抢先一步，提前在这里造了一座墓。

"会是谁干的？昨晚那种程度的坠机，C-53上不可能有人生还！"我不解地问。

"昨晚有14架飞机，可能还有其他生还者吧。"胡亮猜测道。

"那他们怎么不来找我们？"我自言自语，总觉得不是同批飞出来的

战友们所为。

　　张一城在机舱内找不到能用的东西，于是也走出来，留下韩小强一个人待在里面。当看到雪里的坟堆后，张一城就问这是谁干的。我想说也许是其他战友所为，可就在此时，雪谷里连续响起两声枪响，然后有一个陕西口音的女人在喊："额错了，额不跑了……救命啊！"

08. 融化

　　韩小强曾在飞机上接收到一个女人的求救信号，操着陕西口音，后来信号就断掉了。过了那么久，我以为那女人遇难了，没想到她有九条命，到现在还活得好好的。我突然又想到，既然那女人能活下来，我们也能活下来，为什么杨宁不能？不过现在都过去三个月了，即使杨宁坠机生还，她也没有食物补给，不可能活过三个月。况且，也没有证据证明杨宁的飞机坠落在雪山，也许是在别的地方。如果杨宁活了下来，三个月的时间，怎么也该联系上我们了。

　　一刹那，那女人的声音在雪谷里回荡，我都能感觉到山上的雪在抖动，随时要卷到谷中。我企图大声回应，不管雪是否会崩塌，可是把嘴巴张开了，那女人又不叫了。

　　"妈的！那婆娘是不是耍我们？"张一城气急败坏地问。

　　"会不会是她帮忙埋了这些战友？"我小声地猜测。

　　"现在她都自身难保，大喊救命，你觉得她有时间挖个坑，把战友都埋掉吗？"胡亮也压低声音，然后望向头顶上的积雪。

　　那女人又不叫了，不知出了什么事，从呼救的内容可以推断她遇到危险了。我们不知道具体位置，也没有条件去找她，若去找也如大海捞针一般。也许，以现在的道德观来看，我们没有良心，居然见死不救。可在当时的情况下，即便全副武装地去救人，也很难找到求救的女人，根本没人知道她在哪儿。雪山那么大，可能我们还没翻过去，天就已经黑了。我们无能为力，心里万分内疚，唯一能做的就是希望老天开眼，保佑那女人逃出去。

张一城还不放心："你们刚才听到那女人喊了，雪山里是不是有危险啊？难道日本人真的在山里搞了个基地？"

"这不可能！"我下意识地摸了摸枪，还在腰上，"如果他们建了基地，我们晚上飞过雪山，早被他们打下来了。"

"那你说昨晚鬼子的三架飞机到哪儿去了，别跟我说它们出来散步！"张一城坚持己见。

胡亮一直观望四面八方，但未见别的动静，于是说："先别争了！如果这里真有鬼子的基地，我们肯定会遇到，现在最重要是怎么活下去！"

我觉得这话有理，懒得再争论下去，不然张一城急了会和我干上一架。看着眼前渺小的坟墓，我又被悲伤的情绪淹没，朝着战友们长眠之处深深地鞠躬三下。张一城和胡亮也跟着鞠躬，每一个人的动作都默契地同步。我们鞠躬完了，韩小强还待在C-53机舱里，没有出来敬礼和鞠躬的意思。早上韩小强就面色很差了，我顿时就想他会不会缺氧昏倒在里面了。

张一城不以为意，笑说韩小强在偷懒，还想睡大觉呢。C-53坠毁后，机身四分五裂，机舱破破烂烂，根本不能阻挡风雪了。待在机舱内和站在外面没有区别，我见状就走进去催韩小强快出来，好给战友们敬个礼。轻轻地叫了几声，韩小强没答应，我就狐疑地钻进机舱，这小子果然陷入昏迷状态了。

张一城大惊："我操，这可怎么办？要不要嘴对嘴吹气？"

"他肯定缺氧了！必须吹气！"胡亮蹲下来说道。

　　我从没给男人对嘴吹过气，也就是做人工呼吸，顿时有些尴尬。再说了，高原反应不是吹气能解决的，必须马上把韩小强转移到海拔低的地方。我们又没有氧气瓶了，克服高原反应的药也没有，只好用对嘴吹气试一试。胡亮着急救人，在我思考时，他就先把嘴对上去了。过了一会儿，韩小强就醒了，可看到我们后他却面露惊恐。

　　我忙问："小强，你干吗这样看我们，不对嘴给你吹气，你就死了！"

　　"你们没事？刚才我在里面坐下来，有个人打了我一下，然后才晕的！你们没看见那个人？"韩小强满脸诧异。

　　"你是不是缺氧缺糊涂了，谁打你了？"张一城冷冷道。

　　"是真的，不信你们看我的后脑勺！"韩小强脱下飞行帽，让我们看过去。

　　果然，韩小强的后脑有伤口，可那伤口看起来非常奇怪。我猫下身子，观察那块伤口，那里有烧焦的痕迹，还有一点模糊的血肉。不仅如此，就连韩小强的飞行帽都有点烧焦了，而且湿湿的，可能是落在帽子上的雪融化所致。不过我们刚才都站在外面，C-53的残骸烂得不成样子，不可能一个人躲在里面而不被发现。谁能在三人的眼皮底下，把韩小强打晕，留下古怪的伤口，又为什么要打晕他？

　　韩小强也不知道是怎么回事，光记得当时后脑一阵热，然后就两眼一抹黑了。我们都以为韩小强是缺氧而晕，都集中在机舱内，如果有人趁这时候跑掉，还是有可能的。于是，我急忙走出去，可雪地上只有我们来时留下的脚印，没有其他人在附近走动过。胡亮留下张一城照顾韩小强，跟着走出来，然后在后面问我有没有觉得雪在融化。

　　我站在雪里，双脚冰凉，没有特别在意，在雪山上哪有一处不冷的。经胡亮提醒，我才发现靴子有水渗进来了，有的雪地甚至融出了一小摊水。这变故就发生在眨眼间，大家都说雪山常年冰封，该不是道听途说的吧？他奶奶的，如果雪山现在就融化，我们长了翅膀都飞不出去。

亏得雪融现象不明显，出现雪水后没有继续恶化。可是，刚才的气温并没有升高，如果气温上升，我们不会迟钝地没发现。和韩小强比起来，我并强不到哪儿去，头从晚上开始就很疼了。因此，我懒得再去想，反正雪山上的怪事一箩筐，不缺这一件事。胡亮让我去C-53残骸里再找找，兴许能发现氧气瓶，可以让我们抵不住时吸上几口。

我回到机舱内，韩小强还在揉后脑，张一城就站在他后面观望。我叫韩小强先休息一会儿，胡亮和我继续在残骸里搜寻，把能带的东西都带上。张一城乐得清闲，陪韩小强坐在地上，问胡亮亲他时有什么感觉。我故意不去听这种闲话，埋头找氧气瓶，功夫不负有心人，真的翻出一个未损坏的氧气瓶。

可韩小强拒绝吸氧，我们劝他，他反说这会害了他。在雪山上，辛苦是辛苦了点儿，但不能呼吸困难就吸氧，否则会对氧气瓶产生依赖。只要继续走下去，我们都会适应雪山气候，氧气瓶还是等到真的晕倒了再用。我们都以为韩小强意志不坚定，没想到怎么劝都没用，张一城索性把氧气瓶塞进背包里，等有需要了再拿出来。

韩小强还在揉脑袋，我担心他得了脑震荡，便问有没有觉得头晕。可这话问了等于白问，没人敲韩小强脑袋，他也会头晕的。对于神秘的凶手，我们想破脑袋都想不出个所以然来，总不可能雪山上有透明人吧？为避免再发生意外，我就嘱咐大家别落单，就算去拉屎也得有人陪在旁边。

这时候，胡亮仰头看天色，然后问韩小强能不能走，不能走就别勉强。我也说多待一天没事，如果走不动了，那就多在这里住一晚。张一城可不干，一连串地说在雪山待下去的危险，还净拣最吓人的方面讲。韩小强脸色难看地坚持要走下去，可能不想拖后腿，也可能被张一城的话给气着了。

"别嫌我话难听，你又不是没听到，那女人一边喊一边哭，天知道雪

山上有什么？"张一城哼哼道。

韩小强心急地解释："我都知道！我是真的想快点往前走，如果还有其他飞机坠在这里，可能他们的无线电还能用！我想办法修好它们，那就可以和导航站或者路过的飞机联系了。货运飞机是在夜间飞行，但白天时轰炸机也可能经过雪山上面。"

我点头说："这想法不错，但山里环境太坏了，掉到雪山上很难修好的吧？你有没有把握？"

韩小强保证道："这事包我身上，只要找到几架飞机的残骸，我把零件互换着修理，还是有希望的。"

本来燃起了希望，张一城又泼冷道："你修得好管屁用，没有电，我们找到一万台无线电也没辙！"

这种问题争起来没完没了，谁都不会服气，眼看又要冒火了，沉默的胡亮就站出来打圆场。求救固然是很有效的办法，但希望太渺茫了，不能光寄托在求救这一点上。胡亮倾向于万事靠自己，战友们人手都不够了，哪有空救我们。可韩小强还是想找能用的无线电，也许他仍惦记陕西女人的那架飞机，搞不好还能飞起来。

蓝天白雪，美不胜收，我们却无心欣赏。

争论停止后，我们继续沿雪谷走，渴望尽头就是出口，然后下面就是平原。但梦想总是美好，现实总是残酷的，我们尚未走远，身后就有刷刷声传来。这声音起初很小，我们都以为那是风声，随着声音越来越大，这才听出声音在后面。胡亮回头张望，看见一个油桶从后面滚过来，翻进了雪谷里，并压出了一道凹槽。那个油桶是我们运输的型号，张一城回头看了就大骂，妈的，油桶成精了，竟然想和我们玩跟踪！

我凝眉细看，心中大骇，油桶里好像装了一个人。再睁大了眼睛一瞧，我操，那不是装鬼子的油桶吗？

52

09. 蓝色毛发

油桶没长脚，居然跟在身后，滚进雪谷里。

换了别的空油桶，我们还没那么慌张，偏偏是那个装了鬼子尸体的油桶，这太邪门了。张一城骂咧咧地走过去，想要把鬼子丢出油桶，胡亮及时拉住他，叫他别轻举妄动。还是韩小强最厉害，没等我们想明白，他就紧张地叫我们快找掩体。

顷刻间，天摇地动，风云即变，白雪从高山上一波又一波地卷下来。尽管这气势远不及雪崩，但足以使人惊慌失措，没吓得尿裤子都算厉害了。我瞅着新鲜，第一时间居然没想到找地方躲，而是一个劲地仰头望天。直到胡亮拖着我往回跑，我才四肢并用地逃开。快要到C-53运输机残骸处时，天上就落下拳头大的冰雹，混着蒙蒙的雨雪，不停地往我们身上砸。这种情况太危险了，别说拳头大的冰雹，即使仅有颗指头那么小，从天上砸下来也能要了人的小命。我们避无可避，又躲回C-53残骸里，没工夫去管滚过来的油桶。

C-53残骸漏洞太多，冰雹轻易地穿破而过，机舱内很快就滚进来十多个冰雹。韩小强事后对我们解释，昨晚在天上飞行时，他就料到会有这一场恶劣的天气袭来。当时我们的C-47偏航了，并不是无线电导航信标失灵

所致，而是受到了空气团的影响。

所谓空气团，那是一种密度非常高而封闭着的空气，它活动于非洲、阿拉伯半岛和印度之间。当空气团慢慢地强烈起来，冲击到高耸的喜马拉雅山脉时，它就释放出无数冰雹，其大小如高尔夫球。空气团流速瞬间加快，会使得飞机偏航，不少飞机就是被这种空气团吹落山林里的。

韩小强算出空气团后，以为那晚就是空气团过境，殊不知那是前锋，好戏还在后头。大批的冰雹砸入山间，风吹得强劲，飞机残骸都快被掀起来了。随着空气团威力增强，我们不再用语言交流，纷纷捂住耳朵，否则冰雹砸到机舱的巨响会让人变成聋子。那个油桶随风滚动，当到达飞机残骸旁边时，不知是天意还是巧合，油桶正好滚到机舱的门外就静止了。

这一刻，我差点把捂住耳朵的手放下来，因为油桶里不是那个鬼子，而变成了我们的战友。胡亮在我旁边蹲着，也发现了外面的异状，但冰雹如雨般密集，不能冒险冲出去。我在心里叨念，冰雹下就下吧，别他妈下出雪崩来就成了。对于是否会引起雪崩，四个人心里都没底儿，就看其他战友的英魂会不会保佑我们了。

约莫过了十分钟，冰雹停了，剩下狂风鼓吹，机舱的铝皮好像也怕冷，一直抖个不停。外面的冰雹堆成小山，而山上的雪如瀑布一样，哗哗落下，触目惊心。张一城啧啧地望着头顶上的过境烟云，没注意到油桶里的问题，听到韩小强问油桶里有什么，他才转身把油桶扶起来。

我怕雪山的积雪不稳定，便叫他们先退出雪谷，可胡亮走到入口那边瞅了一眼，告诉我们身后的路被堵住了。刚才那么大动静，雪山不可能纹丝不动，原来雪崩就近在咫尺。幸好我们在崩塌的边缘上，要不也会被埋起来，我不由得又庆幸自己的运气很好。张一城哪管后路是否被堵住，扶起油桶就把战友从里面拖出来，然后问我们谁见过那位战友。

我上前去看，那一刻，我惊呆了，足足一分钟没说出话来。

那位战友竟然是失踪了三个月的杨宁！三个月前，杨宁他们从印度起飞，运了一批物资，朝昆明飞过来。后来那些飞机集体消失在天空中，谁也不知道发生了什么事。这种情况在飞跃驼峰航线时，时有发生，我们早就不奇怪了。航线上的地形、天气、敌机，以及神秘自然现象，都是飞机失踪的重要因素。

以平常的经验来看，一般失踪后，极少有人能够生还。只要失踪超过一个月，我们都会把战友归为牺牲的那一栏，这个做法一直没被推翻。因为他们即使坠机生还了，还要面对地面上的猛兽、恶劣天气、陌生的荒野，超人来了都会却步。

当我认出杨宁的面孔时，身体里的血液都静止了，她的出现让我高兴又疑惑。我着急地摸了摸杨宁的脉搏，却摸不到一点动静，连呼吸也听不到了。我心一凉，杨宁在这三个月来遇到了什么事，为什么现在会在雪山上？可油桶里原来装了一个鬼子，会是谁把尸体调换，还把油桶踢到我们身后？韩小强却觉得油桶是被风吹过来的，也许这是巧合，否则谁会那么无聊。

当时的女飞行员特别少，除了张一城以外，我们都认识杨宁。当张一城知道杨宁的身份后，他就瞪眼问："难道那鬼子没死，然后偷袭了这倒霉蛋？"

"这不可能！鬼子如果没死，昨晚被我们丢到外面吹了一宿，猪都会被冻死，更别说一个人了。"我摆手道。

胡亮朝油桶扫了几眼，问道："还是同一个油桶吧？"

韩小强弯下身子想去确认，怎知杨宁突然吸口气，猛地抓住了他的小腿。韩小强身子本来就虚弱了，经过这一次惊吓，两眼几乎都翻白了。我也打了个激灵，高兴地在心里喊，杨宁真他妈命大，居然还留了一口气。胡亮急忙把杨宁从雪地上扶起来，问她还撑得住吗，但得不到回应。杨宁

比以前瘦了好几圈，憔悴虚弱，毫无气力，仅能翻动眼皮子，能抓住韩小强的脚也是醒来那刻的力量。

张一城惊喜地看到杨宁苏醒，又担心地观察雪山，并问我们要不要先换一个地方，在这里叙旧不能畅快。两边的雪山上还在慢慢地滑落积雪，地上的雪像坟墓一样，我们的腿掩埋在雪里，都已经齐平到膝盖上了。可后面的路被堵住了，爬是爬得过去，就怕那里还会发生第二次雪崩。那种雪崩不算大规模，但要埋掉几百个人绰绰有余。对此，我们望而生畏，不敢再退回去。可雪谷的地形很危险，当时我们侥幸地想穿越雪谷，没料到雪崩来得如此之快。

韩小强怯道："前面的路不好走，我们还是退回去，另找别的路吧。"

关于这个建议，虽然像逃跑，但我举双手赞成："小强说得没错，你们看这个雪谷分明是个坑，正等着我们跳进去。雪山上起码几百万吨雪，够埋一万人了。"

胡亮最谨慎，考虑再三，同意道："那好吧。我刚才回去看过了，虽然后面的路被雪堵住了，但最多只有百米来高，爬过去的问题不大。"

张一城看所有人都站一边去了，于是只好说："好吧、好吧，那就听你们的！"

这时，杨宁用尽力气张口，想要说点什么。胡亮把耳朵靠在战友嘴边，听了很久没听出来，可能是刚才的冰雹声让我们的听力受到了影响。杨宁面色淤青，虽然衣服没脱下来，但身上的伤肯定更严重。我不知道杨宁怎么受伤的，本想让她喝点热水，却发现没有燃料能烧水。

韩小强唯恐空气团的影响还在，催促我们背杨宁离开，但杨宁吃力地推开要背她的张一城，然后松开了一直紧握的右手——原来她拽了一撮蓝色的毛发。战友和我们一样都是飞行员的装束，手上戴了黑皮手套，我刚才看她一直紧握着拳头，还以为她怕冷呢。那撮蓝色的毛发鲜亮光泽，发梢还带了点皮，以及红色的鲜血。我见状就心说，妈呀，杨宁从哪找来的毛发，世界上有什么东西身上的毛是蓝色的？

杨宁说不出话来，垂下的右手就在雪地上，艰难地写了一行字：千万不要退回去！

"你有话不能好好说，非得装神弄鬼，糊弄我们是吧？"张一城气道。

"她真的虚弱，你别瞎起哄！"我不平道，如今能找到活着的杨宁，也算是不幸中的万幸，谁能想到她真的还活着。

"虚弱个鬼！虚弱还能写字？让老子打她一巴掌，看她还虚弱……"

张一城向来不给女人面子，可他话未说完，杨宁终于张嘴念道："1417060255！"

韩小强听罢，立刻抓住张一城举起来的手，大叫先别动手。我看韩小强很激动，心说杨宁念了一组数字有什么奇怪的，反应不需要那么强烈吧。张一城奇怪地盯着韩小强，把手放下来后就问那数字是什么意思，难道是什么机密情报？韩小强告诉我们，那组数字是报务员的暗号，但并没有得到官方的认可。

关于这组数字的来历，要从1943年春天开始讲起。那时有10架飞机从印度飞往昆明，后来在驼峰航线上全部神秘失踪。没人知道那10架飞机遇到了敌机，还是碰上了恶劣的天气，反正就好像从天上一下子消失了，生不见人死不见尸。上头又气又悲，听说那10架飞机从印度运了一批很重要的物资，就因为这批物资没及时补给，以致在前线抗战的兵民在几场战役中死伤大半。

一些报务员透露，那10架飞机在失踪前曾同时发出10个信号，一直在念同一组数字：1417060255。汀江的地面导航站想问，那组数字有什么意思，随后就马上与10架飞机全部失去联系。这些都是机密，除了报务员听到风声外，我们都被蒙在鼓里。其实，飞机失事后，并不是所有报告都公

开了，有一半的文件只有少数人才见过。这种事情我们见多了，也就不稀奇，不会再去打听了。

听完韩小强解释，我们才意识到杨宁正是今年（1943年）春天失踪的其中一员！现在距离那次任务已经过去三个多月了，谁都以为那些战友没有生还的机会，没想到居然让我们遇到活下来的杨宁。我满心好奇，想要追问，可杨宁说话特别费劲，有那么一瞬间我还真想学张一城那样揍她。

张一城难以置信地问："韩小强，你没开玩笑吧？她真的是三个多月前失踪的战友？"

韩小强点头道："我没这么说，只不过那组数字在报务员里传得很邪门，我刚才听了吓一跳！你不是报务员，不懂流传的内容多么离奇！"

我瞅着战友，琢磨要不要听杨宁的，因为她看起来精神有点不正常了。这三个月来，她如果一个人在雪山里，即使是铁人，恐怕也会疯掉。现在雪谷随时会再来一次雪崩，不撤退的话，继续待在雪谷里不被吓破胆才怪。可是，胡亮愿意相信韩小强，除了我和张一城，他们都相信后面的路会更危险，不如冒险往前继续走，兴许出路就在前面。到了这个时候，我们每一个决定都会影响生死，脚下每迈一步都像赌博，心里全没底了。

雪谷里，沙沙的落雪声持续着，虚弱的杨宁又神经质地叨念起来："1417060255、1417060255、1417060255、1417……"

10. 另一架残骸

　　杨宁重复地念数字，韩小强又添油加醋地渲染一番，气氛变得很怪。我头皮发麻，赶紧叫杨宁别念了，真他妈像紧箍咒。张一城脾气比我暴躁，杨宁不知好歹地继续念，不懂怜香惜玉的他就夺过胡亮手里的氧气瓶，往杨宁头上敲了两下。我看张一城还想敲，着急起来拦住他，不然杨宁的头就开花了。

　　身处雪谷中，韩小强担惊受怕，唯恐杨宁数字还没念完，雪又要从山上倾覆下来。幸而雪山常年冰冻，一场冰雹造不成太大的影响，冰雪仍紧紧地吸附在雪山表面。胡亮忧心忡忡地望着两旁的雪山，然后蹲下来问杨宁不能退回去的原因，说如果她不肯说，那我们就马上退回去。这一招立竿见影，杨宁总算不再念那组数字，改口告诉我们在这段时间的遭遇。

　　三个月前，十架飞机从印度汀江机场起飞，运送　批物资回中国昆明。那晚，风平浪静，一路畅通。在经过喜马拉雅山上空时，十架飞机的报务员都接收到一组数字，那是由一个陕西口音的女人念出来的：1417060255。十个报务员同时重复这组数字，并与地面导航站联系，询问是谁与他们接通对话了。可是，刚念出那组数字，十架飞机的无线电同时全部失灵，一场雷暴突袭而来。

喜马拉雅山的天气反复无常，忽然来了一场雷暴，飞行员们早就习惯了。可这一次，他们谁都没有逃脱，全部坠落在喜马拉雅山上，只有少部分人跳伞逃生。杨宁是副驾驶，那晚跳伞落到雪山上后，她就被一群全身武装的人抓去了。杨宁被蒙住眼睛，不知道被带到何处，那群人也不肯说话，好像一出声就会透露自己的身份。

被蒙脸关了几天，杨宁饿得连呼吸的力气都没有了，那群人才喂她喝了点水。杨宁看不见，只能凭感觉知道附近很温暖，但根据她被抓到这儿所花的时间推算，那个地方肯定还在雪山范围内。又过了两天，有一个操广东口音的男人来威逼利诱，如果杨宁不肯就范，就活不到明天了。

士可杀不可辱，女人也有自己的气节，杨宁毫不犹豫地拒绝了，也不再喝一口水、吃一粒米。杨宁起初和我们想得一样，也以为喜马拉雅山被日本人占据了，可有一次她听到那群人又抓来几个人。杨宁听得很真切，那是几个日本人，他们一直喊个不停，不一会儿就被那群神秘人枪杀了。直到那时候，杨宁才觉得不对劲，如果不是日本人，那会是谁盘踞在最高的雪山地带上？

那群人厌倦了等待，扯掉了杨宁的面罩，把几个人丢到她面前。待模糊的视线逐渐清晰，杨宁看到几位战友被打得头破血流，奄奄一息。那群人蒙着黑面罩，交流甚少，除了那位操广东口音的男人出过声，其他人都谨慎地沉默不言。蒙面人威胁杨宁，若再不归顺于他们，她的几位战友就会马上被杀死。

这种招数最无耻也最有效，杨宁刚犹豫了一秒，蒙面人就开枪杀了一个战友。如果再犹豫下去，战友就会全部死光了，杨宁无可奈何地点头答应。可杨宁仍心存疑虑，毕竟她不是大人物，和其他战友没啥两样，犯得着用这样的手段逼她吗？杨宁一投降，蒙面人就马上把战友们拖走，并吩咐杨宁必须完成一项任务。

当时，杨宁仔细地观察四周的情况，那里是一个由山洞改造的牢房，不知道关了多少人，以及哪些人。被带出牢房时，杨宁又被面罩蒙住双眼，走了十多分钟才到了另一处。那一处温度很低，应该处于山洞外围，杨宁的面罩被抽掉后，她才看到自己站在一处空旷的雪地上，然后就惊呆了。

在灰白色的雪地上，那里居然停放了一架覆盖了冰雪的C-54型军用运输飞机。

C-54是当时性能最好的军用运输机，属于远程货运飞机，装有4台活塞式发动机，每台功率为1450马力。C-47、C-53、C-46等运输机航程都不到2000公里，而C-54运输机航程能达到6000多公里，载重达9980公斤，领先于其他运输机。由于C-54是远程运输机，性能也很好，有机会驾驶它的中国飞行员并不多，能开C-47就该笑掉大牙了。

然而，雪地上的C-54远程运输机只是一具残骸，似乎迫降时损坏了大部分机身。蒙面人的目的就是让杨宁去修理这架残骸，恢复其原来的性能。在去美国受训时，我们除了驾驶技术，还学了维修技术，以及飞机制造原理。飞跃驼峰航线太危险了，再好的飞机都会出问题，所以不管是驾驶员还是报务员，每个人都对飞机的制造原理很了解。

从那位带头人的口气推断，杨宁肯定她不是唯一一个被逼修理那架残骸的人。修理了几天，杨宁摸出了一个规律——一天内有几批人来修理飞机，每个人修理的部分都不同，而她修理的部分就是飞机上的通讯与定位仪器设备。

杨宁曾在修理飞机时，故意留下信息，想和下一批来修飞机的人联络。可蒙面人太狡猾了，每次修理完后，他们都会再检查一遍，杨宁留下的信息都被烧掉了。那架C-54远程运输机几乎报废了，花了近三个月都没能全部修好，中途还要等一些必备的零件换上去。杨宁故意提了几种很难找到的仪器，但那群蒙面人仅过几天就运来了，根本难不倒那群人。

眼看C-54远程运输机修好的日子临近了，杨宁预感会有大事发生，蒙面人费劲心思修好这架远程飞机，肯定不会单纯地想过一过开飞机的瘾。遗憾的是，有关飞机的信息都被去除了，杨宁在修理时根本搞不懂那架残骸属于哪一方，只能从残骸上的部件分辨出它来自美国，而二战时的这种飞机型号才有一千多架。

唯一的可能就是，蒙面人想修好这种重型远程运输机，要带一批很重的货物去一个很远的地方。这群人若是军方人物，他们定会想方设法弄一架C-54使用，既然他们费尽心思修理C-54的残骸，那他们就与军方无关。杨宁推断了很久，也搞不懂蒙面人与军方无关，那他们究竟是什么人。

前些天，蒙面人一下少了很多，杨宁又被带出牢房去修理C-54残骸。在山洞外面，只有一个蒙面人看守她，不像往常五个人看守她一个人。杨宁瞅准时机，在飞机上与蒙面人打起来，而其他战友也意识到这时候防守薄弱，同时有两个人一起从山洞的牢房里逃出来了。杨宁跳下飞机，没时间掀掉蒙面人的面罩，一心先与另外两位战友会合。他们不约而同，早就计划从山洞里的牢房逃跑，有一位不知从哪搞到了一份古怪的地图。

那份地图北面画了一个细小的裸女，裸女旁边有一架飞机，雪山在地图上被标为"圣母山"。圣母山上的每座雪峰皆以数字命名，以裸女为辐射，依次排开，离残骸最近的雪峰就是一号峰。地图上的路线，有蓝色和红色，可没标明不同颜色有什么定义。

奔逃时，杨宁几乎没时间和两位战友交流，没跑多远那两人就被追来的蒙面人打死了。杨宁滚下一个雪坡，险些摔死，但因祸得福地避开了蒙面人。杨宁想往地势低的地方走，可那边一直有蒙面人在搜索，她被逼得一直往南面走。在按图索骥的过程中，杨宁摸清了蓝色路线与红色路线的区别。红色路线代表有蒙面人来回把守，而蓝色路线就稍微安全一点，很少与蒙面人正面冲突。

杨宁在前一晚看到有飞机坠落，料定又有战友掉在喜马拉雅山上，于是想来这里救人，也算给自己找个帮手。怎知被一个蒙面人逮住了，杨宁在厮打中抓住了对方的脖子，扯下来一撮毛发。这举动把蒙面人气疯了，杨宁得不到食物补充体力，很快败下阵来，还被对方打晕了。接下来发生的事情，杨宁就不清楚了，只记得耳朵很疼，醒来后就看见我们四个人站在她面前。

"妈的，你确定你脑子没问题吗？"张一城不以为意，认定杨宁在编故事。

杨宁到底是个女人，张一城说话总是那么粗鲁，我便叫他礼貌一点。不过，我也觉得不可思议："这事太玄了，谁有那么大的人力物力，盘踞在喜马拉雅山上？"

韩小强小声道："凡事无绝对，又没人把喜马拉雅山一处处地搜过。"

胡亮默不做声，盯着杨宁，一副老谋深算的样子，又好像在垂涎杨宁的美色。我忍不住问胡亮在想什么，他却不理我，反问杨宁那份地图还在身上吗。杨宁说了那么多，看上去就快要断气了，哪还有力气把身上的地图拿出来。张一城索性帮忙，放肆地去摸杨宁，嘴里还说要揭穿这个大骗子。我怎能看杨宁受辱，正要阻止张一城，不想他一摸就摸到了那份古怪的地图。

展开一看，地图上的标注都与杨宁描述的相差无几，按照地形来看，我们身处的雪谷是蓝色的，而旁边的几条路全是红色的。难怪杨宁警告我们别过去，这份地图她肯定研究了很久，否则不可能看一看就知道雪谷处于蓝色路线。我站在胡亮身后，踮脚又看了一眼，发现雪谷两边的山峰标的是"9"和"10"，与"1"号峰相隔甚远。

杨宁疲惫道："既然我遇到你们了，能不能带我往前走，回到蒙面人的山洞，救出其他战友？"

"算上你，我们才有五个人，子弹又有限，可能还没走到那边就先……"我头疼地没把话说完，现在能看见活着的杨宁，都已经是天大的奇迹了。

张一城热血沸腾地骂道："操你个刘安静！子弹不够有什么好怕的，让老子去宰了他们，怎么能让我们的人被关在那儿？杨宁不是说了吗，蒙面人走了一大批，没有几天不会回来吧？"

杨宁点头道："没错！好像那群人还有别的飞机，他们可能乘飞机离开了，但肯定会再回来！我研究过C-54残骸附近的地形，旁边肯定有滑行跑道，他们绝对不止一架飞机。"

胡亮终于开口道："如果真是如此，我们可以冒险试一试，不成功便成仁！抢了他们的飞机，我们就可以飞出雪山，还能把其他兄弟都一起救走。"

我不禁怀疑这个想法是否行得通，根据杨宁的描述，那伙人可不好惹，谁知道他们现在是不是真的人手不够。就算蒙面人走掉一大半，那他们还有武器，我们的盒子炮奈何不了他们的。话虽如此，但我也动了心，因为蒙面人可能还有几架飞机在那边的雪地上，如果抢过来就能一下子救走所有受困的战友了。

韩小强忙着对照地形，研究雪谷前的路况，可我却觉得这地图不大对劲。这里明明是喜马拉雅山，为什么地图上却标注"圣母山"？猛然间，我脑海里闪过一个念头，喜马拉雅山不止一个名字，在中国有一群人的确把喜马拉雅山称"圣母山"，难道是他们盘踞在雪山上？

11. 英魂之墓

　　我刚把想法讲出来，韩小强就提出质疑，圣母山不是喜马拉雅山，而单指珠穆朗玛峰。"珠穆朗玛"是佛经中一位女神名字的藏语音译，现在台湾以及一些海外华人地区也把珠穆朗玛峰称为"圣母山"，而喜马拉雅山在藏语里则是"雪山"的意思。其他人也和韩小强想得一样，以为我搞错了，圣母山应该是珠穆朗玛峰。可他们并不知道，在清朝年间，的确有一批人将整座喜马拉雅山称为"圣母山"。

　　早在元朝，历史文献中就有关于珠穆朗玛峰的详细记述，当时它被称为"次仁玛"。康熙五十六年，清朝曾派人测量珠穆朗玛峰的高程，确认了其世界最高峰的地位，在正式命名为"朱姆朗马阿林"之后又准确地标注在朝廷绘制的《皇舆全览图》上。1771年，朱姆朗马阿林易为今名——珠穆朗玛峰。

　　那时候，一起去测量珠穆朗玛峰的人有108个人，而活着回来的人只有53个人，有55个人不见了。据说走失的55个人原是清朝关押的犯人，他们原居住在岭南一带，不知为何他们被放了出来，并去喜马拉雅山测量珠穆朗玛峰的高度。有一晚，那55个犯人逃跑了，再也没出现过。而那55个犯人一直称喜马拉雅山为"圣母山"，别的人没有多想，同一个东西本来

就有很多称呼嘛。

到了1841年，在英国人乔治·额菲尔士（又译为埃佛勒斯）的主持下，一队人马未经清政府许可，擅自对珠穆朗玛峰进行了非法的测量活动。当时，额菲尔士根本就不知道珠穆朗玛峰的名字，只是依序把它编为第15号山峰。

英国人擅自测量出的地图一共有两个版本，一个是英文标注，另一个则是中文标注。那两份标注现今保存在大英博物馆里，它们是已知少数用数字标注雪峰的老地图，在那份中文副本地图上，喜马拉雅山也被标注为"圣母山"。关于这一个命名，学界一直认定称谓错误了，也许是原作者将珠峰与喜马拉雅山搞混了。

当然，英国人的那两份地图在1943年还只是传说，我们谁都不知道它在以后会被放在大英博物馆。可我以前就听说过这传闻，当看到杨宁拿出的雪山地图，第一个想法就是清朝与英国的两次测量事件。可惜我对英国的那次测量了解不多，不知道是谁做他们的向导，如果没有向导很容易迷失在雪山里。

张一城摆出一副怀疑的表情："你是说，清朝那时留下的55个人，一直在雪山里？"

"那除了他们，还有谁把喜马拉雅山称为圣母山，又还有谁用数字代替每一座雪峰的名字？"我反问道。

"难怪他们这么熟悉雪山的环境！"杨宁此话一出，我就知道她相信我了，事实上我们的关系比其他人要亲近一点。

韩小强也有点动摇了："那55个人留在山里做什么？他们既然逃了，肯定有大把时间离开雪山。"

胡亮把话打断："先别讨论了，再说下去也找不到答案。不如趁还没天黑，我们往前面走吧。等扎了营，生了火，你们讨论个几天几夜都行。"

我最不愿意想生火的事情，虽然有几瓶燃油，但没有燃料，总不能把衣服烧了取暖。雪山上天黑得快，我们不敢再耽误，收拾片刻又往前走。可我不忍心战友长眠于此，连块墓碑都没有，于是就取下C-53残骸的一块铝片，插在他们的坟前。但没人知道他们的名字，我们也不认识他们，思前想后，大家一致写下"英魂之墓"四个字。

杨宁走不动了，由张一城背在身上，我们其他三人就多背一点儿物品。本来我想背杨宁，可怕其他人误会，便由身强力壮的张一城代劳了。我们踩在松垮垮的雪地上，冰冷的温度渗入脚心，当务之急就是生一堆火。我沿途都在看雪山的灰色石壁，妄图找到几棵坚强的树木，但连草都没有看见，更别说树木了。我实在冷得不行了，心想豁出去了，把身上的衣服烧了吧。

这时，走在前面的胡亮打了一个停住的手势，我不由得皱起眉头，难道前面又有状况了？

前面的银色雪谷变得辽阔起来，中间还有不少黑色的巨石隆起，起码有两三层楼高，就像一处雪山版的石林。空气团过境不久，冷风一吹，雪地被铺得平平整整。可前方的雪地上有几串脚印，每一个脚印皆为椭圆形状，不像是人类留下来的。

我们放眼望去，找不到活物，除了石头还是石头。不过，石林分布在雪谷中，要躲起来轻而易举。胡亮叫我们先别过去，因为脚印延伸到十多米外就不见了，山岩上也没有活物在攀爬。我对这种忽然消失的事情有种恐惧感，正因为看不到危险，所以很容易胡思乱想。雪山有稀奇古怪的生物，我们早有耳闻，却从没亲眼见过。看着那几串椭圆形的脚印，我们都觉得唯一能够合理解释的答案就是，这东西会飞。

韩小强仍不放心，猜疑道："这些脚印有两个巴掌大，它们如果飞起来，我们不会没留意到吧？"

"怕什么？我们有枪！它要是敢来，我们就杀了它，好好地吃一顿！"张一城乐道。

胡亮四处张望："开什么枪，你想让我们都被活埋吗？"

我点头道："胡亮说得对，不管怎么样，绝不能在雪谷里开枪！"

张一城哼了一声："别慌嘛，你们不是也听到了，那陕西女人开了多少枪了，雪崩了吗？"

"那边好像有个洞。"杨宁在张一城背上，看得比我们远。

我们往前看，在百米前的山岩下有一道裂缝，远远看去就像一个山洞。我看天色不早了，谁也不肯定走过这个山缝后，前面还有没有遮风挡雪的地方。胡亮也和我想的一样，于是大家就决定在裂缝里过一晚，顺便研究雪山里的异常，以及明天要走的路线。毕竟，我们要穿越雪谷，到达一号峰那边去抢飞机，不好好做个计划可不行。

拖着麻木的身体走过去，我们顶着寒风逆行，快要走到那处山缝外面时，却闻到一股浓烈的恶臭味。韩小强和我一样，首先想到死尸，自从掉在雪山上，我们见过的死尸不止一具了；胡亮肯定山缝里没死尸，雪山上那么冷，尸体肯定不会发臭，至少不会那么臭；张一城背着杨宁，两只手托着人，无法捂住鼻子，臭得他都想吐了。

"妈的，是不是谁在里面拉屎了，臭死了！"张一城接连呸了几声。

我紧张地走过去，站在山缝外面，打亮手电往里一瞧，顿时感到很意外。

这条山缝很浅，最多往里延伸了五六米，比机舱还窄。在山缝里，果真有一堆又一堆的黑色粪便，有的干了，有的还很湿，甚至在冒热气。张一城看见他说对了，喜笑颜开，终于被他蒙对了一回。可我却很慌张，这么多粪便在山缝里，而且有的还很新鲜，肯定有野兽在雪谷里。我们鲁莽地占据兽巢，会不会引来杀身之祸？

韩小强回头看了一眼身后的雪地，说道："刚才那几个脚印，应该就是洞里住的野兽留下的吧？"

温度越来越冷了，我哆嗦道："现在看不到它们了，估计出去找吃的了，我们借住一晚吧。"

张一城不干了，嫌道："刘安静，这里面那么臭，比厕所还脏，要住你自己住！"

胡亮却很高兴，还要我们清空一个背包，把那些粪便装进包里。张一城一听要装屎，马上骂胡亮是不是疯了，吃的东西不捡，你他妈去捡屎。我很快就明白了，那些粪便大部分都已经干了，完全可以当燃料。在西藏地区，很多人都用牦牛粪便烧火，易燃又方便。山缝里的粪便绝不是牦牛的，虽然搞不清是什么动物的，但它们已经干了，很适合做燃料。

张一城理解捡粪便的用意后，很不情愿地放下杨宁，跟我们一起进去清理这处狭窄的洞穴。韩小强拿着盒子炮守在外面，如果有野兽出没就通知我们，而杨宁就靠在边上，一句话都不说。我顾不上恶臭味，将湿的粪便推到雪地外面，然后取出燃油把一堆粪便点着，一瞬间洞穴内就亮了。

由于洞穴内有股难闻的气味，我们就先让火烧十多分钟，把湿臭都烧掉才敢重新走进去。我们冷了很久，现在烧起火了，每个人都恨不得跳进火堆里，将自己也燃烧起来。我脱掉黑皮手套，把手放在火上，烤了一分钟才感到一点儿温热。同时，胡亮又找出一个杯了，烧了点热水给我们每人喝下。这一杯水比什么都好喝，我们不怕烫到舌头，猛地灌进喉咙里，一直喝了好几次才肯罢休。

暖身后，胡亮一直望着外面，还搬了几块石头挡着洞口，防止风雪灌进来。韩小强守在那里，唯恐野兽会回来，手里的盒子炮一直端得很紧。我在洞里照顾杨宁，给她喂了点食物，又擦了点药。杨宁还未恢复血色，我有点心急，她却老是叫我把地图再看一遍，今晚要研究出回去抢飞机的

路线。

张一城靠在火边说："抢东西那是鬼子干的事情！这里太暖和了，干脆我们不走了，留在这里吧。"

"那我们吃什么？"我问道，"包里的食物不够吃几天了。"

胡亮堆好石头后，回到洞里一边收拾干瘪的粪便，一边说："飞机肯定要抢，不然就和那群蒙面人干一架，不过还是抢飞机比较容易办到。"

"谁知道飞机还在不在，那架C-54用来干什么，难道他们要开到北极？"张一城胡乱猜测。

我也搞不清楚C-54要用来做什么，蒙面人费劲心思修好那架残骸，肯定要到一处很远的地方。我们必须抢在他们前面，现在能做的就是希望老天爷开眼，最好让蒙面人在回来的途中坠机，全部死光光。说话时，胡亮还在整理粪便，准备装几包带走，因此又把几个包都清空了。胡亮把包打开，叫我帮忙把粪便塞进去，别等到明天再装，谁知道下一刻野兽会不会就回来了。

韩小强拿着盒子炮守在洞口后面，外面一直没有动静，也许野兽真的在雪地上凭空消失了。我摇头苦笑，抓起地上的黑色粪便，一坨坨地塞进包里。正塞得欢，我赫然看见手里的一坨粪便里有异样，再仔细看了一眼，分辨出了一块不同寻常的标记。

12. 分歧

黑色粪便里的那枚标记是日本的太阳标记，再往里翻还有美国空军的半边标记，还有半边可能被野兽消化掉了。虽然标记和布料都残缺了，但我认得出来，这是美国空军制服，而且是格雷那伙美国人穿的。我第一个念头就是这是格雷的衣服，他可能被野兽连人带衣服一块吃了，可他不是在天空就消失了吗？

胡亮也觉得奇怪，但跟我唱反调："不一定是格雷，昨晚一起飞出来的美国人，不只他一个。"

张一城看见日本的太阳标记，怒道："怎么不是格雷了，你没看见那坨屎里面还有鬼子的太阳徽标吗？"

韩小强守在洞口，听到我们争论，紧张地回头说："那应该就是格雷了，这次一起飞出来的美国人中不是只有他参加过中途岛海战吗？"

看到这里，可能大家会觉得奇怪，为什么美国空军制服上会有日本国旗标记？其实，美国空军和海军航空队可以自行设计部队徽章，他们的前身是曾经参加过太平洋战争中国战区的美国陆军航空队，他们不仅有日本国旗的标记，还有韩国国旗的标记。这样的现象出现在当时的海军航空队，如落日中队曾经参加过太平洋战争，他们就在队徽中保留了日本的太

阳标记。

太平洋战争打了好几年，中途岛海战是1942年6月发生的，格雷在海战后就退役了。那晚一起飞出来的美国人里，唯独格雷参加过那些战争，因此只有他的飞行夹克上有日本国旗的标记。我们和格雷并不熟，一开始还暗地里嘲笑他，老穿以前的衣服，现在想一想，他应该是怀念并肩作战时牺牲的战友。

可我转念一想，不对啊，这些粪便干得能当燃料了，肯定不是最近的东西。这百分百与格雷没关系，在云南的那些美国人里，绝对还有一些人也参加过海战。我的心七上八下，不知道这位倒霉的美国兄弟是被活吞了，还是死了才被野兽吃进肚子里。不管是哪一种情况，我们都不可掉以轻心，能把那么大一个人吃了，这可不是小猫小狗能办到的。

张一城依旧天不怕地不怕，亮出手里的盒子炮就说："我巴不得有野兽走过来，老子饿得命根子都瘦了几圈，再不吃肉就要疯了！"

这时，在一旁静静坐着的杨宁忽然张口道："外面有动静！"

我只听到外面有风声，没有别的声响，于是问韩小强："是不是野兽回来了？"

韩小强却摇头回答："外面在下雪，没有看见野兽。"

杨宁像着魔一样地瞪着洞口外，依旧念道："外面有动静！外面有动静！"

我无奈地叹气，杨宁被折磨了三个月，精神可能出问题了。这女人可能没一句话是真的，什么蒙面人、C-54全是瞎编的，喜马拉雅山上哪有这种东西。可胡亮好像特别相信杨宁，听说外面有动静，他就凑到洞口后去观望。韩小强把位置让出来，回到火边取暖，跟着我一起把手放到火上面烤。

谁知道，胡亮往外面看了一会儿，转头朝我们低声说："外面有一个人！"

又有人？我心疑地起身走过去，以为是战友，又或者是杨宁口中提到的蒙面人。可是，大伙一起挤到洞口后面时，看见的却是一个日本人。那个日本人穿着日本空军制服，在雪地里蹒跚地往雪谷前面走，还有四五十米才能走到洞口这里。我在心里琢磨，来时的路不是被雪崩堵住了么，我们走过来没看见有其他人，那个鬼子从哪儿冒出来的？

张一城见了鬼子就冲动了，恨不得拿起盒子炮，朝鬼子脑门儿开几枪。胡亮可能怕鬼子后面还有人，强行按住张一城，不让他马上冲出去。外面的风雪不算大，但是隔得远了无法看清远处的情形，也许鬼子和我们一样有同伴。韩小强跟我们想得不一样，他替自己辩解，刚才真的没看见日本人走近这边。胡亮叫韩小强别自责，因为他也是看了一会儿才发现日本人的，看来杨宁的耳朵比狗还灵。

张一城牙痒痒地望着鬼子，大骂："你们这是在干什么？畏首畏尾，见了鬼子是不是尿裤子了？"

这话喊得太大声了，山上的雪都滚了几坨下来，从后面走来的鬼子肯定听到了。只见鬼子惊恐地朝山缝这边看过来，想要拿出武器防身，但他手上却空空的。我以为鬼子想要逃跑，但他跟跄了一下子，然后就跌倒在雪上，没有再爬起来。张一城嫌我们胆小如鼠，大腿一迈就踢翻堆在洞口的石头，走过去要杀了那鬼子。

胡亮和我追出去，韩小强跟在后面，只有杨宁蜷缩在火堆旁。我们依次跑到鬼子那边一看，原来他已经昏死过去了。张一城作势开枪，我急忙拦住他，叫他枪下留人。与此同时，胡亮把鬼子翻过来，摸了摸他身上，没有发现武器。鬼子的脸色比杨宁还要差，估计也掉在雪山上好几天了，就算不遇到我们，他也会活活饿死。

张一城看我们不让他杀鬼子，气道："难道你们和鬼子是一家人，怎么今天全帮着外人了？"

胡亮从雪地上站起来解释："我们谁都不清楚雪山上有什么古怪，能见到一个人都算走运了。你让我们先问他，在山里见过什么，然后再杀他也不迟！"

"我忘记你还会日本话了！"张一城挖苦道，"你不是奸细吧？"

我看鬼子快撑不住了，马上说："先把他拖进洞里，不然他真的要冻死了！"

韩小强听罢就和我把鬼子往洞里拖，胡亮和张一城还在纠结杀不杀鬼子的问题，如果真的等他们争论完毕，鬼子早就投胎去了。奇怪的是，我刚把鬼子拖进洞里，杨宁就像见到鬼一样，马上吓得退到洞的最里面。韩小强忙说鬼子已经昏迷了，没什么好怕的，言下之意是鬼子如果没昏，他可能有点怕。

我们又走回洞里后，韩小强就把被踢翻的石头又重新堆好，其他人就在杀不杀鬼子的问题上产生了分歧。在那个年代里，仇恨日本人是可以理解的，绝少有人在这种情况下不起杀意。光是想一想那些被日本人打掉的飞机，我们的心里就疼得厉害。要不是日本人阻截，我们怎么会选这么危险的航线飞行？还不都是他们逼的。

胡亮一进来就对张一城说："你别那么激动，好吗？让我问两句话，这有什么问题！"

"妈的，老子见了鬼子就来气，多让他活一刻都不行！"张一城恨恨道。

我摸了摸鬼子的身体，冷得像冰块一样，于是回头说："你们少说两句吧！这鬼子再不吃东西，不喝水，恐怕就要死了，根本不需要你们动手！"

胡亮打定主意要套点消息，不管张一城反对，立刻给鬼子灌了几口热水。张一城骂咧咧地看着，提起1923年日本关东大地震，中国方面救助了日本，谁料到日本人在地震后杀了6000多名朝鲜人和600多名中国人，大部分是被推到幸存者面前斩首的。鬼子就是鬼子，更不用提日本人侵入中国后的暴行了，别以为救了他们就会悔改。张一城数了一堆事实，我们都无从反驳，他无非想表达东郭先生和狼、农夫与蛇的道理。

我其实也不想救这个鬼子，搞不好他知道的比我们还少，指望他不如指望杨宁。可是，杨宁像吓坏了一样，一直蜷着身子不敢靠近，眼睛瞪得老大，都快要掉出来了。我笑说别那么怕，我们每个人都有枪，这鬼子手无寸铁，他对我们造不成威胁。胡亮也觉得杨宁的反应太夸张了，于是就拍了拍鬼子的脸，说这鬼子还未醒过来，没什么好怕的。

"他不是人！他不是人！"杨宁像念经似的，又开始发疯了。

我心疼地望了杨宁一眼，她三个月前的风采已经不再，想当初她可是最英勇的女战士，不比男人差分毫。眼看杨宁又变得不正常了，我索性不去理她，其他人也一个劲地摇头。韩小强把石头全部堆好后，问我们如果日本人醒了，问完以后是不是要杀了他。我对这问题没有深想，虽然一开始也想杀了这个鬼子，但在没有人烟的雪山上，看见一个人是多么的困难，如果现在杀了鬼子，那就有点乘人之危，对不住男人的自尊心。

张一城却不管这种大道理，蛮横地要砍要杀："操，你们别喂鬼子喝热水了，是不是脑袋都撞坏了！"

"你别喊了行不行！"我烦道。

"刘安静，你他妈的说什么？我看你们都是汉奸，战友没救回来，现在反倒要救一个鬼子，操！"张一城几近失控了。

我忍不住发火道："你说谁是汉奸！他妈的，嘴巴给老子放干净点！"

韩小强发现局面紧张，跳出来打圆场，可他声音比蚊子叫还小，说了等于没说。胡亮懒得和张一城计较，还在帮鬼子取暖，甚至用了急救箱里的药品。张一城看见后心疼得要死，我们跳伞时全部受了不同程度的外

伤，但谁也没有舍得用那些药。我也不禁暗叹，这些药干吗给鬼子敷？难道张一城说得没错，胡亮是一个汉奸？要不他怎么去学日本话。

洞里像哪吒闹海一样，一时间谁也搞不清楚状况，大家不知不觉越闹越凶了。忽然，鬼子吸了口气，咳嗽一声后，睁开了双眼。我们全都安静下来，等待鬼子的第一句话，到底是要说谢谢，还是好汉饶命。在我们的注视中，鬼子慢慢把眼睛张大，将我们从头到尾看了一遍。起初，鬼子看我们时，反应还算正常，可后来看到杨宁后就吓得僵住了。

我们纳闷地看过去，却见杨宁也满脸惊恐，没等大家反应过来，她已经抓起地上的盒子炮，朝鬼子的脑袋接连打了六枪。

13. 飞虎队

　　杨宁开枪时，我正俯下身子检查鬼子恢复的情况，谁也没看见她捡起了我放在地上的盒子炮。六发子弹打出来，每一发都从我耳边呼啸而过，鬼子头上溅出朵朵血花，把我的脸也染红了。良久，大家都愣在原地，只有山洞外面的冷风还在刮着。直到杨宁把枪丢在地上，又瘫坐回地上，我们才从惊讶中清醒过来。好在这里没有悬崖雪谷，否则非雪崩不可。

　　我抹掉脸上的血，站起来惊慌地问："杨宁，你干吗？这鬼子又没反抗的能力，你要是再瞄偏一点，连我都被你打死了！"

　　这次，张一城没有拍手叫好，而是诧异地问："这鬼子又不可能反抗，你杀他干吗？"

　　胡亮把枪踢到一边，叫韩小强捡起来，然后蹲下来问："杨宁，你为什么要杀那个日本人？是不是有原因？"

　　杨宁神经兮兮地瞪着日本人的尸体，不肯回答，一个劲地呢喃"他不是人"，完全变成了一个疯子。刚才差点被打死，我窝了一肚子火，可一想起杨宁在雪谷里待了那么久，精神变得不正常了，这也情有可原。我压住火气，望向外面的白雪，问他们要不要把鬼子放到山洞外面。现在山洞里烧了火，死尸若留在洞里，不用一夜就会发出恶臭的味道了。

韩小强刚把洞口的石头堆起来，听到我要把死尸挪出去，愁得五官都扭到一起了。胡亮担心杨宁还会趁我们不注意，拿枪乱射，于是同意把日本人放到山洞外，以免再刺激杨宁。张一城不失时机地损我们，若一早杀了日本鬼子，杨宁也不会变成这样，把责任全都算在我们头上。

胡亮默不做声，和我一起把日本人拖出去，然后叫韩小强去烤火，洞口边的石头由我重新堆起。韩小强不跟我们客气，一屁股坐在火边，不时地丢几片干粪到火里，把火烧得很旺。我们几个人都把枪别在腰间，再不敢放到地上，唯恐杨宁把我们也毙了。我和胡亮把日本人放在洞外后，两人躲在一边讨论，是否还相信杨宁说的话。

从现在的情况推断，杨宁精神百分之百出问题了，她说的每一句话都可能是瞎编的。雪山上有蒙面人，这话简直是天方夜谭，说出去谁会信？可是，胡亮仍觉得杨宁的话不一定全是假的，因为她手上的确有一幅古怪的地图，那份地图正好与英国人擅自测量珠峰时绘的一样。

"喂，刘安静！你和胡亮在说什么？"张一城好奇地问，"谈情说爱？"

"我们怀疑……"我看了杨宁一眼，她好像打瞌睡了，于是放心地说，"我们怀疑她说谎！"

"她不是有地图吗？"韩小强小声问。

胡亮望着渐渐入睡的杨宁，说道："要确定她的话是不是真的，我们要走下去才知道。趁天还没黑，我和刘安静出去走一圈，看看是不是还有日本人在后面，你们留在洞里看好杨宁。"

我和胡亮尚未讨论到这一层，也不知道他心里打了这个主意，听他那么一说就问："我们出去万一回不来怎么办？"

"你怕了？"胡亮反问。

我哼了一声，拍着胸脯吹牛，就算阎王爷来了，老子都不怕！关键是谁都不知道雪山里有什么东西，我们初遇时，杨宁手上抓了一撮蓝毛，还带着血肉。若真的是一个人，身上怎么会有蓝毛，即便是格雷那些美国人，他们身上的毛也是银色的！我一想起这种不合常理的怪事，心里老发毛，总觉得已经不在原来的世界里了。

现在天还没黑，要出去得趁早，我不想耽误时间，于是就和胡亮跨出了温暖的山洞。雪谷里寒风呼呼地吹着，我一走出去，身上蓄积的温度顷刻间荡然无存，又变成了一个雪人。胡亮叫我先在附近的石林里找根棍子，当做雪杖，这样走在雪里会方便得多。

我早就想到这事了，以前在美国受训时，美国人就讲过在雪山如何避开雪崩。其中的要领就是用雪杖来测试积雪，看看它是压紧的还是分层的。当雪杖插在积雪上感觉它是坚实的，没问题。如果突然下沉的话，说明积雪是分层的，非常危险。那种积雪地绝不能走，哪怕要绕弯路，也不能踏上去。

另外，一个人如果在雪山里迷路了，冰川是个不错的地标。如果你顺着它们走的话，一定可以领着你走出山区。我们站在雪谷处，虽然没看过冰川，但在杨宁的地图上有标注雪谷外就是冰川和森林了。我们现在无路可走，不能回头，没有资格和命运讨价还价。

石林都被白雪覆盖了，胡亮叫我去找木棍，我苦着脸，笑说这里如果有木棍，肯定就有蟠桃了。没看我们身处何处，茫茫雪山高原，怎么可能有树木这种植物？胡亮笑了笑，觉得我说得没错，于是就和我径直往来时的路走回去。不需多时，雪地上的脚印都被填掉了，若非雪谷只有一条路，很容易找不到回去的路。

胡亮走在前面，我故意走慢，让他挡住刺骨的风雪。往回走了一段路，胡亮停住脚步，我只顾低着头，冷不防就撞了胡亮一下。我踉跄地绕到前面，想问胡亮怎么停下来了，可话一到嘴边，就看见雪白的地上有一个已经打开的降落伞。

我心说，原来如此，鬼子用降落伞跳进谷里，并非凭空出现。之前，空气团从雪谷过境，带来一阵冰雹雨。如果天上有飞机，百分之百要出事，鬼子的飞机可能勉强维持了一段时间，最终还是落在雪山上了。我甚为诧异，因为鬼子很少追到雪山这一带来，如遇恶劣的天气，他们肯定掉头就跑了。

胡亮先抬头看了看两旁的雪峰，没看见有人，也没看见坠落的飞机，这才走到降落伞那边。降落伞是棕色的，上面被雪覆盖了不少，我们来得再晚一些，可能就会错过了。胡亮把雪扫开，扯起雪地上的降落伞，看了一眼就说"飞虎队"。

说起飞虎队，大家都熟悉。飞虎队正式名称为美籍志愿大队，是由美国飞行人员组成的空军部队，在中国、缅甸等地对抗日本。

在1941年，中美签署了一份秘密协议，美国派了一批空中力量支援中国。那些人不是预备役人员，就是已经退役了的军人。在昆明的首战中，这群牛气的美国空军大败日本，顿时成了英雄。那时，日本盘踞在缅甸，轰炸昆明，美国人的首战得胜鼓舞了人心。昆明当地一家小报记者很有想象力，在报道空战大捷时，用了"飞行中的猛虎"形容这些英雄，于是，"飞虎队"一下名扬天下。

听到胡亮说"飞虎队"，我以为是美国的那些朋友。可是，在胡亮扯起的降落伞上面，根本看不到一个英文，反而是俄文。我们和飞虎队再熟悉不过了，那群美国人不仅和当地居民关系很好，和我们这群中国战士也像兄弟般。我见过飞虎队的装备，也用过不少，但从未看见那些东西上面有俄文。我和胡亮都不识俄文，本以为是美国兄弟的，谁想到认错了。我俩装模作样地看了几眼，又把降落伞的一角放回地上。

正当我们在研究降落伞的来历时，一个人从后面走过来，吓得我转身拔枪。我拿着盒子炮，以为又杀出了什么神秘的人物，定睛一看，来者是韩小强。韩小强脸色不好，我叫他留在山洞里，可他又很好奇，忍不住跟出来。韩小强看到我拿枪对着他，吓得脸色铁青，但视线马上移到雪地上的降落伞上。

"那是……"韩小强问。

我收起枪，笑道："降落伞！你没见过？"

胡亮站起来说："刘安静，你别打岔！韩小强，你认得这东西？"

"那是飞虎队的降落伞！"韩小强怔怔地说。

我又笑了一声："小强，你走近一点儿，把降落伞看清楚。这怎么可能是美国人的飞虎队，没看见降落伞上有俄文吗？"

"我没搞错！"韩小强一脸严肃，急急地走过来，蹲下来检查降落伞，嘴里却一直呢喃："这不可能啊，他们怎么会还在这里？"

胡亮看这事不对劲，忙问："韩小强，这降落伞有什么问题吗？"

"你们可能不知道，飞虎队不只有美国那支，还有一支是苏联方面的！"韩小强回头答道。

可能大家和当时的我一样，都以为飞虎队的称呼仅属于美国那支空军，却不知道还有一支被历史遗忘的空军。在1937年8月，中苏两国签署了《互不侵犯条约》，然后苏联开始向中国提供经济贷款和军事援助，并派遣军事专家和志愿航空队参加中国的抗日战争。苏联那支志愿航空队就是另一支飞虎队，诞生的时间比美国的飞虎队还要早几年。

苏联的援助，对中国空军来说，真可谓雪中送炭。当时，中国空军的飞机在淞沪会战中几乎拼光，急需补充。本来中国空军已向欧美国家订购了363架飞机，但到1938年4月仅得到85架，其中还有13架未装好。而在这关键时刻，苏联的大批飞机源源不断运进中国。来自苏联的飞虎队轰炸台湾的松山机场，击溃控制那里的日本人，又保卫了武汉，打退了日本轰炸

机。很多场战役里，苏联人都勇敢地迎战，功不可没，有一些人更是长眠在中国境内。

可是，1941年6月苏德战争爆发，由于国内吃紧，苏联对华军事援助规模逐步缩小，苏联空军志愿队也陆续回国。其实早在1940年，苏联与日本的关系出现缓和，那时就开始逐步撤走对华援助了。

由于意识形态不同，蒋介石集团不可能大力宣传苏联在抗战期间对中国的援助。新中国成立后，因为当时苏联是应国民党政府的要求，帮助国民党政府抗战的，所以新中国政府也没有大力宣传此事，特别是苏联空军志愿队援华直接参战的事实。到后来中苏关系恶化，就更是对此讳莫如深了，最早出现的飞虎队就这样被掩埋在历史中。

那些事情发生在1941年以前，甚至还要再早，到现在熟悉此事的人可能也不多了。当时，我们也都不知情，唯独韩小强略有耳闻。我们坠落雪山是在1943年的夏天，照理说苏联的飞虎队早就撤离了，也没听说苏联人飞到喜马拉雅雪山上。因此，韩小强看见苏联飞虎队的降落伞，比谁都惊讶。

韩小强抓起降落伞的一角看了看，把原因讲明后想站起来，可头晕眼花的他没站稳，脚一滑就摔倒了。我苦笑着想和胡亮把韩小强扶起来，可韩小强却趴在降落伞上，慌张地摸了摸，然后惊叫："伞下有东西！"

14. 轰炸

　　我和胡亮起初把注意力放在别处，纠结降落伞是否来自苏联，没有想到伞下还有东西。韩小强意外地摸到东西，马上就抖掉伞布上的积雪，将降落伞掀起来。我暗想，莫非降落伞下还有一个人？降落伞被掀开后一看，底下竟躺了一枚橄榄形状的棕色炸弹。

　　我不由得深吸口冷气，韩小强太不小心了，这种东西能随便掀起来吗？胡亮也感到意外，可没有像我那样退后几步，还想伸手去摸。这枚炸弹约半米长，虽然炸弹的尾翼弹体已经破了，但是弹头内部装的炸药还完好无损。可能雪谷里刚下过雪，积雪松软，所以引信失效，没有被引爆。

　　胡亮一边看一边说："有什么好怕？不过是一枚炸弹，只要不给它加温，或者剧烈撞击它，那就不会引起爆炸。"

　　"你不要命了？炸弹的尾翼都脱开了，你还敢摸？"我仍不敢靠近。

　　韩小强也一样地站在远处，他劝道："别碰那炸弹了，快走吧！这枚炸弹应该是苏联那边的，炸药可能有200公斤，真要爆炸的话，跑到山洞那边也没用。"

　　我搞不懂为何日本人背着苏联的降落伞跳下来，为何伞下会有一枚炸弹。要么是日本人抱着炸弹跳下来，要么是炸弹先于日本人落到雪谷里。

可我再一想，日本人哪有那么大的力气，这枚炸弹至少几百斤，不可能抱得动。何况从天上跳下来，即使你能抱得动炸弹，降落伞也承受不住，一定早就撞山爆炸了。跳伞的时候，你得腾出手来，控制降落伞的方向，绝不可能抱着炸弹。

唯一的解释就是在此前，什么人对雪山曾有一次轰炸，可这枚炸弹脱离飞机后，并没有成功地爆炸。当空气团过境时，雪地被吹起一大层积雪，这枚炸弹才又露出雪面来。雪山一直没有军队盘踞，就算美苏德这样强大的军事国家，他们也不会把炸弹浪费在雪山上，那么到底是什么人到雪山上进行轰炸？

我们飞跃驼峰航线时，在喜马拉雅这一带，只有天气这个敌人，鬼子们才不敢犯险到这儿来撒野。因此，也不可能是我们，或者鬼子在雪山上轰炸。炸弹上原来有文字，可能时间长了，被冰封太久，那些漆字早已脱落，无法找出炸弹的所属方。其实，最让我好奇的不是谁在喜马拉雅山轰炸，而是他们要轰炸什么。

想来想去，我、胡亮、韩小强都想不出个所以然，驼峰航线就属这一带最诡异，常规的思维在这里完全不起作用。

我对这种危险的东西向来敬而远之，炸弹开不得玩笑，把它留在原处最妥当。可胡亮认为不能就这样离去，就算我们不能把来历不明的炸弹处理掉，也应该在附近做一个警醒的标记。驼峰航线上的天气反复无常，谁也不能保证以后没有战友降落到此处，必须留下警告，让他们不要接近这里，以免引爆炸弹。

听完胡亮的话，我才想起我昨晚降落在雪谷时，曾发现一架掩埋在雪里的飞机残骸，上面有战友留下来的警告标记。原来，不仅是我们有这个想法，以前掉在雪山上的战友也和我们想得一样。可惜没听说有人在雪山上生还，那些战友可能已遭遇不测。我庆幸地想，好在昨晚没去挖那架残骸，可能机舱内有危险的东西。

我把想法说出来，胡亮就答："你怎么不早说？要不昨晚我跟你去挖一挖，没准儿能挖到吃的。"

"我看是会挖到屎吧？"我不以为意。

韩小强无心调侃，害怕道："快走远一些，这枚炸弹翼尾是坏的，随时都会爆炸。"

我和胡亮再大胆，也不敢轻易去动那枚炸弹，不用韩小强催促，早就远离了那里。回去的路上没什么特别的情况，我们在天黑前搜寻了一番，什么人也没看到，于是又往山洞的方向走回去。太多的飞机在喜马拉雅山上坠落，如今能遇到杨宁，我希望也能遇到其他战友，可至少今天没有别的发现了。

韩小强趁天还没黑，凝望铅色的天空，想要找寻刚才日本鬼子跳下来的飞机，可天空中只有棉花一样的云朵，看不到一架飞机。其实，飞机如果路过上空，我们都能听到飞行的声音，刚才之所以没听到，可能是因为冰雹砸到机舱时，我们的听力受损了，当时的风声也掩盖了飞机的声音。

我在雪谷里待久了，感到寒气再次侵入心肺，难受得想要晕倒。可韩小强却一直在望着天空，有意拖延时间，更让我纳闷的是，连胡亮也跟着抬头望天。我懊恼地停下来，转身叹了口气，跟着望向天空，想看看天上有什么东西，值得他们这么出神地站在冰天雪地里。

当我仰起头，马上就看见铅云里有一团黑色的云朵，它就飘在山顶上，十分显眼。那朵黑云给我们一种视觉上的错误感知，就好像它在头顶上，随便一伸手就能够到它。黑云里还有金红色的光芒，一闪一闪的，有那么一会儿，我觉得黑云并不是云，也许是一种罕见的鬼魂。

那时候，我们尽管受过科学教育，可或多或少有些老思想，相信世界上有鬼。那黑云神秘地出现在上空，又曾撞过我们的C-47飞机，每次一见到它就有些心慌意乱。我很想爬到山顶，把那朵黑云摘下来，仔细研究。可雪山少说有5000米高，没等我爬上去，不仅天黑了，黑云也早就跑掉了。

"回去吧，别看了。"我招呼道，"好在这黑云飘得老高了，要不落到雪谷里，那就糟糕了！"

韩小强最先望天上，他怀疑道："黑云也许能落到谷里吧，我刚才……"

"我刚才也看见了，黑云是从谷里慢慢升上去的。"胡亮搭腔道。

"真的？"我不相信地又抬头看了一眼，可黑云已经不见了。

雪山黑得很快，转眼铅色的天空就变成了水墨色，再一眨眼就变黑了。天一黑，哪里还分得白云和黑云，于是我就催他们俩赶快回去，别装文人骚客在雪谷里赏云了。胡亮不放心地回头看了看躺在雪地里的炸弹，然后就跟着我走回去，可韩小强更不放心，几乎是三步一回头，也不知道他在担心什么。

回去的路上，我们快要到达山洞时，夜里的风雪越刮越大，每走一步都消耗很大的体力。韩小强身体最虚弱，快要晕倒时，是胡亮接住了他。我看这情形很费解，胡亮什么时候那么关心韩小强了，他不是最喜欢和女人亲近的吗？以前要是我晕倒，胡亮顶多拖着我回去，怎么可能扶着。

我摸黑走回去，看不到雪谷的尽头，即便在天亮时，尽头处也是迷蒙一片，如同梦境一般。我琢磨杨宁的疯言疯语，她的话肯定不能尽信，但也不能都不信。再怎么说，杨宁在极苦的环境下活了下来，手里还有一份奇特的地图，这都是铁一样的佐证。我恨不得立刻飞出雪谷，看看外面是否真有一架C-54远程运输机，还有那群欠揍的蒙面人。

张一城一直守着昏睡的杨宁，看我们这么久没回来，他急得直跺脚，可又不敢随便丢下杨宁走出山洞。杨宁现在处于精神混乱的阶段，单独留下她，也许她会一个人走到别处去。因此，张一城只能不时地走到洞口，不停地张望我们是不是回来了。当看到我蹒跚地走回来时，张一城就从火光摇曳的山洞里迈出来，大骂我们怎么现在才回来，他还以为我们死了。

我搓掉脸上结着的米粒冰雪，哼了一声："你就这么想我？"

张一城懒得理我，向后面望了望，然后说："胡亮，你扶着韩小强干吗，他自己没有腿？让他自己走！"

胡亮没有作声，吃力地把人扶回洞里后，赶紧让韩小强喝了点热水。从扶人到喂水，我和张一城想插手都不行，搞不懂胡亮什么时候变得这么体贴了。我蹲下来看了看昏睡的杨宁，她依旧没什么起色，可依旧掩盖不了她的美丽。在所有的女飞行员中，杨宁是最漂亮，也是最棒的一个。多少美国飞行员想要追求她，都被她婉拒了，似乎早已心有所属。如今杨宁落到这步田地，要是被其他战友看见，肯定争先恐后来救她，哪像我这么不懂珍惜机会。

我确认杨宁依旧睡着，然后就想烤火，驱散刚才的寒冷。可我屁股还没贴地呢，张一城却把我拎起来，大声道："刘安静，你给我出来，我刚才有个大发现！"

"刚才？你刚才不是守在山洞里吗？难道你趁我们离开时，跑到哪里逍遥去了？"我立刻兴师问罪。

"你他妈这什么话？我是那种不服从组织的混球吗？"张一城气道，"还不是你们这么久没回来，我看着山洞外面的鬼子不顺眼，想要把他挪远一点。你猜后来怎么着？"

我这才想起来，刚才回来的时候，没看到鬼子的尸体，差点就把这事给忘干净了。幸亏我也没有想起这事，否则又被吓一跳，肯定会误以为鬼子诈尸跑掉了。张一城看我目瞪口呆，以为被吓住了，接着他就吹嘘所谓的惊天发现。

15. 入夜后的惊叫声

就在我们到雪谷后面搜寻时，张一城把鬼子的尸体拖到了离洞口很远的地方。那里有数块高耸的黑色巨石，有点像五指山，夜里看过去好似一只怪兽的爪子。张一城没想太多，丢了尸体就想走，却发现雪上有一个很大的坟包。

说是坟包，其实不然。只不过白雪堆积，形成坟包的样子罢了。早些时候，雪谷被空气团撞击，山沿上的雪都像瀑布一样流下来，山谷里很多这样的雪包，并不算稀奇。可那黑色巨石边上的雪包竟然是红色的，在白色的雪地里十分显眼。张一城疑惑地停住脚步，先看了看四周，没看到异常的情况，接着就想把雪包扒开。

这一扒可不得了，竟扒出了一只肥硕的雪豹，比平常的雪豹要大两倍。雪豹是一种很罕见的豹子，是高原地区的岩栖性动物，常出没在海拔5000米高山上。然而，张一城觉得毛骨悚然，因为雪豹浑身血淋淋的，头已经不见了。

张一城出生于猎户人家，在青海与甘肃交界的祁连山长大，自小就善于猎杀飞禽走兽。对于各种猛兽的习性，张一城可以说是了如指掌，但他从不知在高原山区上谁能轻易杀死灵活凶狠的雪豹。后来，张一城扒了好一会儿，才在雪包的深处扒出雪豹的头颅，看样子是被硬生生地拔断的。光从雪豹的尸体来看，它几乎没有反抗的机会，瞬间就毙命了。

张一城马上明白过来，山洞就是雪豹的巢穴，难怪一直没看见野兽回巢，原来它已经命丧黄泉了。我们走过这边时，曾看见雪地上有几个脚印，可没走几步那脚印就消失了，像是踩出脚印的东西神秘蒸发了。如今看到横尸的雪豹，张一城才想起那些脚印是雪豹留下的。

可当时刚下过大雪，即便你会轻功，也会在雪地上留下脚印。雪豹的埋身处离脚印那么远，少说有百来米，雪豹又不会飞，它怎么会死在那里？如果有人杀了雪豹，再扔到那边，也要走过去啊。张一城觉得很奇怪，世界上应该不会有什么大鸟，能够叼得动那么肥大的雪豹。从断头位置观察，也看不出是被咬断，还是砍断，似乎是被强行拉断的。

我听完这个说法，一点儿也没害怕，反倒拍着大腿说："你傻啊？雪豹全身是肉，你就这么丢在外面？赶紧拿回来烤着吃，总比吃压缩饼干强多了！"

张一城听我这么一说，也猛拍脑袋："妈的，我怎么把这事忘了！"

胡亮听说有雪豹，便打定主意，要和张一城去把雪豹的尸体拖回山洞里，想来他也很饿了。韩小强还很虚弱，杨宁也未苏醒，我就留下来照顾他们俩。胡亮出去时，还对韩小强嘘寒问暖，比对杨宁的关心都要多一点。我狐疑地看着胡亮跟张一城拿着枪走出去，又困惑地看了看韩小强，搞不清楚这其中有什么秘密。

待他们出去以后，我就去摸了摸杨宁的头，不知何时，她竟然发烧了。我立刻烧了一口盅水，给杨宁喂下，她还有点意识，会主动咽下温热的水。我不由得感慨，杨宁她被折磨了三个月，能活下来真是个奇迹，换作是我可能早死了。杨宁喝了些热水，终于慢慢地睁开了迷离的眼睛，然后呆呆地望着我。

"你还好吧？"

沉默片刻，我才说出一句可有可无的话，但杨宁并没有回应，似乎被刚才的日本鬼子刺激到了。我也没强迫杨宁，她精神不稳定，不回答可以理解。倒是韩小强靠在山洞的最里面，一直哆嗦着念些什么，像唐僧在念紧箍咒，叫人头疼得要命。我本来也不怎么舒服，听韩小强念个不停，恨不得变成聋子。

"别念了，行不行？"我最后烦了，就吼了一句。

韩小强看了看我，咳嗽了一声，然后说："那组数字……1417060255，我想我知道它是什么意思了！"

那晚，夜里风雪交加，我们躲在雪豹的巢穴里，交换了所了解的信息，这才得出一点头绪。韩小强一开始并没有告诉我，那组神秘的数字有什么含义，而是先说他怎么进入航空战队的——韩小强是黑龙江人，后来去上海念书时，碰到日本人侵略上海，他就跟随难民一路退到成都。韩小强就是在那儿考入了中国空军航校第十二期的。可那时中国要什么没什么，所以中国空军从第十二期开始，很多都送到美国培训。

但也有一部分人并没有被送往美国，比如韩小强，他在此前跟苏联学过无线电技术，在中国空军航校里也是学这门技术，并不是驾驶技术。当时，他们这帮学无线电等技术的人有一小部分仍旧留在中国境内学习，韩小强就是其中之一。

韩小强有个朋友是第十三期去的美国，那个朋友叫戴飞龙。戴飞龙和我一样，都是坐客轮去的美国，回来时因为日美战争的关系，就不能再走太平洋了。戴飞龙和其他人一样，必须从大西洋、印度洋绕弯子，这样才能回国，而且用的交通工具就是飞机。

没错，当年很多美国"借"给中国的飞机都是我们一路开回来的，这也是我们培训课程里的最后一关。戴飞龙是学轰炸机的，当时第十三期学运输机的战友已经先飞了，他们过了几天才由美国空军带去田纳西州的孟菲斯飞机制造厂，接收了五架B-25轰炸机。

戴飞龙跟韩小强吹过牛，说当时他进入装配车间，整个人都傻了。车间里全是流水线装配，一个多小时就能装配出一架B-25轰炸机。在戴飞龙他们试飞后，工厂、军方、戴飞龙三方才签字，正式交付了B-25轰炸机。在交付的时候，戴飞龙曾看见一架在那时很稀罕的远程运输机——C-54。那架C-54由美国人驾驶，和戴飞龙一起飞往中国，走的路线完全一样。

开飞机到中国的路线很长，途中免不了遭遇战火，因此飞行员们有一套自己的自保方法。一般，飞机起飞后，报务员或者副驾驶检查"敌我识别器"之后，要拿出方格坐标图。在这个坐标图上，横格是以A、B、C、D、E、F……标出，纵格是以1、2、3、4、5、6……标出，无论是谁，一旦在空中发现敌机，必须在最短的时间内，用第四频道将发现日机所在"方格"位置通报，以便让所有在空中的友机判定自己是否处在敌机攻击的方位。

我听到这里，恍然大悟，难怪觉得那组数字有问题！

所谓"1417060255"，就是我们初期使用过的那张方格坐标图里的一个地理区域。因为我们中国飞行员有的英文好，有的不好，所以就把A、B、C、D……依次念为01、02、03、04……

一个方格区域的形式是两个字母在前面，两个数字在后面，14、17就是N和G，代表横格线路，06和025就是数字，代表竖格线路。后面的5就是任务代码，以免被不同任务的友机错误地接收信息。141706025的区域在方格坐标是喜马拉雅山北带，而那次的数字5就是戴飞龙那批驾驶飞机到中国的任务代码。

"你是说……"我想到这儿，浑身凉了，尽管身体早就凉了。

"戴飞龙那批回国的飞机里，有一架坠毁在喜马拉雅山上，因为战事正

　　紧张中，为了不动摇军心，所以这事没有宣扬出去。那架飞机就是远程运输机C-54！"韩小强呼吸急促，"你知道的，如果飞机失事了，无线电还能用的话，为了被准确救援，就会报出失事位置，以及那次任务的代码。"

　　"所以开C-54的美国人会报出1417060255跟路过友机求救？"我心寒地问，"可你那战友是几时开飞机回国的？"

　　没等韩小强回答，山洞外面就响起一声惊叫，穿透了夜里的风雪，杨宁也被吓得蜷缩成一团。

16. 遗书

　　胡亮和张一城在外面拖雪豹的尸体，许久还未回山洞，听到一声惊叫，我就暗想坏了，他们难道出事了？雪山夜里的风声很大，我分不出那声叫喊是谁发出的，也分辨不出男女声。当时，我顾不得听韩小强讲故事，抓起手电就冲出山洞，留下韩小强照顾杨宁。

　　喜马拉雅山一入夜，就进入了一个极寒的地狱世界，我几乎寸步难行，感觉嘴里的唾液都结冰了。手电的光线本来是直的，在雪夜里竟被狂风吹得跟折断了一样，更别提靠它照明了。我在雪谷里凭着感觉，竭力睁眼找人，可看到的只有黑色棉絮一样的飞雪，根本看不到胡亮他们带的手电光。

　　可能你们会说，怎么这么傻，找不到人，不会喊吗？可喜马拉雅山的夜里很危险，倒不是担心喊声引发雪崩，而是你一张嘴，风灌进肚子里，能让你肠子都冻黑了。我都是戴着面罩出来的，不然脱皮的嘴唇还要再脱一次。我曾想，就这么算了，不如回到温暖的山洞，起码不会被冻死在雪谷里。

　　在那个环境里，高尚的思想往往会被未知的恐惧打倒，圣人只存在于理想的故事里。我曾要退却，但还是走到了雪谷的前方，也就是张一城说过的五爪黑石那边。我走到那边后，一个人也没发现，趴在地上看了看，还有些许红色的雪露在表面，断头的雪豹就埋在下面。可是，附近却不见胡亮和张一城。

一入夜，有的野兽就会归巢，可有一些非常凶猛的野兽只在夜里出没。我担心胡亮他们出事了，再也按捺不住，想要用原始的方法找人。口刚要张开，我就看见前面隐约有个亮点，那可能就是一支手电在冒光。我握着手电奔跑过去，不自觉地喘了口气，结果风雪吹进嘴里，把两块肺刺得剧痛不已。

我奔过去，约莫跑了百来米，看见雪地里真的有一支手电，它已经被埋了一半。那支手电是张一城的，因为担心能源不够了，所以胡亮和张一城出去时只开了一支手电。我看见手电斜插在雪地里，心说糟糕了，都知道在喜马拉雅山上必须守住光源，否则就是死路一条，他们不会轻易丢下手电，唯一的可能就是他们出事了。

我懊悔不已，早知道跟着一起出去好了，多少有个照应。谁想到，这么近的距离会出事，我还在想他们什么时候才把雪豹拖回山洞里呢。雪谷有几个拐弯的地方，手电就掉在离前面一个拐弯处不远的地方。我把手电从雪地里拔出来，搓掉上面的雪，然后就关掉它。在这种情形下，看脚印根本没用，基本是刚走出一步，脚印就马上被飞雪填满了。

到过喜马拉雅山北带的人都知道，夜里的天气变化多端，且都以恶劣的天气为主。在这种情况下走出去，很容易迷失在雪山里，找不到回去的路，冻死在无人路过的雪地里。我把张一城的手电揣在怀里后，就琢磨要不要回山洞了，这样跑太远了，也不是办法啊。万一韩小强看我们都没回去，着急地跟出来找人，杨宁岂不是要落单了？杨宁现在精神有问题，如果让她一个人跑出来，肯定很难再找到她了。

想来想去，我就决定先回山洞那边，也许胡亮他们已经回去了。在今天看来，我的种种决定都很自私，然而在特定的环境里，牺牲自我有时是愚蠢的。如果我死了，韩小强和杨宁不可能走得出雪山，他们两个的身体最虚弱。张一城有雪山打猎的经验，有他在，胡亮的安全系数比杨宁还大一点。

命运总喜欢捉弄人，我刚一转身，就听山两边的山沿上有咿呀的响声。照理说，在呼啸的高原雪山上，只能听到风声，两个人对面说话都要对喊，咿呀声很难听到。可当我一抬头，马上就愣住了，在山崖上居然有一个庞然大物，像一只巨大的老鹰栖息在陡峭的岩壁上。

那是……我足足愣了一分钟，好不容易才缓过来——有一架飞机在山崖上！

这个发现让我热血沸腾，飞驼峰航线的只有我们，过喜马拉雅山的也只有我们，坠落在高原雪山的更只有我们。那架飞机一定是战友的！夜里，我看不清飞机的样子，不知道它在上面待了多久。在飞雪的朦胧中，我只看见飞机的轮廓在摇晃，应该是受到飞雪冲击的缘故。白天时，空气团过境都没有把飞机弄下来，可见飞机被什么东西吸附住了。

说实话，那一刻我很激动，尽管深知战友没有活下来，只能找到他们的尸骨，但我仍不能平复情绪。就算不能带他们活着离开，起码能让他们有一把黄土盖在身上。我仰着头估摸算了算，飞机已经嵌在两三百米的山崖上，徒手绝不可能爬上去。我现在也不敢久待在下面，万一飞机掉下来，肯定要把我砸成肉饼。

就在我退后几步时，我瞥见山崖上的飞机有闪光，比手电还要亮一点。我被那光线晃了眼睛，顿时更激动了，难道说飞机上还有人，莫非是同一批飞出来的战友？为了确认那是不是同一批飞出来的飞机，我把两支手电都打开了，一齐照到巍峨的山崖边上。可是，手电的光被飞雪反弹了，只照出十多米就没了影子。我脖子都仰酸了，好不容易依稀分辨出飞机的尾部在冒烟。

我们的飞机是昨晚坠毁的，在夜里爆炸起火了，但经过一夜也被雪吹灭了。因此，那架飞机可能不是我们那批一起出来的，很可能是今晚才出动的友机。我怕还有生还者，没敢马上跑开，而是站在远处张望，想法子怎么上去。飞机摇了好几下，有几次幅度很大，可就是不摔下来。我也巴望它别摔下来，否则上面的战友本来没死，若飞机摔下来也得死。

正当不知如何是好时，飞机上传下来一声惊叫，原来我在山洞里听到的声音，就是从飞机上发出来的。那声音很难搞清楚是人在叫，还是风吹进机舱发出的声响。为了确定上面还有没有人，我破例朝上大吼了一声，希望得到回应。可吼声被风雪盖住了，如果飞机上面有人，很难听得到。唯一能做的就是用手电晃下去，总有机会让飞机上的人看见，刚才好像就有人用手电往下照。

时间一点一滴过去，我整个人杵在雪地里，身上很快就覆了一层厚厚的雪。飞机摇了好几下，慢慢就变稳定了，可能被冰雪冻住了。不过，我还是想不通，一架那么大的飞机，它是怎么嵌在山岩上的。照理说，一头撞在山上，不是该掉下来吗？当然，这个疑问在那时候也没人回答，我也没兴趣弄清楚，只想要确定里面有没有幸存者。

真正过去的时间并不多，其实只有几分钟，可在那时候我却觉得像一天一夜。我几乎忘了胡亮和张一城，不过他们的手电既然掉在这个方向，想来他们可能也发现了山崖上的飞机。风雪越来越大，飞机稳定后，又被吹得摇摆不定了。我站在下面都感受到一股压力，想要再走远一点，却发现双脚麻木得走不快了。

这时候，山下有个石块一样的东西砸下来，我以为是飞机要掉下来了，赶紧蒙头缩在雪谷的角落里。可是，掉下来的只有几堆雪块，还有那个石头一样的东西。话说回来，那不是石头砸下来的声音，在雪山上石头砸下来的声音几乎听不到，要么就是很沉的声音。刚才东西砸下来，叮叮咚咚的，应该是一个金属盒子。

等那东西落在雪地上后，我就拖着两条很重的腿迈过去，在手电的光线里，那是一个美国的雪茄铁盒。盒子表面的商标已经褪色看不见了，漆皮也被冻掉了，看得出雪茄铁盒已经在雪山沉睡了很长一段时间，否则几天的时间不可能冻成这个样子。我捡起雪茄铁盒就急忙走到一边，生怕还有东西砸下来，然后就心急火燎地要打开雪茄铁盒。

在美国培训时，我并没有染上抽烟的习惯，只是在雪山上要吃的没吃的，要喝的没喝的，一看见雪茄，我就想死前抽一根，妈的，也享受一下美国人的待遇。怎知，我好不容易打开雪茄铁盒，里面一支雪茄都没有，只有几张破纸。

"唉，破纸就破纸吧，能当燃料都是好的。"我抓出被折叠起来的纸，刚想要收进口袋里，又马上僵住了。

谁那么无聊，会在雪茄铁盒里放几张纸，难道是遗书？我们自从入行以来，每个人都知道下一秒可能就要死了，很多人都事先写好了遗书，以及如何交代后事，就如三个月前失踪的杨宁那样。一想起这事，我的心里就发酸，没有犹豫，当即就展开了那几张纸，在风雪的夜里想要仔细地阅读。

那几张纸被风鼓动着，扑扑作响，有几个地方很快就被吹破了。我腋下夹着手电，本想把纸上的内容看清楚，可一看就傻眼了。

17. 降落伞

　　雪茄铁盒里是不是遗书，我不清楚，因为那上面的文字没一个是我认识的，全他妈是俄文。如果换成英文，我起码还能一知半解，俄文就像天书一样，完全看不懂。韩小强在进入空军航校前，曾跟苏联的科研人员学习过，应该是我们几个人里唯一了解俄文的人。我怕风把纸吹破了，赶紧把纸又叠回雪茄铁盒，打算带回去给韩小强看一看。

　　那架飞机依然嵌在山崖上，我的好奇心终于被严寒打败，不得不考虑退回山洞里。别到时候没找到胡亮和张一城，倒先把我自己丢了。那架飞机估计是老毛子的，苏联人早就从中国撤退了，不可能是最近坠落在喜马拉雅山上的，肯定是苏日关系缓和前就掉在这里了。老毛子比中国人耐寒，连他们都没有逃出茫茫的高原雪山，我们是否能成功呢？

　　可那飞机好像不想让我走开，腿一迈，上面又掉了个东西下来。这个东西比较重，一落地就撞出"砰"的声音，我迟疑了一会儿，然后才把那东西拖到一边。我看了看，那是一个降落伞包，也是苏联人的。伞包被冻得脱毛了，还有一层薄薄的冰块，我拿手电打了好几下才敲破那层冰膜。

　　降落伞包的外表旧了，里面却还是好的，即便没用处，也能当燃料。雪豹的那些干粪肯定不够用，烧一夜就会全部烧完了。我捧着降落伞包，不想再耽搁了，起身就要走开，可飞机上又掉了一个东西下来，这一次东西和前两样都不同。那是一根麻绳索，末端几乎碰到雪地上了，可见绳索有多长。

"难道上面还有人？"

我心疑地再一次望上去，那飞机上的东西都是很久以前的，如果飞机撞在山崖上还有幸存者，那么过了这么久肯定也死了。我不大相信上面还有人，可是那飞机还在冒烟，又不时地闪过几道光，现在又掉了这么多东西下来，不管是谁，心里的想法都会被动摇。垂下来的绳索被风吹得一晃一晃的，像是在朝我招手，叫我爬上去。

又过了一分钟，我才打破了谨慎的念头，走过去拉了拉粗大的绳索。那绳索的上端在山崖上，无论我怎么使劲，它就是拉不下来，想必有人把另一头系在一个很稳固的地方。可有绳索也没用，我这样愣头愣脑地爬上去，不摔死才怪。上面明显有古怪，想要引诱我上去。这事让我想起了民间说鬼故事，通常鬼魅就通过这种方式把人引入危险的地方，然后再害死那些人。

好不容易，我才下定决心，不管怎么诱惑，都不会爬上去，也没那个能耐。人啊，有时候少点好奇心，命才会长久。多管闲事的，往往死得最早。

这时候，我转身要走回雪谷里的山洞，侥幸地希望胡亮和张一城已经回去了。要是他们没回去，我真不知道去哪儿找他们。亏得幸运女神眷顾，雪谷前方闪过两个人影，我转身前看见了，赶紧又转回来。那两个人影慢慢移动过来，在那时候，我就认定他们是胡亮和张一城，完全没想过那也可能是日本人。

好在那两个人真是胡亮和张一城，并不是日本人，要不我怎么死的都不知道。那两个人一走近，我就憋不住了，一肚子火地奔过去问他们到底干吗去了。张一城的脸擦破皮了，血刚流出来，就被冰雪冻住了。胡亮虽然没受伤，但也一身狼狈，看得出他们俩都吃了苦头。我的火再大，也被这情况熄灭了，所以就转口问他们去哪了。

张一城不管风雪多大，张口就骂："妈的！刚才我们去拖雪豹的尸体，你猜，我们看见什么了？"

"这我哪知道！"我用面罩蒙着口，不敢大声说话。

还是胡亮爽快，他直说："我们刚才出去，就看见一个人，是一个女人。所以我跟老张就追出去，他手电掉了，我本来想捡的，可老张跑太快了，我怕和他走散了，就没去捡手电，因为自信能追得上那女人。没想到越追越远，我看实在太远了，怕出事，这才把老张拽回来。可还是太晚了，前面有个雪坡，我刚拽住他，马上就被老张一起拉下去了！"

"我不是让你别跟来吗，你自己多事，怪得了谁？"张一城死活不认错。

我眼下有大发现，他们又安全回来了，我也懒得计较了。不过他们说的那个女人，极可能就是在无线电里呼救的陕西女人，她的身份到现在也没搞清楚。喜马拉雅山实在太神秘了，茫茫雪域里，竟隐藏了这么多未知的事物。我感叹了一下，然后就急忙把山崖上的飞机指给他们看，他们的反应和我一样惊讶。

可是，我们出来太久了，未免让韩小强担心，于是就让胡亮先回去报个信。胡亮摸透了张一城的脾气，离开前嘱咐再三，千万别莽撞地顺着绳索爬上去，还叫我看着张一城。哪想，胡亮一走远，张一城就不顾伤势，作势要爬到山崖的飞机上。我光是抬头看都觉得眼晕，哪有胆子爬上去，谁能保证飞机不会忽然掉下来？

张一城却不管："老刘，你就别骗自己了，有意思吗？"

"怎么？"我糊涂了。

"掉在云南森林的都活不了，我们掉在高原雪山上，现在活着已经是奇迹了，不可能活着出去了！"张一城把我最害怕的事实讲了出来，"现在趁还有一口气，想做什么就做什么吧，我不想做糊涂鬼！"

我被说得心服口服，没法反驳，整个人都愣在原地，什么也不去想。张一城看我呆住了，笑了笑，然后他搓了搓手套，抓住绳索就往上爬。雪山这面的岩壁都是梯形的，要爬上去其实不难，难就难在岩壁上都是冰雪，很容易打滑。严寒里的绳索也容易断裂，难以承受一百多斤的重量。

亏得张一城是祁连山的猎户出身，自小爬过的雪山次数多了去了，爬起喜马拉雅山竟如鱼得水。祁连山比不了喜马拉雅山，但祁连山上的险恶地势也不少，猎户们都是身经百战。我一个人在下面张望，张一城很快就没入风雪里，不时地从我视线里消失，好几次都差点看不见他人影了。

张一城身上系了我的手电，我怕他在上面出事，看不到人，所以才给他。我站在下面担惊受怕，总以为飞机要掉下来了，可它就是倔强地嵌在山崖上。过了好一会儿，张一城到了山崖的一半，可这时候飞机就真的大幅度倾斜，爬在岩壁上的张一城滑了一下，直刷刷地往下掉。

胡亮挑到这个节骨眼上回来，一看见张一城挂在半山腰，他就斥责我："你怎么看人的，干吗让他爬上去！"

我无力辩解，不想把张一城的话复述一遍，干脆认罪："现在事情都这样了，你说怎么办？"

事实上，到了现在，没有任何办法了，胡亮也只能干瞪眼。所幸张一城滑落十多米后，马上又抓紧了绳索，这才缓住了坠落的趋势。而飞机也悬在山崖边上，摇摇欲坠，让人望而生畏。胡亮看不下去了，大喊张一城快下来，别再逞能地爬上去了。可张一城像是着魔了一样，犟着往上爬，死了也不怕。

我抬头看得久了，脖子就像断开一样，难受得要紧。停了几分钟，我都没敢再抬头，而是问一旁的胡亮："杨宁和韩小强还好吧？"

"小韩急死了，差点就要出来找我们了。"胡亮漫不经心地回答，眼睛还盯着雪崖。

"我以为你们出事了，总不能坐着等啊，谁让你不留个口信！"我脾气上来了，语气就不怎么好了。

胡亮自知理亏，就没争下去，反而问："你刚才说捡了什么东西？是从飞机上掉下来的吗？"

我点点头，把背着的降落伞包，还有雪茄铁盒都递过去，让胡亮开开眼界。当胡亮看到那些东西上的俄文时，眼睛就大了，换作谁都一样。驼峰航线是我们首先飞跃的，没听说苏联到过这里，他们来这里也没用啊。联想起那个覆盖着炸弹的降落伞，也是来自苏联的，我们越发肯定喜马拉雅山上是飞机的葬身之地，也许我们就不该打扰神圣的雪山，要不就不会落到这般田地。

胡亮看完后把东西还给我，然后说："盒子里的东西待会儿给小韩看一看，可能上面不是遗书，八成是说飞机为什么坠毁在这里。"

"不会吧，坠落事故的原因怎么可能写在纸上，他们哪有时间，飞机里另有东西记录啊。"我不信。

就在这时候，张一城从上面吹了一声响亮的口哨，告诉我们他已经爬到山崖上的飞机里了。我从铁盒的事情上回过神来，想要听一听张一城有什么发现，胡亮的想法也一样。不过，上下距离太远，又有风声干扰，我们不可能隔空喊话。好奇心是一种难以控制的欲望，我竟然起了冲动，想要一起爬到上面看个究竟，哪怕死了都愿意。

然而，我冲动地想要抓住绳索时，却觉得小腿被什么东西抓住了。我低头一看，却看得不清楚，只好蹲下来。寒夜里，雪谷里没有光线，我借着胡亮身上的手电，才勉强发现左边小腿上的东西是何物，但却立刻惊得呆住了。

18. 十个月亮

　　缠在我小腿上的是一条围巾，它被风雪刮过来，人就感觉像被什么东西抓住了一样。雪山上又没人，我嘀咕了一句，把围巾抽起来，凝视了一下。一瞬间，我觉得血液凝固了，那条围巾是格雷的！我们的C-47运输机坠毁前，格雷坚守到最后，可在C-47运输机的残骸里，却找不到他的尸体，也没看见他跳伞。

　　那条围巾很特别，格雷参加过中途岛海战，围巾上的图案和文字就是为了纪念那场海战的。我是副驾驶，那晚和格雷坐得那么近，当然认得他的围巾。还有一件事，那就是我曾看见友机遇到真空袋而坠机，把自己的围巾扔出飞机外，想要纪念战友，那时围巾就被冲上来的黑云烧成灰烬了。后来，我曾戏谑格雷，让他把围巾给我戴上，因此对围巾的样子早就了然于心。

　　胡亮听我一说，便问："你确定？"

　　"废话！我不确定会跟你说？"我哼了一声，"怪了，格雷没跳伞，尸体又不在机舱里，他到底去哪了？"

　　现在张一城还在山崖上，胡亮提议暂且把围巾的事情放到一边，别到时候连张一城也不见了。我点头同意，于是又仰起僵硬的脖子，观察嵌在

山崖上的飞机。张一城爬到上面后，手电就没光了，不知道是关了，还是没电了。等了好一会儿，张一城都没有动静，我忍不住就又喊了一声，可依旧没有回应。

那架飞机并不是嵌在雪山顶上，而是在离地面几百米的岩壁上。由于光线照不到，那里的情况很难看清楚。我想，既然飞机不会掉下来，可能上面有一处比较平坦的地方，就如阶梯式的山体。现在只能期望飞机继续稳固地待在上面，否则飞机摔下来，张一城也在劫难逃。胡亮和我一样着急，他一直用手电朝上面晃，催促张一城给点反应，可还是没下文。

"会不会隔得太远，他看不见也听不见？"我捂着面罩怀疑地问。

胡亮眉头一皱："可能吧。对了，你说你原来看见上面有灯光，还听到有人喊叫？"

我变得不那么确定了："我是听到过几次，也可能是风声，或者看走眼了。"

良久，胡亮木然地看着我，什么都没说，转而继续盯着上面。我估摸着算了算，现在走出山洞快一小时了，本来可以在山洞里美美地吃雪豹的烤肉，如今却在这里被冻成了冰棍。我渐渐有些头疼了，不是思想上的疼，而是肉体上的疼。可能寒气侵蚀得厉害了，这时候再坚强的意志也没用。很多理想化的角色都只在故事里，真正到了严寒的高原雪山，铁人都会变冰人，说不想回山洞，那就是虚伪地说谎。

胡亮脸色也好不到哪去，看到我不停地哆嗦，他便说："要不你先……"

这话还没说完，山崖上就"啪、啪、啪"地砸一个东西，我们狐疑地走过去一看，又是一个雪茄铁盒。我心说，搞什么鬼，难道飞机上全是雪茄铁盒，老毛子就这么爱抽雪茄吗？由于之前看过铁盒里的叠纸，我对第二个铁盒里的东西不感兴趣了，反正看不懂。胡亮觉得新奇，打开来看了看，这一看他就奇怪地"咦"了一声。

"怎么了？"我一边问，一边想有什么好奇怪的，不是纸就是雪茄嘛。

胡亮把雪茄铁盒里的东西掏出来，看完就递给我，那的确是一张纸，且皱巴巴的。我懒洋洋地贴近眼睛瞧了瞧，妈的，这不是苏联人写的，是张一城写的。纸上歪歪扭扭地写着："操上家伙，快上来！有发现！"笔迹不是用墨水写的，而是用火烧后出现的烟灰写的，所以一下子就被风雪吹不见了。

张一城丢下纸条，催我们上去，肯定有理由。如果不是大发现，他不会让我们一起犯险，毕竟这雪山的山岩没带攀山工具，光凭一根绳索很难安全地爬上去。可我又不是祁连山的猎户出身，很少爬险峻的雪山，要是没冰雪，温度没那么低还可以试试。胡亮是什么出身，我还不知道，他也没跟我说过，只知道他以前是开客机的。看胡亮的样子，跃跃欲试，和刚才不同意爬上去的样子天差地别。

就在我犹豫时，张一城又丢了一个雪茄铁盒下来，里面的纸上写着："妈的，快点上来！这里太奇怪了！"

胡亮爬上去前，特地把手电交给我，嘱咐我不愿意上去的话，就马上回山洞，不要一个人在雪谷里。胡亮虽然谨慎，好奇心不强，但这种时候却最偏向冒险。我总不能把人打晕了，现下只能由着他们折腾。眼看胡亮真的抓着绳索爬上去了，我就开始坐不住了，或者说站不住了。那种环境比地狱还可怕，雪夜里我不知道该回山洞，还是继续在雪谷里等他们爬下来。胡亮越爬越高，逐渐地，我看不到他的人影了。

孤零零地，我一个人仰着脖子站在雪山下，万分纠结。爬上去，还是离开，看似普通的抉择竟难以取舍。一边是山洞里的韩小强和杨宁，一边是胡亮和张一城，每一边都处于危险中。虽然韩小强和杨宁窝在山洞里，还有火源取暖，但没准还有其他的雪豹在四周，杨宁精神不稳定也会做出疯狂的事情；张一城和胡亮的情况就不用说了，傻子都知道上面危机四伏，而且我总觉得上面可能还有别的人，这是一个诱惑我们爬上去的圈套——可这么做的目的又是什么？

思想挣扎了片刻，我还是无法离开，张一城的话言犹在耳。没错，我们是很难活着走出去了，一切都是在骗自己，无非延缓死神的脚步罢了。如果能轻松离开，那数不清的战友就不会消失在驼峰航线上了。不如趁现在还有一口气在，能弄清楚一些谜底就去做，好歹努力过了。

想着，我就走到山崖下，握住那根被风吹得摇摆不定的绳索，吃力地往上爬。

山岩虽然是梯形的上升趋势，但那温度和环境太恶劣了，我每爬上去一米就感觉肺部被人捏了一下。好几次，我都有昏厥的感觉了，后来猛地咬了舌头一下，这才清醒过来。爬出几十米后，我俯视了雪谷下面，那里蒙蒙一片，什么都看不见。那一刻，我更同意张一城的想法，活着走出去不可能，除非有一架飞机飞出这片"被上帝遗弃的地方"！杨宁那丫头说的话不知是真是假，但愿真有一架飞机在雪谷尽头。

渐渐地，我爬高了，离那飞机也近了，这才看清楚那架飞机的机腹。机腹上没有花纹图案，只有几个很大的俄文。机舱门已经打开了，绳索就是从里面伸出来的，不过绳索中间有几个疙瘩，看得出他们没有太长的绳索，这是几根绳索结成的。我爬了好久，冰冷的身体还没热气冒出来，有时都怀疑自己是不是要死了。

停了一会儿，我继续抓着绳索爬上去，却未看见张一城和胡亮，那俩家伙都不想着伸手拉我一把。我不禁开始担心了，难道他们爬上去都出事了？不然怎么不声不响的。就在我忐忑不安时，再一抬头，飞机残骸的上空竟有十个圆亮的银球。那些圆球在浑浊的雪夜里很明亮，无论风怎么刮，它们也静静地待在空中。

"月亮？十个？见鬼了！"

我心里奇怪，以前听说过十个太阳的故事，却没听过世界上有十个月亮。那十个银球真的就像月亮一样，在灰色风雪的渲染下，雪山上空就如同坠入了神话仙境里。要不是冰冷刺骨的环境，我肯定想多看两眼，无奈事态紧急，我得快点找到胡亮和张一城，所以就饮恨地没去管那十个月亮。

又过了十多分钟，我耗尽了气力，终于顺着绳索爬上山岩，攀进了那架颤抖着的飞机机舱里。一进去，我就瘫在机舱里，动弹不得，可趴在地上的头却瞥见了惊人的一幕。

19. 冰山上的来客

机舱里早就破败不堪了，还有很多穿孔，但都被人为地用残破的铝片，或者棉布堵住了。一团火在后舱尾部燃烧着，烟就是从飞机尾部冒出去的。飞机内部的设施全部被改动了，变成了一个栖身的居所，摆放的东西不乏毛巾、梳子、书本、碗、火柴，连枪械都有好几支。舱内挂了很多肉干，还有野兽的皮毛，可以当做保暖的衣服。舱的内侧还有一个简易的地铺，铺子上堆着一床满是污垢的被褥，枕头用几件衣服代替了。

张一城乐呵呵地靠在火边取暖，嘴里还啃着一坨来历不明的肉干，胡亮则在翻那些堆在角落的书本，到这时候还不忘看书，让人哭笑不得。我冷得不行了，刚才悬在半空中，肚子里的尿都冻成块儿了。顾不得多问，我就缩着身子，跑到火边去烘热身体，结果一靠近火，身上的雪就全化成了水，浸湿了全身。

"这里真有人住？"我哆嗦地问，看着后舱着起的火。

"肯定有人住！"胡亮合上手里的书，说道，"舱内的东西还是软的，如果时间长了，没人动它们，肯定变得硬邦邦的！"

"你看，这里还有肉呢！可新鲜了！"张一城吃得很开心，"妈的，这肯定是雪豹的肉！"

我困惑不解，一边烤干身上的水分，一边问："谁会住在这么高的地方？我在下面听到有人惊叫，还有光线照下来，你们爬上来都没看见吗？"

张一城吃完后又戴上面罩，咧嘴道："有你妈！飞机里一个人都没有。你听到谁喊了？肯定是舱门脱落了，风灌进来才刮出响声！还有啊，你是不是该戴眼镜了，根本没有人拿手电朝下晃，是舱里的这堆火！"

我疑惑地看着机舱内，半天说不出话来，当真是看走眼，或者听错了吗？可这里分明就是一个住所，绳索的另一头绑在飞机里的驾驶座上，可见一直有人在这里上上下下。最明显的证据就是机舱内仍未熄灭的火堆，火总不可能自己点着，必须有人生起这堆火，而且是不久前烧起来的。

可以说，机舱内这些东西都是我们的救命稻草，难怪张一城急着催我们爬上来。为了这些肉干、枪械、刀具、皮毛，真是死几回都值得了。在别人看来，可能那些东西微不足道，但却大大地给我们增添了走出喜马拉雅山的希望。尤其是那些武器，能够让我们遇到危险时，有能力自保。

胡亮坦言，为了这些东西，值得爬上来。可机舱内肯定有人住，而且住了很久了，从舱内留下的东西就看得出来。这样一来，问题就堆在眼前了，是谁住在这架飞机残骸里？他或者她为什么要选这处地势险峻的地方，难道不怕有一天失足摔死吗？唯一的可能就是雪谷里不太平，为了躲避野兽，或者其他危险的东西，这个人别无选择地躲在了飞机残骸里。

那他或者她为什么不找机会逃出雪山，非要留在喜马拉雅山这处无人的境地里？

胡亮靠着火堆，关了手电，听我分析了一番，然后说："我想，我知道为什么了。"

"为什么？"张一城哼了一声，"妈的，别以为比我多认几个字就厉害了！依我看，这里是妖怪住的地方，要不什么人能杀死这么多头雪豹！就算你有枪，都不一定能打中灵敏的豹子！"

　　我也觉得奇怪，难道雪山上有世外高人？可胡亮举了举手里的一本书，对我们说："答案就在里面，这是一本日记！"

　　日记？我听到这句话，脑海里就闪过一个画面——一个长毛的野人在写字。在这种恶劣的环境里，谁有心情写日记，你当住在紫禁城里吗？雪山的温度最高也在零下，最低达到零下几十度，墨水早就结冰了，哪里还写得出来？不过，胡亮不会骗人，既然那本书都在他手里了，他又看过了，肯定不会假。

　　张一城虽然说话粗鲁，但心思细腻，懂得胡亮不会瞎掰，于是就和我凑过去想看个究竟。胡亮靠近火堆，翻开了那本日记，让我们仔细浏览。说是日记，其实是小孩子般乱涂乱画，所有的文字和图画，都是用舱内烧出的黑漆火灰写上去的。因此，我们看得很费劲，很多段落都要歪着脑袋想很久才看得出原来的字迹。

　　日记记载：这本日记的主人叫赵菲，出生在陕西西安市，在1910年便随母亲去了黑龙江。由于战乱的关系，赵菲与母亲失散，她也被一个老毛子带去了俄罗斯。那个老毛子叫戈沃罗夫，他对赵菲很好，不仅教她识字，还和她结婚了。苏联在1922年12月成立后，戈沃罗夫就进了一个研究所，专门负责武器科技研究。

　　过了12年，也就是1934年时，研究所的人几乎死光了，只剩戈沃罗夫一个人还活着。赵菲在一天晚上被戈沃罗夫带上车，在一个私人机场里上了一架飞机，逃出了苏联。当时，苏联方面派出轰炸机去围追，戈沃罗夫的飞机原本要往欧洲方向飞，为了躲避苏联的追捕，便调头飞入中国境内。

　　可是他们刚进入中国境内，马上就到了一处雪山上，戈沃罗夫一开始以为飞到新疆的天山了，最后赵菲才确认他们到了喜马拉雅山上。因为高原雪山的天气变化，所以赵菲搭乘的飞机一头撞在一座高耸的雪山上，追击他们的飞机也在其他地方坠毁。所幸赵菲的那架飞机撞山时，是撞在一个平坦的山腰上，前方还有一个洞穴，飞机头部被固定住了，因此整架飞机才嵌在山崖上，没有滚落到雪谷里。

飞机没掉下去，飞机里的人却都受了重伤，只有赵菲一个人是皮外伤。过了几天，飞机里的人全死了，包括戈沃罗夫。赵菲一个人担惊受怕地过了几天，这才将飞机上早就准备好的几条绳索结起来，一个人爬下了雪山。赵菲跟随戈沃罗夫在苏联生活了十几年，曾在一座冰山上住了六年，因此很能适应喜马拉雅山的环境。

在日记里，赵菲写道，她曾想离开喜马拉雅山，可是这一带的雪山有恐怖的东西在作怪。每一次，赵菲想离开，总会被逼退。好几次，赵菲还看见一些西藏来的藏民在雪山上被杀害，可日记里没写是什么野兽所为。在那些段落旁边，赵菲画了一个裸女，这和杨宁那份地图上的裸女很相似。

在这里，我有必要复述一遍，可能大家都不记得杨宁手里的那份地图了。我们在雪谷找到杨宁时，她身上有一份地图，那份地图北面画了一个细小的裸女，裸女旁边有一架飞机，雪山在地图上被标为"圣母山"。圣母山上的每座雪峰皆以数字命名，以裸女为辐射，依次排开。据杨宁说，地图上标的飞机就是C-54远程运输机的残骸，她被蒙面人监视着，用了三个月的时间修理飞机。

"那小裸女是怎么回事？我看这本日记上画了好多次！"张一城奇道，"这个赵菲，脑子里尽是淫秽的东西！"

我想起了杨宁的地图，觉得日记和地图里的裸女同为一物，估计不好对付啊。可喜马拉雅山上那么冷，穿十件棉袄都会颤抖，不穿衣服的裸女不怕冷吗？这裸女是什么东西？赵菲画了那么多次，肯定不是臆想出来的，大概就是雪山上隐藏的神秘危险。仔细一想，有一只雪豹被拉断头颅，尸体被抛出很远的距离，这恐怕连最凶猛的黑熊也办不到。

日记到了后面就开始没有文字了，全是乱涂乱画，像小孩画的连环画。有裸女，也有飞机坠落的画面，还有天上惊现的多个圆球，等等。我们看到一半，马上就接受不了了，原来早在驼峰航线成形以前，就已经有飞机坠落在这里。赵菲若不是跟老毛子在苏联的冰山上生活了六年，恐怕她早就死了。飞机里的武器、食物、火源全是赵菲一个人搞出来的，比男人强一百倍啊。有些武器可能是从苏联携带过来的，还有些肯定是从坠毁在雪山上的飞机里找出来的。

"你不觉得奇怪吗？飞机坠毁后还能活下来，为什么不想办法走出去？"张一城疑问。

"日记上不是写了吗，赵菲出不去了，这附近有危险！"我答道。

"我不是这个意思！我是说，赵菲这傻女人为什么要写这个日记，干吗不多想想办法！"张一城摇头道。

胡亮松开紧皱的眉头，回答："你不想一想，赵菲1934年就掉在雪山上了，现在是1943年了，已经过去9个年头了。一个女人孤单地在雪山上，找不到人说话，自然会有写日记的念头，自己跟自己倾诉。你看看日记，前面是文字，后面是图画，这是赵菲心理变化的过程，到后面她已经精神崩溃了。"

我点点头，心想原来如此，难怪会有一本那么厚的日记，这就是赵菲9年来在雪山上的生活记录啊。虽然不是天天写，但这近两个砖头厚的日记本，已经快写满了。我们捧在手里，不由得感受到日记本的沉重，既然赵菲9年都逃不出去，我们会有机会吗？

这时候，张一城挠了挠帽子，摸着下巴问："对了！我们的飞机飞行时，韩小强不是接到过一个陕西女人的求救信号吗，会不会就是这个赵菲？"

20. 内鬼

猛地，我这才想起来，雪山里神出鬼没的陕西女人，肯定就是这个写日记的赵菲！夜里，胡亮和张一城追赶的女人，也是同一个赵菲！我们的C–47运输机还未坠毁时，赵菲曾用无线电呼救，说有恐怖的东西在外面，当时我就推断她可能在一架飞机里，没想到真被我猜中了。

这架飞机在高耸的山崖上，肯定是赵菲经过9年的摸索，好不容易才确定下来的最安全的居所。那天赵菲呼救，肯定是有危险的东西出现在山崖上了，这也是我们爬上来却没看见赵菲的原因。那女人一个人在雪山待了这么久，见到人没有迎上去，反而逃跑，恐怕比杨宁的情况还要糟糕。

胡亮早就想到赵菲就是呼救的女人，因此一直在飞机里找无线电设备，想要跟路过的友机求救。不过，我并不赞同求救的做法，战友们忙着运输重要的战略物资，哪有空救人。要知道，那些物资关系到千千万万同胞的性命，关系到中国的命运，我们不能为了求生，而阻碍了驼峰航线的运输任务。我是怕死，但如果死在雪山上，能换得战略物资的顺利运输，那就是死得其所，死一千次都不怕。

胡亮还没找到无线电设备，听到我这么一说，他就放弃寻找了。过了这么多年，飞机上的无线电设备应该早就没电了，天知道赵菲是怎么发出求救信号的。张一城也同意放弃呼救，雪山上没有起飞跑道，飞机不可能安全降落在这里。就让其他战友不知情地飞过我们头顶吧，在雪山上我们不会孤单，这里有很多战友陪伴着。

这时候，张一城一边啃肉干，一边问我："赵菲嫁的老毛子是什么背景，居然能搞得到飞机，还要逃跑？"

我回忆日记上的内容，想了想就说："戈沃罗夫是一个武器研究所的科研人员，后来研究所的人都死了，就剩他一个还活着。他肯定是研究所的内鬼，估计研究到什么厉害的武器了，想要卖给别的国家。日记上不是说了吗，戈沃罗夫原本计划飞往欧洲，妈的，肯定是飞到德国去！"

"是什么武器？我怎么没在飞机上看见？"张一城张望了一圈。

"谁知道是什么，我们找到也没用，你管那么多做什么！"我没有兴趣。

"可刚才日记里说，老毛子飞到中国境内就马上到喜马拉雅山上了，你不觉得奇怪吗？"张一城还在啃肉干，然后继续说，"赵菲一开始写日记，头脑肯定还正常吧，不可能会记错。但从苏联飞到中国，不是先应该到新疆，或者蒙古那边吗，怎么都不可能一下子就到西藏了！"

我刚才也注意到这一点了，赵菲和戈沃罗夫的飞机坠毁在雪山上，追击他们的飞机也在这里失事了。他们的飞机从苏联飞过来，中途不加燃油的话，不可能飞那么远。如果是C-54远程运输机还有可能，但这些飞机都是小型飞机，还没飞到西藏就先没油掉下去了，怎么可能出现在喜马拉雅山上呢？

可惜赵菲不见了，戈沃罗夫也死了，要找到答案恐怕不容易。

我和张一城说话时，胡亮还在翻日记，看得津津有味。关于那本日记，我已经不再感兴趣了，因为后面都是图画，看着很别扭。于是，我继续烤火取暖，烘掉身上的水分；张一城则继续吃肉干，还想打包一点回去给韩小强和杨宁。可是，胡亮却忽然叫住张一城，叫他别碰那些肉干，还要把嘴里的肉干全吐出来。

"怎么了？"我奇怪地问。说实在的，我正想伸手去抓一条肉干啃一啃。

张一城满脸不高兴："我就拿一点儿，不会都拿光的，咱是中国人，不是日本人，肯定会给那个赵菲留一些！"

胡亮像是看见了什么恶心的内容，松开的眉头又皱起来，喝道："快放开，那是人肉！"

"人肉？！"

我和张一城都惊呆了，张一城更是连吐带呕，甚至想把肠子都掏出来。原来，赵菲在日记上画了几页图，全是如何把人肢解后，把人肉制成肉干的画面。当然，也有把野兽杀死后，制成肉干的内容。在那本日记上，赵菲画的页面触目惊心，大部分都是将人切割了，做成一条条肉干。雪山上极少有人涉足，哪来的这么多人，很可能就是我们遇难的那些战友。

"我操他妈的，这娘儿们疯了！"张一城吃了那么多，现在恶心得想要自杀。

胡亮也很吃惊，可这是雪山的环境把人逼到这步田地的，不能单怪赵菲。雪山里没有食物，除了源源不断的尸体，还有什么可以吃的？我一身冷汗地想，会不会赵菲把她老公戈沃罗夫等人的尸体也吃了，不然她怎么活下来。在面临绝境时，人会变得跟野兽一样，哪怕是同类的尸体，都能咽得下去。不过，我宁愿饿死，也不会去吃战友的尸体。但我没有权利去评判赵菲，没有经历过9年在雪山里面对恶劣环境的孤单生活，无法体会那种地狱般的痛苦。

张一城还在吐，嘴里一直咒骂赵菲，胡亮赶紧让他别骂了，省点力气带点东西回山洞吧，别让韩小强等急了。我却有点犹豫了，赵菲花了这么长时间才建立的住所，我们一来就洗劫一空，这跟日本鬼子有什么区别？大家都是中国人，虽然赵菲在苏联生活了20多年，但从她呼救的口音来看，她还是一个地道的中国人。

"老胡，别拿了！"我忍不住出声。

胡亮正要去拿角落的武器和保暖皮毛，听到我说话，便不解地问："为什么？"

张一城也附和："干吗不拿？这女人吃了我们这么多战友，拿她点东西算便宜她了！如果给我逮住她，老子非扒皮抽筋不可！"

我心里想的那些道理，在这时候说出来并不合时宜，他们也不会理解。我很同情赵菲，掉在雪山上不是她愿意的，为了活下去，她吃掉了那些战友，甚至自己的老公，这在自然法则里很常见。尽管我们是人类，但谁能保证在茫茫高原雪山上，9年都不疯不癫，从人类退化为野兽？

虽然道理是那样，但我并不认同赵菲吃掉战友，只不过我们谁都没有权利去指责她。

胡亮见我不说话，便和张一城一起继续选东西，把能带走的东西都带走。张一城特别选了带着野兽皮毛的肉干，确认不是人肉才敢收进一个包里。那个包应该不是赵菲的，是我们战友的，赵菲是从飞机残骸里扒出来的。我看见那个包，心想有些东西的确属于我们战友的，带走就带走吧，希望赵菲能顺利走出雪山，不要再住在这架苏联的飞机残骸里了。

我尽管那么想，但还是没有心思去搜集机舱内的东西，而是找了一个窟窿眼，想看看外面的天空是否还有"十个月亮"。胡亮和张一城都没看见，我问他们，他们反说我眼花了。当我爬上山崖时，那些月亮的银光渲染了飞雪，这绝对不是幻觉。我打算扒开窟窿眼，想要证明自己是对的，却发现那些窟窿眼都被堵得很严实，根本扒不开。

后来，我想过这个问题，那些窟窿和洞肯定被赵菲堵得很紧，否则在雪山上早被吹破了。若非空气团吹过雪山，机舱的舱门都不会被刮落，雪茄铁盒也不会掉下去。说起那根绳索，我事后也曾想过到底是谁放下去的，毕竟飞机上已经没有活人了。唯一合理的解释就是空气团猛烈轰过雪山时，赵菲已经爬下来了，但绳索还未收上去。那根绳索在风暴中被刮起，末端被卡在某处岩石缝隙里，而我站在雪谷里很久了，才等到绳索又滑落下来。

一切都是命运的安排，就如我们坠落在喜马拉雅山上，遇到第一个坠落在这里的赵菲一样。

因为我不能把飞机残骸的窟窿打开，也怕漏风后会造成飞机不平衡，所以就打算走到舱门那里看看外面的情况。万一赵菲又爬回来怎么办，一直没人查看外面的情况，这样的做法太危险了。我壮起胆子走到机舱门口，抓着门沿朝下望了一眼，什么都看不见，只有黑漆漆的深渊。幸亏胡亮先跟韩小强说明情况了，我们一时半会儿回不去，否则韩小强会急得头发都白了。

为了确定没人顺着绳索爬上来，我特意拉了拉那根绳索，如果是轻飘飘的，那肯定就没人在绳索上，如果是重的，那就说明有人正爬上来。我本来不太担心，毕竟山里没多少人，赵菲又被张一城和胡亮追跑了。不料，我这次一拉，绳索却很沉重——下面有人正爬上来！

我以为是赵菲回来了，或者韩小强按捺不住，爬上来找我们。黑暗的风雪里，我急忙拿出手电往下照了照，这时候绳索上出现了一个庞大的黑影，大到超出了人类的体形！

117

21. 西游记

底下的黑影就如一头大象，绳索被它抓得荡漾起来，系着绳索末端的驾驶座也震动了。我急忙大呼一声，叫胡亮和张一城过来看，他们起先都不在意，后来听我连喊几声，这才放下手里的东西走过来看。我早先就想过，要把绳索拉起来，以免赵菲或者别人杀上来，突袭我们，可还是晚了一步。

绳索持续小幅度地晃动，可夜里的黑影没有继续向上爬，而是僵在了原地。若非手电照出了黑影的轮廓，我都以为自己看错了，那可能是风雪的折射效果。可是，张一城和胡亮也看见了，那个黑影实实在在地依附在冰冷的山岩上。我试图再次拉起绳索，咬牙试了好几次，绳索依然无法抽回来。张一城以为我没劲，硬要来试一试，结果一样拉不动。胡亮加上我和张一城，三个大男人一起使劲地拉绳索，绳索还是纹丝不动。

"妈的，这是怎么回事？"张一城有点慌了。

我也忐忑起来，风雪里看又看不清楚，天知道是什么东西趴在山岩上。顿时，我没了主意，干脆说："来者不善，善者不来。既然不肯松开绳索，我们每人喂它吃一颗子弹，看它松不松手！"

胡亮先是犹豫了一下子，但不得不同意："好吧，我们先朝下面扔个雪茄铁盒，要是还没反应，再开枪也不迟！"

张一城却说："万一下面是个人怎么办？"

我哼了一声："老毛子都没那么大的体型，你认为绳索上趴着的是人吗？我看赵菲的日记没写错，这雪山他妈的真住了妖怪！"

张一城听完就说："原来我老爹说的是真话——地灵出人杰，山灵出妖精！这喜马拉雅山真他妈邪门，神仙没有一个，倒有那么多妖精！"

我们耍完嘴皮子，便先由胡亮砸个雪茄铁盒下去，哐啷好几声，盒子就掉在了雪地上。然而，那个巨大的黑影依然稳固地贴在山沿上，绳索被它抓得无法动弹。张一城不信邪，拔了枪就朝下面连开三枪，枪枪都打中了黑影。没想到那黑影毫发无伤，一动不动，不避不闪，根本不怕枪击。

这可把我们都吓住了。在那个年代，最厉害的不是金钟罩，而是洋人发明的枪械。那时候还没防弹衣，至少我们都没见过，所以知道的常识就是枪能打死一切生物。这一次，大家第一次见到子弹杀不死的东西，一下子都愣住了。我们使的是盒子炮，也就是毛瑟军用手枪，有效射程在百米内，那黑影靠得挺近了，不能打死也能打伤，怎么会一点事儿都没有？

难道山岩上趴着的真是一个妖怪？

我们三个人面面相觑，这还了得，子弹都打不死了，跟它肉搏更没胜算。幸亏那玩意儿没有继续爬上来，否则我们三个都要死在山崖上。那时候，我才明白过来，赵菲9年走不出雪山，且住在高高山崖上的原因。要是住山下，恐怕睡觉的时候就被弄死了，哪里还看得到明天的太阳。

"怎么办？"我想了很久才问出这个问题。

胡亮一直盯着下面，那黑影还是没动，于是他说："这样僵持下去也不是办法，小强还在山洞里等我们，万一那边有麻烦了，他连个帮手都没有。"

我急得直跺脚，杨宁就在山洞里，韩小强没有自保的能力，肯定顾不上杨宁了。我们待得越久，他们就越危险。张一城恼火地看着下面，可想不出法子，只好在机舱内团团转。我站在舱门附近太久了，身体又觉得冷起来，便回到火堆旁边取暖。可是，火堆已经变小了，必须再加燃料。机舱内能烧的东西很多，不过这都是赵菲辛辛苦苦攒出来的，我们痛痛快快地烧了，那她不哭死才怪。

胡亮没心思取暖，张一城也一样，所以我们三个人都没再管那团火。事态到了这一步，可以说并不严重，因为那东西没有爬上来，我们还有机会找出路。张一城甚至猜测，那东西爬到一半，可能被冻死了。冰雪把那不明物体冻在山岩上，因此大家才拉不动绳索。这看似是很合理的解释，我们都倾向于这个答案，否则真想不出什么东西不怕子弹。

可当我们再探头往下看时，马上吓了一跳，那东西离山崖上面更近了一点——它动了！

"怎么回事？我还以为它死了！"张一城严重地扫兴。

我望着下面，觉得不太对劲，赶紧叫胡亮一起把手电拿出来，一齐往下照。机舱内还有几支手电，张一城也都拿了过来，统统往浑浊的风雪里照射下去。说实话，我永远忘不了那一幕，当所有光柱集中在黑影的轮廓上时，那种震惊到现在都没有退去。那个黑色的轮廓的确不是人，可也不是任何生物，而是一个栩栩如生的石雕！

"这怎么可能！"

我们三个人异口同声地惊呼，谁都没有想到，趴在山岩上的会是一个没有生命的石雕！石雕既然没有生命，它如何爬到山岩上？我们爬上来的时候，绳索上面明明空无一物的！难道真是一个石头妖怪，吸收了喜马拉雅山上的灵气，拥有了不可思议的生命？如果只是这样，倒没什么好怕的，最可怕的是那石雕的模样，竟是一尊诡异的裸女模样！这和赵菲日记，以及杨宁地图里的裸女相差无几，她们竟然都不是虚构的！

120

　　绳索上的裸女头发很长，身上一丝不挂，面容狰狞，不似中原女子，倒有点像异国人的模样。那裸女石雕大若巨象，若它真的爬上来，谁也别想活着离开。我以为是什么古怪的生物，又打了几枪下去，可是那些子弹都没有伤到裸女石雕分毫。这个现象吓坏了我们三个大男人，情愿在坠机时就死掉，也不愿意遇到这样惊悚的事情。

　　"操他娘的，我和老爹在祁连山杀了那么多奇兽异鸟，从没见过这种东西！"张一城故意吐口唾沫下去，"到底是哪个色鬼，闲着不去搞女人，要在雪山上雕这种下流的石像！"

　　胡亮目不转睛地看着下方，接着说："就算有人雕得出来，石像能自己动吗？"

　　我越来越坐不住了，那裸女石雕分明在玩我们，一会儿往上爬，一会儿又不动，要杀要剐不会痛快一点儿吗？我们三人站在舱门处观望太久了，眉毛都结出了冰霜，便又退回机舱内。这时候，火已经熄灭了，张一城看见了就想去把火再次点燃。可是，机舱内的驾驶座"喀嚓"一声，底部的金属竟然断掉了，那里正是系着绳索的地方。

　　胡亮和我大惊，不约而同地跑到舱门往下一看，我的妈啊，那裸女石像又动了，这一次离飞机还有几十米远！我本以为那是幻觉，或者裸女石雕根本没动，但这一次已经可以近距离看到那石像了，自欺欺人还有什么用。

　　在1943年，可以说中国以及整个世界，恐怕没有多少人知道那个石像的来历。因此，我们当时搞不清楚，惊慌到以为那是妖怪，是很容易理解的。石像的确是一种很恐怖的东西，光从赵菲9年的雪山经历就能看得出来。那时候，我从杨宁的疯言疯语中，也推测出抓住她的蒙面人同样见过诡异的裸女石雕，否则不会在地图上绘出来。

　　世界上千奇百怪的事物很多，既然存在了，就一定有机会弄懂它们。

在1943年的喜马拉雅山上，我们与奇异的石像有不少的正面接触，后面的故事会更加动魄惊心。可现在不能直接说明那石像是什么东西，否则就太突兀了，很快我就会给出答案，接下来要讲的是一个更神秘的发现。

当石像一步步迫近，我们再也冷静不下来了，必须找到另一条出路。在想出办法前，我先撕了赵菲日记里一页白纸，写了几句话，跟杨宁和韩小强交代我们去的行踪。然后，我从机舱内的一堆雪茄铁盒里拾起一个，把写好的纸条塞进去，丢到了下面的雪谷中。希望杨宁和韩小强能够发现，或许我们这一别，将永远没有机会再见面，但求他们不要担心我们的生死。对于好不容易再见到的杨宁，我很舍不得她，可惜谁也不知道，跑出山洞后会有这种遭遇。

当求生的欲望变得强烈时，人类的潜能会爆发，做出平常绝对办不到的事情。我们心一横，既然不可能杀死裸女石像，那就爬出飞机残骸，徒手攀到雪山的另一面。那裸女石像虽然刀枪不如，体形巨大，但似乎动作并不灵敏。我们如果能爬到雪山上，就有可能从另一处地方到达雪谷里。

对于裸女石像动作迟钝的结论，胡亮却不以为然，他说："我看石像不简单，我们才离开舱门一会儿，它就猛地爬上这么一段距离，常人的速度有这么快吗？"

我听得不敢再继续想了，便开始观察机舱四周，希望找一个能够穿过去的窟窿眼，爬到机舱外。老毛子的飞机很结实，在高原雪山的低温环境下待了9年，依然很难被打破。现在的那些穿孔，很多都是坠毁时搞出来的，前不久的空气团冰雹都没有砸穿这里。我找了好一会儿，最后才发现驾驶舱的挡风玻璃是突破口，只有从那里出去是最安全的。

1934年，赵菲和戈沃罗夫等人的飞机坠落在喜马拉雅山上，飞机头部正好撞进一个山洞里，而山洞外面是一处平地，因此才嵌在山崖上9年之久。现在要从飞机里逃出去，舱门那里已经不安全了，裸女石像正在下面

等着。唯一能出去的办法就是从驾驶舱的玻璃口钻进山洞，可山洞是不是死路，有没有通道通往别处，山洞里又有什么，我们谁也不会知道。

由于撞山的缘故，驾驶舱前面的玻璃都碎掉了，赵菲为了防止冷风灌进来，从雪山各处捡了其他坠机的铝片来封住缺口。我和胡亮花了好大的力气，这才把那些铝片一一挪开，而张一城则继续监视山岩上的石像。

正所谓秘境之内，处处有惊奇，我们刚把铝片挪开，想要看看飞机头部外面是什么情况，却看见一个宽大的山洞口，里面竟然绘了一幅幅褪色已久的壁画。更让人不解的是，壁画竟是《西游记》里的故事情节——唐玄奘带着一只猴子在取经路上爬雪山的画面。

22. 裂缝

    这些褪色的壁画让我愣住了，若是天外飞仙的壁画还说得过去，在喜马拉雅山上怎么会有《西游记》的壁画？我和胡亮闷不吭声，张一城以为出了什么事，便扭头问我们怎么了。我说看见孙悟空了，不如叫这位齐天大圣出来，把裸女石像这妖怪收了。张一城知道我在开玩笑，懒得接茬，可一转头看往山岩下他就喊了一声。

    "怎么了？"胡亮走过去问。

    张一城脸色铁青地催促："快跑！我的娘哟，这裸女是多久没见过男人了，老子刚扭头跟你们说话，它已经爬到眼前了！"

    我听完这话，自然不信，几十米的距离，怎么可能瞬间就爬到眼前了。走过去一看，我差点摔出去，那裸女石像果然和张一城说的一样，已经快爬到飞机这里了。这裸女石像真不好惹，我们没时间再收拾机舱内的物资，只捡了几把枪、几条肉干、几支有电的电筒，还有几件保暖的雪豹皮毛就依次地从驾驶舱爬出去。

    山洞内死气沉沉的，人一爬进来，马上就觉得头很晕。这种不通风的山洞里，最容易把人迷晕，所幸飞机舱门脱落了，冰冷的空气从驾驶舱流进山洞，这才缓解了我们的不适。我们不敢久待，怕裸女石像追进来，所以就立刻看清楚山洞的情况，迅速地做了一份计划。

　　飞机头部完全撞进山洞口，这里没有一个缝隙能够让人通过，可以说是死死地堵住了洞口。我们没有别的出路，只有往山洞里继续前行，走一步是一步，如果前面是死路就只有认命了。从山洞口的情况来看，这里堆满了破碎的山石，呈扇形分布，应是冲击造成的。我分析，山洞口极可能是封闭的，很久前有人绘了壁画以后，为防止低温使壁画褪色剥落，于是将洞口砌死了。但天意使然，1934年戈沃罗夫带着一群人逃出苏联时，竟误打误撞地用飞机打破了山洞的封口。

　　山洞内是一幅幅《西游记》里的情节画面，但又和《西游记》不太一样。这里要说一说，我出身于江南的书香世家，自幼饱读诗书，后来对中国的情势看不下去了才去当兵，并进入了南昌航空教导队学习。

　　刘家在江南堪称望族，每位亲戚在江浙一带都很有名气。其中，刘家有一个姓吴的远房表亲，在杭州以及长沙做了盗墓的买卖。我幼时去过一次杭州，听那位远房表亲讲过一次在大西北的文物倒卖经历。

　　很多年前，那位吴姓表亲去了一趟始建于西夏永安元年的张掖大佛寺。那座佛寺位于张掖城西南角，整个寺院已有近千年的历史，寺里的大佛殿有一尊巨大的卧佛，卧佛背后留存了一幅壁画。那幅壁画绘了唐僧和孙悟空等故事里的人物。

　　看到这里，也许你会说我故弄玄虚，这不就是一幅《西游记》壁画吗？可你们有所不知，那幅壁画早于《西游记》成书300年。这就蹊跷了。《西游记》成书在明朝后期，那么《西游记》里的内容又怎么会在西夏的这幅壁画里出现？吴姓亲戚后来并没有破坏那幅壁画，在如今的时代，那幅壁画也被其他人发现了，文字和电视都有报道过。

　　这里我要讲的是，喜马拉雅山上发现的壁画和那位远房亲戚描述的很相像，且壁画风格也属于西夏的那种风格。唐僧取经的故事早在明朝前就

流传了，《西游记》的故事情节在明朝前出现也不稀奇。可我一路看下去，却发现壁画是唐僧在爬雪山时，几尊裸女石雕在追赶他，并死了很多随从的画面。

在壁画里，并没有猪八戒和沙僧，足见这描绘的是早期的《西游记》传说，其他角色都是后来被人加进去的。古代的壁画向来记载了当时的大事，既然古人不辞辛苦地在这里绘了壁画，那说明裸女石像很久以前就存在于雪山上了。

只不过，唐玄奘当年取经的路线是从长安出发，穿越河西走廊，过星星峡，进入哈密、吐鲁番盆地、塔里木盆地，登上帕米尔高原，翻越兴都库什山达坂，进入印度。唐玄奘并没有爬到雪山北带，最多是与喜马拉雅山擦肩而过。

难道古人吃饱了没事干，拼死拼活跑来这里涂鸦？这有可能吗？

我们实在搞不懂古人的意图，也没时间搞懂，为了躲避裸女石像就一路往山洞里走去。山洞内侧一直有壁画，越往里面走，壁画的颜色越鲜艳。到了更里面，山洞就慢慢往下延伸，空气也更沉闷了。山洞内除了壁画，并没有太多的古迹。俗话说，盛世古董，乱世黄金，古董和古迹在那时并不值钱，除非是黄金。这也是为什么我那个远房亲戚没有破坏壁画的原因，要不现在的世人就无缘得见那副壁画的真容了。

胡亮眼看山洞的路越来越陡峭，便对我说："刘安静，你有没有听到声音？"

"什么声音？你说话的声音？"我不明白地回头问。

张一城走在最后面，看我们说话，他也插进来道："我也听到了！老胡你不说，我还以为耳朵有毛病！"

不等胡亮回答，山洞的深处竟响起一声惊叫，吓得我汗毛都竖起来了！这声音正是我在雪谷里听到的响声，原来惊叫声不是从飞机里传出去

126

的，而是来自这个幽深的山洞里！那声音一波接一波，此起彼伏，叫得人毛骨悚然，捂住耳朵都无济于事。听到这声惊叫，我们都停住了脚步，不敢贸然走下去。

前面是未知的恐惧，后面是诡异的石像，何去何从，变成了我们心里的一块大石头。我心想横竖一死，与其和裸女石像硬碰硬，不如走下去看个究竟，或许前面的情况不如我们想象的那样危险。可张一城死活不干，他想石像好歹是个裸女，死前能够多看一眼就满足了。这个山洞已经往下走了好几百米，估计都到地下了，万一是阴曹地府怎么办？他之前在祁连山杀了很多生灵，死后肯定要被那些生灵咬噬。

我和张一城争执不下，便一起问胡亮，到底怎么办。胡亮再谨慎，在这时候也无法取舍，前进和后退都挺棘手的。山洞可能从古早时就封闭到现在，山洞内还有东西能够活下来，这和裸女石像有生命一样恐怖。亏得我们杀过敌人，练过胆子，否则换作平常人，有九条命也被吓死了。

"你他妈的倒是说句话啊老胡！"张一城回头看了看，急匆匆地问。

胡亮拿捏了一下，站在我这边："继续往下走，兴许有别的出口。山洞如果真如刘安静说的那样，从古代就封闭到现在，不可能还有活着的东西，刚才那东西在里面喊叫，八成是从别的地方钻进来的。"

我点点头，说："这应该没错，要不里面的空气不会够我们呼吸到现在，飞机头部流进来的空气没有那么快到达这里。"

张一城烦了，一摆手就说："行了！老子说不过你们两个文化人，要是真有阎王爷在前面等着，也只好认了！"

就这样，我们继续走下去，往更深的地方前行。山洞内的岩石都如冰块一样，尽管谁都没有脱下手套去摸，但皆能感受到刺骨的寒冷。每次呼吸，肺部就疼得要裂开一样，头也疼得要爆炸了。我们都把枪握在手里，时刻提高警惕，防止暗处的突然袭击。山洞一直都不大不小，刚好容得三

个人并排走，当经过一个近70度的大石坡后，山洞就忽然变得狭窄起来。

又往前走了十多米，我们不由得停住了脚步，因为前面已经没有去路了，这里就是山洞的尽头了。

"操他妈的，这是怎么回事？"张一城不信邪，摸着尽头的石壁骂道，"刚才是谁在叫，一路走过来屁都没见着，怎么这么快就到尽头了。"

我也纳闷，摸了摸石壁，这种地方又不像小说里那样，会有奇门巧簧之类的暗门。胡亮在尽头处一一查找，跟我们一样不相信这就是山洞尽头。不时地，我回头看来时的路，那里的洞道很窄，裸女石像太大了，肯定钻不进来。我举着手电回头看了好久，没看到追进来的石像，终于松了一口气。现在有喘息的机会，哪管山洞尽头是不是死路，反正先休息一会儿，大不了等裸女石像走了，我们再回到飞机里。

山洞尽头比较大，像一个客厅一样，里面的石头都有一层薄薄的冰膜，手电的光线照上去就会弹射出七色光芒，把尽头处的山石渲染得很美丽。我看大家都在摸来摸去的，干脆也拿着手电一处处地检查，希望死前捞几块珍贵的宝石。想想，我走到山洞尽头处的一个角落时，觉得有一阵冷风吹到眼睛里，再往前面一看，竟有一个很窄的裂缝，人勉强能横着挤进去。

我觉得惊奇，便想先看看裂缝里有什么东西，既然有风吹进来，可能就有出路。我没有防备地举起手电，照进那条裂缝里，可却马上吓了一跳，大喊了一声！

23. 我从地狱而来

"怎么了？"

胡亮迅速地朝我靠过来，张一城也剑拔弩张地要朝我这里开枪，这情势吓得我马上闭嘴了。裂缝里并没有太吓人的东西，只不过我看见一个蓝色的眼球在另一头盯着我，加上身处的环境很不寻常，冷不防喊了一声。我喊了一声后，再往裂缝里看进去，那只蓝色的眼睛却不见了。

"你喊什么？刘安静，别吓老子！"张一城收起枪，拍了拍胸脯。

胡亮朝裂缝里看了看，什么都没看到，问我："你刚才看见什么了？"

胡亮知道我胆子不小，被吓成那样，肯定有大发现。我对他们讲了刚才看见的蓝眼睛，他们起先不太相信，可雪山上的事情本来就超乎寻常，一只蓝眼睛反倒显得很普通。胡亮用手电照了照里面，发现裂缝后面有很大的空间，就是这条裂缝有点小，要横着穿过去恐怕很困难。张一城听说裂缝后面有空间，便挤到前面想看个究竟，可惜通过去的视野有限，看不全裂缝后面的情况。

纵观这条裂缝，应该是一次地震撕裂山体造成的，地震在云南很常见，这种山体裂缝对我们来说并不陌生。喜马拉雅山里有没有山洞，我们之前都不清楚，但凡是山就有洞。喜马拉雅山是地震频发的地带，山缝和套洞应该比云南还多。不过，我们对裂缝后面的情况一无所知，唐突地闯过去，或许会比现在的状况要糟糕。我们又不是冒险家，仅为求生存，只要裸女石像不追进来，那就不用去管裂缝后面有什么。

可人算不如天算，老天就是故意跟我们过不去，幸运女神开始不想眷顾我们了。在来时的山洞里，出现了一个影子。张一城跑到大石坡下看了看，马上又折回来，大声说裸女石像追进来了。这一尊石像比刚才看见的要小，如果不是石像能够自如地变大变小，那就是这里不止一尊古怪的裸女石像。

"没办法了，钻吧，这条缝很小，我不信石像能够钻进来！"张一城说罢就开始脱掉帽子，和身上保暖的皮毛及外衣。

胡亮对我耸耸肩，意思是说只有这个办法了，要不回头让裸女石像拿掉小命。我回头看见裸女石像又更近一步了，大石坡上出现了她的头部。我见状就跟着张一城一样，脱掉多余的衣服，让身体变得小一些，方便穿过裂缝。胡亮最后一个离开，他一直监视着后面，我本想和他换顺序，他却死活不同意。

裂缝太窄了，足足有七八米深，我穿过去时，胸口被夹住，差点就断气了。幸亏张一城在另一头拉我，虽然衣服被刮破了，但好歹留住了一口气。胡亮看我们都穿过去了，这才把我们脱下去的衣服和帽子都扔过来，然后他才慢慢地挤到这一边。我和张一城都担心英俊的胡亮会被裸女瞧上，因此一直催他快点过来，直到他安然无恙地到了另一边，我们才开始转身看这一处山洞的样子。

谁知道，我们都没来得及看，一发子弹就从我耳朵边飞过，打中了后面的石头。

这是我在喜马拉雅山上，第二次被子弹飞过耳边，却依旧被吓得心脏停止跳动了好长一段时间。胡亮赶紧用手电晃了晃，张一城也开着手电，从进山洞那刻起，大家就没想着省电，反正从飞机里带了好几支手电。终于，在光线中，我们看见了一个人影，他正站在一处突起的黄色石头上，居高临下地俯视着我们。

我们还没开口，那人就先喊了一句，不知道是哪国的语言，反正不是日语，也不是英语。那人拿着一支比我们还要亮的手电，因此我们处于逆光位置，看不清楚那人的长相，只看得出他身材魁梧。那人没听到我们回答，又喊了一句，语气似乎不那么客气。我首先想到，那人可能是苏联人，或者就是赵菲的老公——戈沃罗夫。仔细一想，赵菲的日记里并没有直接写到她老公死了，既然赵菲能活下来，那么戈沃罗夫也有可能。

我正纳闷那人是不是戈沃罗夫，却听到胡亮喊了一句不是英文的洋话，好像和面前的那个人用的是同一种语言。那人提着枪对着我们，听到后答了几句，胡亮接着又说了几句。我和张一城都一头雾水，原来胡亮懂那么多国的语言，难怪和空姐们混得来，听说胡亮还和外国空姐有一腿。

张一城看那人一直提枪对着我们，不禁怒火中烧，想要打死这洋鬼子。我们有三个人，每人都有枪，难道还怕他一个人不成？可是，我们穿过裂缝时，为了方便，把枪插在屁股后面了。现在拿枪的话，那个人恐怕要先发制人，爆了我们的头。可我也不愿意那么窝囊，便想抽出后面的枪，打死这跋扈的洋鬼子。

这时候，胡亮交流完了，马上制止了我，那洋鬼子也放下了枪，并放下了他的手电。我过了一会儿才看清楚，这真的是一个洋鬼子，不过分不清他是美国人还是苏联人。这人的毛发很长，全身狼狈，身上的衣服都破破烂烂，比乞丐还难看。不过，这都掩盖不住他的俊帅，眉宇间的英气让他看起来仍很精神。我在裂缝里看见的蓝眼睛，就是这个洋鬼子。

"怎么回事？你们刚才说什么？"张一城先我一刻追问。

"他是德国人，叫库恩，是9年前和戈沃罗夫一起坠落在喜马拉雅山

上的。"胡亮对我们说。

我奇道："德国人？你还会说德语？不对吧，苏德不是打起来了吗？"

"9年前还没打呢，我也不清楚库恩怎么和苏联的戈沃罗夫搅在一起了，这可能就是戈沃罗夫外逃的原因了。"胡亮解释道。

接着，胡亮又说："库恩精神也有问题了，他好像坠机前跳伞了，一直躲在雪山里。他以为我们是苏联派来捉他的人，现在知道我们是中国人了，所以才放松警惕。你们别把枪拿出来，不要刺激他。"

我和张一城点点头，纷纷惊讶雪山上藏龙卧虎，有中国人、日本人、苏联人，还有德国人。这到底是命运的安排，还是雪山上的神秘力量在吸引我们？库恩从那块黄色的石头上跳下来，跟我们握手，然后讲了几句蹩脚的中文。我对库恩会中文很好奇，想着可能因为戈沃罗夫的关系，库恩跟赵菲学过几句中文。可掉在雪山后，库恩和赵菲肯定没再见面，否则不会分开，他们应该是友非敌。

库恩跟我们握了手，然后叫我们都靠后，接着不知从哪里摸了个手榴弹出来。我吃惊地看着库恩，心说在山洞里引爆手榴弹，很容易引发坍塌，到时候谁都别想跑。但一眨眼，库恩就把手榴弹扔进我们穿过的裂缝里，炸掉了那个通道。原来，库恩是想堵住裂缝，不让裸女石像进来，想必库恩也知道裸女石像的厉害。

德国人在1939年已经发动战争，在国际上，德国和日本一样不受人待见，都是法西斯国家。但说到底，德国在第二次世界大战里，没有直接侵略中国，唯独日本肆虐了中华大地。因此，我们对日本的憎恨，要比对德国强烈。现在或许有人说我们小心眼，有些仇恨不应该记在心中，但如果你亲眼见过日本人屠杀你的同胞，你永远都不会忘记那份仇恨。这不是斤斤计较，忘记那份仇恨，就等于忘记你的同胞。

言归正传，当我们知道库恩的大致底细后，没有太为难他，他也把我

们当朋友。我看库恩一身军装,那是苏联的军装,他极可能是当年德国派去苏联窃取情报的特务。但看库恩在精神不稳定的情况下,仍把中国人当朋友,我和张一城一起摇了摇头,没去计较国籍的事情。

终于得到了喘息的机会,我马上环视了这边的山洞,不算太大,也不算太小,跟一个会议厅差不多。既然库恩在这里出现,那么他肯定知道另一个出口,于是我就催胡亮叫库恩带我们走出山洞,快点与韩小强和杨宁会合。胡亮一直试图和库恩做进一步交流,想知道雪山有什么秘密,可库恩似乎没有正面回答。我急了,便叫胡亮先问库恩打哪儿来的,出口在什么地方。

胡亮看了看我,然后把我要问的话翻译成德语,当库恩郑重地回答以后,他才对我讲:"库恩说——我从地狱而来。"

24. 无人营地

地狱？

我嘀咕了几句，外国人和中国人一样，都信地狱和地府这一套。山洞就是山洞，哪有地狱，库恩的话绝对不能信。张一城听完，还质疑胡亮翻译错了，这里明明很正常，根本不像阴森的地狱。的确，这个山洞跟普通的山洞没区别，连之前的壁画都没有。山洞里没有明显的出口，我看了好久，才发现这里又有一条裂缝，估计都是地震时撕裂的。

库恩没看出我们的怀疑，招呼大家一起钻进山缝，似乎要介绍前面的一处地方。胡亮叫我们放心地跟去，既然库恩活下来了，这里就比较安全。我点头同意，现在计较地狱没必要，先找到出口才是头等大事。这一次的裂缝比较大，我们穿上衣服后，很轻易地就走过去了。库恩很高兴发现了其他人，先走出去以后，就在那边亲切地叫我们慢点，注意别划伤了。

"这德国人挺好说话的嘛！"张一城笑道，"老子向来不和敌人交朋友，今天看在库恩会一两句中文的分上，就当他是朋友了。"

我看张一城说得那么得瑟，刚想笑呢，却发现这边的山洞太大了，大到让人类感觉自己像蚂蚁一样。手电光根本触不到山穹，照不到尽头，空旷得让人呼吸都变慢了。这么大的范围，要在这里找出口不是一时半会儿的事情，我们急也急不来。库恩亮起手电，晃眼间，一个很大的营地就出现在眼前。

营地里有数十座帐篷，帐篷外有很多生活器具，还有一堆刚熄灭不久的火堆。我看见这么多帐篷，感到不可思议，都说喜马拉雅山上鲜有人上来，怎么有这么多人隐藏在雪山深处？可胡亮却说不太对劲，因为营地那边死气沉沉的，不像有很多人住在这里。张一城看了那堆刚灭的火，打包票说这里只有库恩一个人住，结果证明他们是对的。

那处无人营地并不在山洞大厅的中央，只在边缘处，可我们却走了两分钟才到达。营地里的帐篷是墨绿色的，上面早就积满了絮状的雪灰，有的一碰就破了。这种帐篷和现代帐篷不一样，更像是蒙古包。营地里有很多火堆，可很容易看得出来，那是很久以前留下来的了。

帐篷里有不少生活用品，都是被褥和锅碗，足够我们取暖保温之用了。我掀起一床被褥，那上面有一股臭味，看花色不像现代的东西。营地里的东西没有赵菲搜集的多，也没有什么东西可以直接确认营地的来历。直到胡亮从一床被褥下面找出一张银票，这才大致地确认，营地可能早在一百年前就存在了，因为那银票就是晚清时期流传的。

"一百年前？居然有人比赵菲还要先到这儿？"张一城咋舌地叹道。

我猛地想起，一百年前，也就是1841年时，英国人乔治·额菲尔士曾非法对珠穆朗玛峰进行过测量，并得出一份中文、一份英文的测绘地图。在那份中文地图上，那位英国人就把喜马拉雅山叫做圣母山。可通常大家是把珠峰叫做圣母山，而不是把整个喜马拉雅山脉叫做圣母山。

这件事早在发现杨宁手上的地图时，我就想到了，看来这可能就是当时测绘者留下的营地。然而，早在英国非法测绘前，清朝的康熙皇帝也曾派人测量过珠峰，那时有55个犯人被带去做背夫，后来那55个来自岭南的犯人却在雪山上失踪了。想起这事，我就又想起了杨宁口口声声提起的蒙面人，那个蒙面人就是广东口音，难道那时的人都繁衍下来了？

胡亮看我想得入神，便问："是不是在想杨宁？"

我脸红起来，辩解道："那是我的战友，我当然想了，我不仅想她，还想韩小强！"

张一城对营地不关心，只想离开，所以就催道："老胡，快问库恩出口在哪儿，别让我们留在这里陪他啊！"

库恩忙着把火堆重燃，当胡亮走过去问出口在哪儿时，他却激动地站起来，一股脑儿讲了大长篇的德语。胡亮一句话都没说，皱着眉头听完库恩的话，然后转身对我们说库恩不让我们出去。至于原因嘛，库恩说现在雪山外面十分危险，出去的话就没命了。库恩精神状态不好，说的话不能全信，不过刚才有裸女石像追赶我们，想来外面真的不太平。可现在韩小强和杨宁还在山洞里，什么都不知道，要是石像袭击他们，那该怎么办才好？

张一城先看了看宽阔的山洞，实在找不到出口，便想先找个帐篷躺下，让胡亮继续交涉。我根本没心思睡下去，着急地想跟库恩解释，外面还有战友。胡亮把我的话转述了，库恩依旧不同意我们走出去，一直疯狂地摆手。就在我觉得库恩的理由不可理喻时，躺进帐篷里的张一城却吓得跳出来。

"老刘，你快过来看，帐篷里有什么！"张一城大呼一声。

我心说，难不成里面有黄金，可走过去一看，里面竟躺着一具枯老的干尸。再往其他帐篷看了看，几十座帐篷里，竟有十几具干尸。干尸身上的衣服都是晚清的褂子，他们都留着辫子头。干尸们的死法都出奇的一致，皆是头颅整齐地断开，因而死在帐篷里。从干尸的姿势来看，他们都没有挣扎，仿佛是瞬间毙命。我跟张一城相顾无言，这不就是那只雪豹的死法？都过去一百年了，难道当年的凶手还活着，在今天又用同样的手法杀了雪豹？

库恩好像对尸体的事情不了解，事先也没去翻其他帐篷，估计他躲进这里时就已经疯了。到现在，库恩还担心苏联人要抓他回去，却不知现在世界大变了。我们都看得出来，库恩不是凶手，因此都不去计较。

接下来，我又企图叫库恩把出去的路线指出来，只要把杨宁和韩小强找到，我们就马上回到这个山洞大厅里。库恩打死不干，然后开始说他刚从地狱回来，地狱里多么可怕。说到后面，胡亮都不想转述了，可库恩依旧说个没完。除了说地狱就在附近，库恩没有说别的了，连他的身份也没多讲。

"跟疯子讲话真他妈累！"我叹道。

胡亮瞪了我一眼："我更累！"

张一城没心思再躺进帐篷里了，干脆说："库恩不肯说就算了吧，我们有腿，不会自己找出口吗？我看这里应该很太平，不会有事的！"

胡亮不太放心："我看先缓缓，等我问清楚库恩四周有什么危险再去找出口。"

张一城恼了："你就那么信这德国人的话？他本来就是个疯子，你还真把他当正常人看了？"

"算了，别吵了！"我站出来打圆场。

这时候，库恩忽然拔出了一把枪，对准山洞大厅里无边的黑暗。我们全都停住了争吵，转而盯着那边的黑暗，看见了一对青光闪闪的眼睛。张一城猛拍大腿，低声说那是一头雪豹，要是发现晚了，估计要被雪豹吃了。张一城和我们一起都抽出枪，想要射杀在山洞里出现的雪豹，这时候黑暗的尽头却闪过一道金红色的亮光——接着就出现了匪夷所思的一幕。

25. 骨城

那头不知从哪里钻进来的雪豹，想要偷袭我们，却在金红色亮光闪现时，头颅硬生生地从身体上断开了。先前已经有一只雪豹死在雪谷里，我们都没有看见是谁杀死了它。这是头一次看见雪豹被杀害的场面，可却看不到凶手，除了那道忽现的金红色光芒。

库恩一见雪豹死了，便放下枪，转个身继续去弄火堆。我一声感叹，望着库恩的背影，一个大好青年就这么毁了。现在苏德交战，谁有空到喜马拉雅山抓他，他大可以回德国了。都过去了9年，苏联方面肯定早就放弃追捕了。可库恩的心灵创伤太大了，一时半会儿说不透，现在叫他回德国未必是好事，世界上多少人想躲避战火，他们估计都宁可待在无人的雪山上。

胡亮看到山洞大厅里死了只雪豹，对我小声说："既然有豹子闯进来，肯定还有出路。不如我先稳住库恩，你和张一城去把韩小强他们接过来。这里总比山洞那边好多了。"

我点头应允："那你先和这疯子待着，我在这附近找出路，要是几个钟头还没回来，你再想办法去把杨宁他们带过来。"

张一城不以为然地说："你们别搞得生死离别一样，多不吉利，不就是接两个人到山洞里，能有多危险？"

我懒得出声，张一城嘴上逞强，其实他心里都清楚。那只雪豹就死在面前，大家亲眼看见了，这不是危险还能是什么？可库恩一直躲在无人营地里，相对而言，这里应该算比较安全的地方。对于雪豹怎么被扯断头颅，以我们当时的认知水平，一下子搞不清楚。大家每走一步都心惊胆战，生怕人头落地，跟雪豹一个下场。

因为还要回到这处山洞大厅，所以张一城没有马上把雪豹的尸体拖回来，打算折返时才将它烤了吃。雪豹在交配期，往往不会单独出现，有时会公母同居一穴，甚至几只混居。张一城把这点告诉我，叫我时刻提防着，不然别的雪豹跳出来咬人，那就只得自认倒霉了。在雪山上，关于如何对付野兽，听张一城的不会有错。我点了点头，带了两把枪在身上，然后就悄悄跟他出发了。库恩和胡亮在用德语交流，不知道在说什么，总之胡亮成功地把库恩的注意力引开了。

这处洞穴大厅里堆满了圆滑的石子，有黑色、绿色、红色，黑暗中用手电照上去，反射出很美丽的光泽。我捡起一颗石头观察了一眼，原来那些石头都有冰膜包裹着，难怪看上去很滑溜，还会反射手电光。张一城见我分心了，便催我跟紧他，别为了几块破石头而走丢了。

我们都是沿着洞穴边缘走的，一直没有踏足洞穴中央，一来是出口应该在石壁上，二来雪豹惨死在那头，恐怕那里藏了肉眼察觉不到的危险。绕着洞穴边缘走一圈，估摸有几里长，至少得花十分钟。不是我们走得慢，而是地形的问题，洞穴里面并不平坦，光是边缘地带就经常大幅度起伏。再加上要警惕四周的埋伏，以及光线不明亮，花十分钟已经算快了。

问题是，我和张一城绕了一圈，屁眼大的裂缝都没有见着，根本就没有出口。

胡亮还在跟库恩说话，我远远看着那边营地的火堆，愈加焦急起来。

杨宁还在发烧呢，在高原发烧很危险的，韩小强能够照顾得了她吗？张一城也很急，他用枪柄到处敲满是棱角的石壁，以为真有机关呢。我吐了口气，看了看洞穴中央那团黑暗，发现又出现了两只冒着青光的眼睛——又有一只雪豹出现了！

张一城听我轻声叫了他，马上就要开枪打死雪豹，以免那只凶猛的野兽咬死我们。我心生一计，赶紧制止张一城，然后把手电都关了。张一城很快明白了我的想法，只要跟着雪豹，也许就能找到出口，这些野兽总不可能凭空冒出来。幸亏那只雪豹没看向这边，转去盯着营地的火堆了，并没有注意到站在洞穴边缘的我们。

许久，雪豹都站着不动，由于没有光线了，我们只能隐约看见那两只冒光的眼睛。如果营地那边的火也熄灭了，可能发光的眼睛都会看不见。我倾向于把手电灭了，这样就不会用光刺激到雪豹。那只雪豹沉默地站了很久，然后走到死去的雪豹旁，舔了舔同伴的尸体，低头站着不肯离去。

张一城是急性子，等不及了，便想打死那只不知死活的雪豹。我出声叫张一城别急，敏锐的雪豹终于发现了暗处的人类，它立刻转身奔进身后的黑暗中。我见状就急奔过去，机会难得，只要跟着雪豹，我们就能找到出路了。这些声响也惊动了库恩，胡亮一直在与他交谈以分散他的注意力，可库恩还是疯叫了一声，把我们都吓了一跳。这喊声我认得，就是先前从飞机和裂缝里传出来的惊叫声，原来是库恩在疯喊，老子还以为见鬼了。

胡亮见我们去追豹子了，他就极力安抚库恩，让库恩又把头背对着雪豹出现的地方。我和张一城把石头踩得哗啦哗啦地响，雪豹跑得太快了，一下子就没了踪影。当到达洞穴中心时，我忍不住停下来喘了口气，在高原雪山上奔跑真是要老命啊。张一城在祁连山追猎物是家常便饭，看我停下来休息，他就骂我没出息。我没力气解释，弯着身子喘了好一会儿，却听到张一城又往前面跑了。

这里已经是洞穴中心了，营地的火光触不到这边，我们都没开手电，完全是瞎子般的奔跑着。我害怕有什么陷阱，于是就立刻打开手里的电筒，结果看见张一城不是跑开了，而是滑进一个石子小坑里了。我刚想把张一城拉起来，却发现前面的情况不太对劲，再直起身子看着前面，立刻惊呆了。

原来，洞穴中心并不是空荡荡的，那里竟有一根粗大的天然石柱，与地面呈约五六十度的斜角，连接到洞穴的穹顶。说是柱子，其实不然，应该说是一个巨大的阶梯。而在这道大石阶的侧面，绘了一幅幅生动的彩色壁画。可这道石阶似乎被人用冰块冻住了，因此壁画一直被封存在清澈的冰块里，不像先前的壁画已经褪色了。

我忘神地举起手电观望，那些壁画里没有人类，也没有动物，只有用骨头堆积成的城池。那些骨头有动物的，也有人类的，更不乏人类与其他动物的骷髅头。库恩老说他从地狱而来，估计就是看见了这幅壁画，以为这就是所谓的地狱。可奇怪的是，那壁画里的骨城上空，绘了好多黑云，云里隐隐有金红色。长长的壁画里，这座骨城把石阶的侧面都占据了，而在那些黑云的上空，有一道长到覆盖整座城池的金红色光芒。

黑云和金红色光芒究竟是什么东西？

我看得痴迷，想要了解冰封壁画的秘密，直到张一城骂咧咧地爬出来，我才醒过神来。张一城见了壁画，一点儿都不好奇，还说这种古壁画在祁连山也有。他听老爹说，那种壁画的颜料都有特别的材料在里面，如果是普通的颜料，在冰块里一样会褪色甚至改变形态。我越发好奇，是什么人在雪山绘出神秘的壁画，他们要记录什么历史事件，这和驼峰航线时常飞机失事会不会有关系？

"你别看了，又不是艺术家，都是粗人！"张一城完全不感兴趣，

"你看这个东西，不如去看杨宁！"

我听到杨宁的名字，心跳加快，于是移开了视线，走到大石阶的下面。一抬头，我和张一城都看不见上面有空隙，这很正常，在雪谷里可能还是黑夜呢。石阶应该是天然形成的，除了两侧有修饰痕迹，在表面却是坑坑洼洼的，就如荔枝果皮一样。雪豹应该就是从这里跑上去了，我鼓起勇气，不再去管冰封壁画，与张一城迈上陡峭的石阶。

这道石阶有几十米长，从这可看出洞穴有多高多宽，走到顶上再去看营地的火堆，就跟一颗火星差不多了。我忧心忡忡地回头，感受到前面吹下来一股很强的冷风，尽头果然是个出口。张一城跟我加快速度，一口气跑过了石阶最后的一小段距离，马上就看见了一个石屏风大小的洞口。洞口外是满天的风雪，夜里肆虐于雪山，看情况应该是雪谷里的一处角落。

我正高兴地想，可以去接杨宁了，却看见洞口忽然出现了两个人影。那两个人影朝石洞里喊了几声，虽然我和张一城听不懂，但却知道那是日本话。刚才开着手电走上来，光线穿出了石洞，映现在雪谷里，估计鬼子才发现了我们。一看见有人从石洞口走出来，鬼子就举起枪，趁我们不备就连开了两枪。

砰！砰！

26. 不肯现身的救星

　　枪声在雪夜里异常响亮，被日本鬼子干死，那是莫大的耻辱，下到黄泉都不好意思跟其他战友见面。可我却不觉得身上疼痛，一点儿都不疼，这不是中枪的感觉。没等我反应过来，那两个日本鬼子就倒在雪地上，不能动弹了。张一城也愣住了，刚才都以为死路一条，没料想峰回路转——两个鬼子被人用枪打中头部身亡。

　　当然，这不是我们开的枪，鬼子被人从侧面打中太阳穴才死的，血液还冲到了另一边，染红了白色的雪地。有人打死鬼子，救了我们，那就是友非敌。我大胆地跑出石洞口，想要看看是谁救了我们，可雪谷里只有蒙蒙的雪雾，看不到一个人。晚上的能见度很低，空气团余部持续影响着雪山，有心躲起来的话是轻而易举的。

　　张一城没看见救我们的人，马上就戴起面罩，踢开挡路的鬼子。我没看见那位救星，不禁很失望，难得遇到个朋友，干吗做不留名的好人。话说回来，子弹射过来的方向是在雪谷最里，那边就是我们最初选择的山洞所在。也许是韩小强走出来找我们，看见鬼子乱打两枪，然后就跑了。可我不相信韩小强有这种枪法，他现在站都站不稳了，哪有力气拿枪。

　　石洞是在雪谷的一个低坡下，还未到出口时，就已经有很厚的白雪涌到石阶上了。我们爬上来以后，远远就可以看见一座雪山上有一只老鹰般的黑影，停驻在半山腰上。我一看就想到，那应该是赵菲的飞机，只要继续往里走，就能找到韩小强和杨宁了。张一城和我都不得逗留太久，库恩精神有问题，万一发狂起来，胡亮就没有帮手了。

在出发前，我先蹲下来摸了摸日本鬼子的尸体，张一城看见了就骂："你摸鬼子干吗？山里又不是没有女人！"

我是想确认鬼子的来历，看看他们是坠机到这里，还是有基地在喜马拉雅山上。如我所料，这两个鬼子都是飞行员，从他们的着装能够看出来，他们身上也没有重要的军事文件。鬼子都已经很消瘦了，一副营养不良的样子，估计比我们还早坠落在这里。但是，飞越驼峰航线时，鬼子通常只在云南那一带围追堵截，没听说也没见过鬼子跑来喜马拉雅山。

张一城回忆道："我们出发前，不是见过三架日本鬼子的零式机吗，难道那时不是第一次来喜马拉雅山了？"

"现在人死了，估计没法问了。"我惋惜道，其实惋惜也没用，因为我不会日语，不能和鬼子交流。

"鬼子多一点正好合我胃口！"张一城冷笑一声，"我没打算活着走出喜马拉雅山去，在老子去陪雪山上的战友前，多干掉几个鬼子！"

我也想多杀几个鬼子，可在雪山见了几次鬼子，他们真的都是坠机到雪山上的吗？跳伞生存率不可能这么高。这点不骗人，那时候的跳伞技术不如现在完善，而且好多人是从没学过跳伞的，这也是驼峰航线死伤重大的一个原因，主要是大家都没时间学了，当时战事紧迫啊。还有那油桶里的日本人尸体，居然会出现在我们的飞机上，大家都不承认是自己搬上来的，一想到这事就头大。张一城见没有什么发现，便催我快点去找杨宁了，不要拖延时间。我站起来，没多说什么，拿着枪就往雪谷里走。

之前见识了好多可怕又费解的事物，我慢慢变成了惊弓之鸟，张一城也疑神疑鬼，总觉得看不透的雪雾里有什么东西在盯着我们。

"老子总觉得浑身不舒服，刘安静，你是不是也一样？"张一城隔着面罩问我，声音不清不楚的。

我捂着面罩，点头说："早就浑身不舒服了，真想舒舒服服睡一觉。"

张一城不耐烦道："谁问你那个！我是说，你不觉得有人在偷窥咱们吗？"

我心中一紧，环视了四周，没有发现，便摇头说没感觉。可经张一城提醒后，不知是心理作用还是真有人偷窥，我觉得如芒在背，雪雾里有几对眼睛在监视我们的一举一动。有了这感觉后，我加快了脚步，生怕又来一颗不明的子弹，打破脖子上的脑袋。过了十几分钟，我们好不容易到达赵菲飞机撞上的山崖下，绳索在地面上盘着，可裸女石像却不见了。

我抬头看了看，那上面应该没人了，刚才的经历就像做梦一样。如果有机会走出雪山，跟战友提起石头能动，谁会相信呢？我只看了几秒钟，然后就和张一城继续往雪谷里面走，不一会儿就看见一只雪豹的无头尸体，还有个五指黑石山。这算是一个路标，提醒我们就快到山洞那边了，一想到马上又能见到失散三个月的杨宁，我情不自禁地有点开心，又有点担心。

小小的山洞里，火光还在摇晃着，杨宁半睡半醒，高烧也没退。韩小强在旁照顾杨宁，不时地伸头出来看我们回来没，当看到张一城和我出现时，他马上问刚才跑到哪儿去了。我嘴皮子已经干裂了，跟缺水的稻田一样，回去烧了一口盅热水饮下才有力气开口。张一城比我好不到哪儿去，他脸上的伤疤结出冰霜，眉毛和胡子都是白的，像一具冰尸。

韩小强知道催不得，便等我们暂时恢复了，才继续问刚才的情况。我将经过简单地讲了一遍，韩小强瞪目结舌，完全不敢相信。杨宁倚靠在石洞里，眼神迷离，叫了她的名字，却没有回应。我们身上没有药物，只能多给杨宁喝点水，吃点食物，其他事情都做不了。杨宁神志不清，喝的水都流出嘴巴外，哪还吃得下，除非给她注射营养液。

张一城等我把水烧热了，杨宁喝过了，他也要了一口盅，边喝边问："小强，你刚才没出去找我们吧？"

"我一直在山洞等你们。"韩小强否认，"就算我想出去，也不能丢下杨宁吧。"

我疑惑道："那就奇怪了，刚才是谁救了我们，又不肯露面？难道长得特别丑，不敢见人？"

"会不会是那个赵菲？"韩小强猜测，他已经知道赵菲的事情了。

"也许吧！"张一城不愿多想。

可我却觉得这不太可能，先不说赵菲脑子乱了，单说她那本日记，画了多少肢解尸体的情节。要是看见雪山上有坠机生还者，赵菲估计拿枪先打死，然后再把他们做成肉干，怎么可能出手相救。光从这点来看，赵菲不是救我们的人，现在她都不知道跑哪儿去了。多年来，赵菲一个人生存下来，没有与库恩见过面，这也显得很奇怪。

就在我们讨论时，杨宁终于睁开了眼睛，这一次眼神比原来要精神多了。我开心地想问杨宁觉得怎么样了，可她却眼睛圆瞪，一脸惊恐地推开我，缩到山洞的里面。我本来想把手搭在杨宁肩膀上，见此状况就惶惶地把手缩回来。张一城放下手里的口盅，骂我是不是想趁机轻薄杨宁，搞得人家那么害怕。

我不服气地呸了一声："你才会乘人之危！我是那种人吗？"

杨宁嘴唇抖个不停，惊恐地盯着我，那眼神很像她打死鬼子时的样子。我顿时有些心慌意乱，摸了摸腰间的枪，怕被杨宁抽去了，幸亏还插在后腰上。杨宁好不容易清醒，现在又疯癫起来，真是让人痛惜。我想安抚杨宁，可她根本不让我靠近，嘴里还呢喃着"你是鬼，你是鬼"

的疯话。

张一城看战友变成这样，也不忍心，于是就叫我退后，让他去安抚杨宁。令我纳闷的是，韩小强和张一城靠近杨宁时，她却慢慢卸下了防备，没有那么激动了。在张一城的循循善诱下，杨宁忽然举起右手指着我，颤声道："刘安静……他死了，我亲眼看见他死了！现在这个是鬼！"

27. 千万别看

　　我忍不住皱起眉头，好好的女英雄，怎么成这副模样了？杨宁说我是鬼，那就算我是吧，和战友没啥好计较的。可好歹大家都是当兵的，谁没杀过人，有必要怕鬼吗？张一城和韩小强没把杨宁的话当真，都会意地笑了笑，只有杨宁把神经绷紧。受到笑声的感染，杨宁慢慢不紧张了，还敢与我四目相对了。我不想为自己辩解，便对杨宁说就算自己变鬼了，也不会害战友，何况我和你是好朋友。

　　杨宁好不容易点点头，放下心中的恐惧，把蜷缩的身体舒展开来。我把人哄好了，又喂这位可怜的战友喝了点热水，心里却想着，赵菲连个朋友都没有，比杨宁还要可怜。可惜我们现在是泥菩萨过河，没办法帮到赵菲，要不真想带着她一起离开喜马拉雅山。

　　看到现在，可能你们会觉得我把雪山上的情况描述得太夸张了，一座雪山应该很容易走出来。诚然，现在爬喜马拉雅山的人太多了，成功登顶的人不在少数。可那些人全身都是专业的爬山装备，事先做足了功课，不仅选择天气最好的时间爬山，还有一群没有受伤生病的伙伴互相照顾。而我们呢？先是跳伞受伤，被神秘危险伏击，又没有爬雪山的东西，食物和药品都无法补给。我们坠机的位置在喜马拉雅山的北带，现在把北带叫做大喜马拉雅山带，海拔都在6000米以上，这里冰川纵横，雪峰林立，根本不是登山者的首选之地。

那天雪夜里，我看杨宁不再抵触我了，又担心胡亮等急了，便叫大家收拾好东西准备出发去库恩的营地。杨宁哆嗦个不停，高烧持续着，我就把从赵菲那里搜刮来的皮毛都包在她身上，接着叫她趴到我背上。一开始，杨宁不肯动，后来我回头催了几句，她才唯唯诺诺地爬上来。张一城摇了摇头，我知道他的心思——杨宁命不长了。在高原雪山上发烧很危险，现在没有药物治疗，又不能马上离开这里，大家都束手无策。我们全知道这个情况，可谁也不说出来，害怕一讲就成真了。

我心里五味杂陈，背着杨宁在风雪里疾行，暗地里不停地求上天多给杨宁一次机会。

杨宁出生于青岛，家境殷实，是做大生意的。日本侵华时，他们一家本来有机会到英国避难，可后来杨宁从英国留学回来，毅然加入了抗战队伍。杨家二老拧不过女儿，也放弃了去英国的机会，还把家产捐给在前线打仗的士兵们。杨宁巾帼不让须眉，很多次都英勇杀敌，当了飞行员后更争着接任务。要知道，每次飞驼峰航线，都可能是最后一次呼吸空气，是去和死神打交道。

我想起这些，眼睛和鼻子又酸又热，战友们每一个都付出了那么多，他们不应该死在雪山上，更不应该死得那么惨。我渐渐地流出眼泪，冷风一吹，热泪瞬间就冻在脸颊上。我宁愿自己死，也希望能把杨宁送出雪山，给杨家二老一个惊喜。之前，我亲眼看到杨家二老悲痛交加，却忍住眼泪的样子，心里像被刀割一样，到现在都忘不了。

"挺住啊，杨宁，我们一定可以走出去的！"我在雪夜里鼓励了她一句。

杨宁在我背上，无力地张口道："我要死了，是吗？"

"你不会死的！"我咬牙背着人，再次加快速度。

"我死了，正好可以去陪你。"杨宁的声音越来越弱，几乎快听不到了。

我苦笑一声，为了不让杨宁再想她快死的事情，因此转移话题："我不要你陪我，我要你去帮我报仇，把鬼子都杀了！"

杨宁却在我背上断断续续地说："杀你的不是鬼子……杀死你的是一个女人，一个短头发的女人……"

"你说什么？"

我半扭头地问，杨宁却两眼一闭，不知是没有力气讲话，还是再次因高烧而昏迷。在雪谷里，我走在最前面，加上杨宁气若游丝，那段对话没有别人听到。张一城背了很多东西，手里还提着雪豹的干粪，和韩小强一样落在后面。我回过头继续向前走，心里有种奇怪的感觉，杨宁真是在说疯话吗，为什么刚才她说话时显得很正常？

路过断头雪豹的尸体时，张一城叫我先等一等，他要拿刀割几块肉下来。我着实饿得慌，恨不得直接趴在雪地上吃肉，所以停下来等张一城。韩小强吃力地跟上来，趁隙问我赵菲的飞机在哪里，他想把赵菲求救用的无线电拿来求救。对于求救的事情，我跟胡亮已经商量好了，不想给战友增加麻烦，驼峰航线运输的物资必须及时运到前线。反正时间过去那么久了，与其让云南方面知道我们出事了，不如自己想办法。

韩小强很扫兴，可不得不同意我们的决定，但他还是让我把那架飞机的位置指出来。隔得太远，根本看不见飞机的轮廓，我等张一城割好肉了，走出很远才给韩小强指出飞机的位置。一接近那边的区域，我就开始叫张一城负责监视，唯恐石头裸女又出现。所幸一路无碍，我们除了受到几次强风干扰，并没有遇到危险。

回到无人营地时，库恩已经很激动了，一直跟胡亮高声调说话。后来我才知道，库恩还是发现我们不见了，他以为出事了，就一直叫胡亮一起去找人。当看到我和张一城回来，还多带了两个人回来，库恩显得很高兴，马上烤雪豹的肉给大家分享。

胡亮等我把杨宁放下来，就拉我到一边，说："你们走后，我问过库恩，为什么没跟赵菲见面，或者逃出雪山，你猜他怎么回答？"

"你别卖关子，我累得慌，没力气猜。"我答道。

"库恩说，9年前他们坠机时，有一个人跳伞了，那个人就是戈沃罗夫！"胡亮背着烤肉的库恩，对我说，"当时舱门打开了，有个保险柜掉下去了，跟着戈沃罗夫就跳伞了。接着库恩也跳伞了，可其他人都没来得及背好伞包，飞机就撞到雪山上了。"

"你是说戈沃罗夫没死？"我惊讶地问，"那库恩怎么不去找他，他们不是一伙的吗？"

胡亮小声说："库恩找过了！你听我慢慢说！"

原来，苏联科学家戈沃罗夫跳伞时，飞机还未飞到雪谷。雪谷外是冰川和森林，那边区域很广，戈沃罗夫跳伞后生死未卜，就此失踪了。库恩跳伞时，飞机已经飞到雪谷里了，在看到飞机撞山后，他以为人都死光了。库恩回头找过戈沃罗夫，可没有结果，还遇到了危险。机缘使然，库恩找到了这处无人营地，住了下来，并不时地去找戈沃罗夫。

胡亮对我分析，库恩和赵菲之所以没有离开雪谷，有一半原因可能是危险在阻拦他们，还有一半的原因就是他们一直都在找跳伞逃生的戈沃罗夫。我叹了口气，现在这么多人生还，已经是奇迹了。在喜马拉雅山上跳伞，几乎是一跳就死，戈沃罗夫估计早就死了，否则他肯定要到雪山里找老婆赵菲。

我们说话时，库恩在给韩小强和张一城分烤好的肉，我回头看了看，就问库恩他们逃出苏联的原因。胡亮说库恩虽然疯了，但心里精得很，不

肯透露真相。费了很大的工夫，胡亮才套出一些信息——飞机里最珍贵的就是摔出飞机的保险柜，这些年来库恩一边找戈沃罗夫，一边找保险柜，这两样东西过了9年却仍旧没有下落。

"保险柜？难道有钱在里面，或者黄金钻石？"我胡思乱想，似乎逃亡时总少不了把钱财带在身边。

"应该不是，库恩不肯说，可能和戈沃罗夫就职的研究所有关。"胡亮告诉我。

"保险柜那么重，一个人拖着跑，不太方便吧。"我想了想，说，"干脆叫库恩别管保险柜了，已经过去9年了，柜子里面的东西恐怕早就烂掉了。这里有好多物资补给，我们先把杨宁的身体养好，然后带着库恩一起离开雪山吧。不然，库恩迟早会死在雪山上，他虽然是德国鬼子，但救了我们，我们不能不报答人家。"

说实话，这个想法是很真诚的，毕竟懂得回报是做人的基本道理，当年去美国受训时，教官也对这个道理重申过好多次。尽管我们知道，美国方面是想强调，美国帮助中国抗日，希望中国有所"回馈"，但知恩图报的道理却没错。在我们面临绝境时，德国人库恩收留我们，还把东西分给我们，身体是冷的，心却是暖的。

胡亮同意我的想法，可他却说："库恩坚持不肯走，我劝了很久，他执意要找保险柜和戈沃罗夫。"

"现在杨宁不适合走动了，不如趁她养病的这几天，我们先去熟悉附近的地形，顺便帮库恩找保险柜和他朋友。"我琢磨了一会儿，又说，"杨宁的那张地图不是画了吗，走出雪谷就是冰川和森林，那里有一架C-54远程运输机。我们可以趁机找一找，看杨宁是说疯话，还是实话。"

胡亮摇头："如果真能这样就好了，库恩不让人一起找保险柜，还说

如果我们找到保险柜了，千万别看它！"

"有那么保密吗？"我轻笑一声，心里却在想，保险柜里放了什么东西，值得戈沃罗夫大费周章地弄出苏联？

28. 银河

　　库恩热心地分烤肉，看到我和胡亮窃窃私语，没有多心，还用德语催我们过去吃东西。天啊，说到这里，我又怀念起那晚的豹子烤肉，那是我这一辈子吃过味道最美的食物了。很香、很甜、很有嚼劲。现代人可能出于动物保护主义而不认可这种行为，但当时真是迫不得已，在雪山里没有食物，吃豹子肉在所难免，自然生存法则就摆在那儿。

　　吃肉前，胡亮问过库恩，有没有退烧药，或者缓解高原反应的药物。库恩早就习惯了雪山的环境，没有保存这些药物，这让我心凉了一大截。张一城听到了就放出大话，明天有力气了，他到雪谷外面找点雪山草药，保证能医好杨宁。我不敢抱太大希望，虽然张一城在祁连山打猎多年，熟知雪山草药的药性，但喜马拉雅山又不是祁连山。杨宁病成这样，非一日之寒，除非吃仙丹，否则再好的药都不会立竿见影。

　　我怕杨宁吃了张一城找的草药，反而会恶化，便说："老张，别捣乱！你顶多会医骨折，别拿杨宁做实验。"

　　张一城的确没治过高原病，只能搞定皮外伤，因此不好意思地笑了笑："居然被你看穿了！"

　　胡亮望着杨宁，他也没办法，除了让杨宁多吃多喝，别的都办不到了。来到洞穴营地后，杨宁气色没有太大好转，高烧依旧持续着。我喂杨宁吃了一块烤肉，可她边吃边吐，只能喝下热水。大家看到这样的情况，慢慢地不再开玩笑，全部凝重地望着这位随时会离去的战友。

杨宁连呼吸的力气都没了，嘴里不知道说着什么，可能是说她要下黄泉陪我了。我轻轻地把杨宁放进一个帐篷里，给她裹了很多东西，就怕她觉得冷。走出帐篷后，我就马上问韩小强"1417060255"这组号码的事情。在雪谷山洞时他没有讲完，我还想继续听下去。

韩小强听我又问起，便说戴飞龙是1943年春天从美国飞回来的，也就是说那架远程运输机坠落在喜马拉雅山已经好一阵儿了。这跟杨宁坠机的时间差不多重合，三个月前杨宁一行人失踪时，就曾一起念了1417060255这组数字，然后就联系不上了。现在一想杨宁在那时候应该接收到C-54远程运输机的求救信号，而她提到的C-54远程运输机残骸也应该是真的。

我心一沉，这么一来，喜马拉雅山上真有一群蒙面人，他们修C-54残骸想做什么？逃出雪山吗？听杨宁的描述，蒙面人应该很容易走出雪山，而且他们好像不止有一架飞机。

看我想得入神，胡亮就坐到我旁边，撞了我一下，问："你在想什么？"

我欲言又止，现在杨宁危在旦夕，哪来的闲工夫管蒙面人是干什么的。可如果能得到那架快修好了的C-54飞机，我们就可以很快离开喜马拉雅山，杨宁就有活下去的希望了。想了想，我便对胡亮说："明天你留下来照顾杨宁，我到雪谷外去看一看，洞穴外面不远就是雪谷的出口了。"

胡亮洞穿了我的心思，他摇头不干："这不行，今晚我已经留下来对付库恩了，明天怎么都该换我出去了。"

我看了看大口吃肉的张一城，为难道："难道把张一城留下来？他肯定不同意！韩小强现在连只鸡都杀不了，让他照顾杨宁，不如让杨宁照顾他。再说了，只有你会德语，你不留下来，怎么保证库恩不会发疯干傻事？"

胡亮望着跳动的火焰，轻松道："这你不用担心。库恩跟我提过，这些年他几乎天天都到雪谷外面找保险柜，还有找寻9年前跳伞逃生的戈沃罗夫。明天库恩会跟我们一起出去，助我们一臂之力，没有我在场，你们怎么和他交流？"

"那怎么办？留下韩小强和杨宁在洞穴营地里？"我犯难道，洞穴里并不安全，雪豹的惨死就是证明。

"带着他们出雪谷，会拖慢脚步。韩小强手上拿着枪，不用太担心，又不用他上去拼命。"胡亮解释，"库恩住在这里9年了，不还活得好好的，豹子的头断掉，那或许是个意外。"

我还是不放心地说："豹子可以一枪打死，那日本鬼子怎么办？我刚才和张一城走到雪谷里，碰到两个鬼子，差点就死了。"

"还有鬼子？"胡亮有些意外。

"可不是吗，要不是有人出手相救，你恐怕就见不到我们了。"我说完，便把被救的经过讲了一遍。

胡亮不作推断，和我一样，想不出是谁开枪打死了鬼子。不过，胡亮还是想把杨宁留在洞穴营地里，带她出去一样会加重病情。营地条件虽然不好，但总比雪谷外面好一千倍。只要把火堆熄灭，手电不要一直开着，日本人进来了也不可能马上发现有人。在黑暗中，我们只需要一圈堆立的石头作为预警之用，闯进来的野兽或者鬼子肯定不会发现石圈的存在。当听到石头掉落的声音，韩小强就能马上提高警惕，应付闯进来的危险。

我不得不承认，这是唯一的办法，只能把韩小强和杨宁留下。胡亮看我答应了，便站起来，去跟张一城、韩小强讲了一下，他们一开始和我一样不同意，最后却都被说服了。吃饱后，我们就找了很多包着冰膜的石头，围在营地旁边，像一个伏魔圈一样。库恩从头到尾都热心地帮忙，偌大的石圈，有一半都是他垒起来的。

吃饱喝足，又垒好了石圈，疲倦的我就不停地打哈欠，忙活了一晚上，根本没有睡觉。除了库恩，我们都撑不住了，眼皮子粘上后就很难再睁开。库恩用德语跟胡亮说，他来守营地，叫大家放心地睡。库恩拿枪的姿势以及敏锐的感觉，都像一个军人，通常军人的保证不需要怀疑，说到便能做到。

我无力再站起来，背着杨宁走到洞穴营地，耗尽了体力。听到胡亮说库恩会守营地，我就钻进杨宁所在的帐篷里，在她身边睡去。为了确保安全，我们没有分开睡，全都挤在这个比较大的帐篷里。如果有情况发生，大家能马上彼此照顾，不至于睡到一半，有个人被豹子拖走都不知道。

这一睡，我什么都不知道了，估计雪山崩塌了都不会起来。感觉过了好几个世纪，我才睁开眼睛，营地的火已经熄灭了，大家还在睡。我一醒来就赶紧摸了摸杨宁的额头，还是很烫，没有退烧的迹象。

胡亮等人也依次醒来，当我们走出帐篷时，库恩真的没有合眼，一直握着枪在黑暗中把守营地。我亮起手电时，库恩朝帐篷这边笑了笑，用德语问我们睡得还好吗。我揉了揉太阳穴，想要说话，可发声特别难，试了好几次才讲出话来。胡亮用德语跟库恩交流，问库恩要不要先睡觉，现在到雪谷外面免不了一番辛苦，没有精神可不行。库恩摆手表示没问题，他到雪山后极少睡觉，身体能扛得住。

收拾片刻，我对韩小强再三嘱咐后，接着就和库恩、胡亮、张一城跨出石圈，走出洞穴营地。走上通往地面的石阶时，胡亮用德语问库恩，雪谷外是冰川和森林，范围比雪谷还大，当年戈沃罗夫跳伞时，大概在哪一处位置。库恩坦言不记得了，9年前坠机的那天晚上，他依稀记得飞机下面有一条闪着银光的河流，别的就不知道了。

　　我听胡亮翻译后，眉头一皱，雪山上冷得血液都快变成固体了，哪里有河流，还银河呢！张一城也不大相信，估计库恩脑子乱了，以为天上的银河跑到地上去了。不过，库恩未必说错了，或许那晚他看到了什么，只是形似天上的银河而已。可雪谷外面会有什么东西，长得跟银河差不多？在天空上能看到的话，肯定不会太小，应该很容易找到才对。

　　我带着无数的疑问，在1943年的那一天迈出洞穴营地，却没有想到令人震惊的答案正埋伏在前面。

29. 幸存者

洞穴营地在雪谷一处不显眼的地方，爬出来的时候，出口处好多白雪和冰石，一不小心就打滑了。我从黑暗中一出来，眼睛立刻很痛，如针扎一般。虽然天色灰蒙蒙的，但风雪暂时停了，雪雾也消散了。我站在软绵绵的雪地上，好一会儿才重新睁开眼睛，望着银色雪谷的出口。

库恩告诉我们，出口离营地不远，走半小时就能到达。天气好的话，远远地就能看到雪谷出口。胡亮凝望雪谷前方，像是在想些什么，我问是不是担心杨宁的病情，可他却说那天的红烟柱好像是从雪谷外升起的。张一城最后一个从石阶爬出来，听到胡亮的话，他马上就问什么是红烟柱。

我回头解释，我们坠机的第二天，在C-47残骸旁边看见雪山的后头有一柱红烟。现在一算，红烟柱可能就是从雪谷外的一座山边冒起来的。如果胡亮不提红烟柱的事情，我都快忘记了，现在只记挂着杨宁的健康状况。张一城听说红烟柱后，就让胡亮去问库恩，这9年来有没有见过，没想到库恩真的点头说见过！

"是什么冒出红烟？"我继续催胡亮问库恩。

库恩挠头答了一大段话，胡亮叹了口气转述："他也不知道，那个烟柱不是天天都有，通常很多天才出现一次。红烟的源头在雪谷外的一座雪

159

山上，那座雪山离雪谷出口很远，要穿过一片冰川和森林才能到达。"

我失望道："那别去管什么红烟柱或者蓝烟柱了。如果花的时间太多，赶不回营地，那韩小强和杨宁就麻烦了。"

张一城玩弄手上的一把匕首，望着前面说："那还等什么，出发吧，早去早回。"

一起出发时，我展开了杨宁带来的地图，如果方位没画错，C-54远程运输机应该在一座雪山旁边。那座雪山在地图上标着阿拉伯数字1，1号峰旁边画了个石头裸女，附近还有冰川及森林的图案。胡亮看了看地图，和我想的一样，冒红烟的雪山和停放C-54远程运输机的雪山是同一座。

我们一边往出口走，一边计划着是找药，还是穿过冰川及森林，一探C-54飞机的情况。如果真有蒙面人，那飞机肯定快修好了，我们找个机会抢过来，那就万事大吉了。杨宁说过，那边有简易的飞机跑道，正适合起飞与降落。但如果真的抢到飞机了，那就要把杨宁和韩小强一起带过来，蒙面人可不会等人。

末了，我还问库恩，是否遇到过裸女石像。那东西太邪门了，要是再遇上，我可没信心跑得掉。裸女石像动作时而缓慢，时而迅速，又不开口说话，真不知道它想干什么。雪山上肯定不止一尊裸女石像，如果几尊一起出现，那就不好对付了。可库恩却摇头说没见过，不知是运气好，还是石像不喜欢外国人。

我们商量了很久，最后决定先采草药，然后再做其他打算，不能把希望寄托在没把握的事情上。商量完了以后，我们已经走到了雪谷的出口，一派磅礴的壮丽雪景接着映入眼帘。

前面的冰川是壮丽的冰塔林。所谓冰塔林，那是高30多米，形如金字塔、城堡、火箭的冰石林群。有的冰塔因为温度的关系，已经消融了，留下了星罗棋布的冰湖，倒映着天空的湛蓝色，点缀了冰塔林。阳光偶尔从云层里穿透下来，冰塔林因而闪闪发亮，弹射出很多道绚丽的七彩虹光。我不禁感叹，这里凝聚了天地间最强势的灵气，如果古代的皇帝看见了这里，肯定要把陵墓修在此处。

过了冰塔林就是一片冷杉森林，但森林面积不大。那边的海拔比较低，否则也不会有森林出现，要知道我们所在的雪谷连苔藓都没看见。张一城眺望远方，说要找雪山草药，恐怕得到森林里去看，冰塔林不可能有草药。不过，张一城没有完全否定，他说植物虽然很难在高原雪山生存，但有少数珍贵草药生长在环境险恶的地方，凡事无绝对。

库恩告诉我们，9年前他在雪谷口跳伞逃生，而戈沃罗夫应该是落到冰塔林后面的冷杉森林里。可这些年来，库恩连戈沃罗夫使用的降落伞都没找到，更别提戈沃罗夫的尸体了。那时候，库恩还去找过掉出飞机的保险柜，一样没有收获。我心想，会不会是那晚风雪太大，尸体和保险柜都被雪埋住了，所以没看见呢？

站在雪谷口上，库恩说了一大段德语，胡亮慢慢把话翻译给我们听。大概意思是库恩原本要放弃了，想要接受戈沃罗夫已死亡的事实。可是，库恩现在看到我们这几位幸存者，觉得有理由相信，戈沃罗夫还没死。我听完这话，看着兴奋的库恩，顿觉他必须做好心理准备，因为戈沃罗夫八成真的死了，不死也走出雪山了。

胡亮看我想说什么，便对我摇摇头，暗示我什么都别说，虽然库恩不大懂中文。张一城对这些猜测没兴趣，除了寻找草药，他所有的精力都放在有没有野兽出没上。打猎对我而言，实在没什么吸引力。因为打猎要用子弹，这些子弹要用在杀敌上，怎么能拿来打猎用？张一城不听我劝，执意要找几头野兽过瘾，我见劝不动，索性由着他去。

我们到达雪谷出口后，先停了一小会儿，站在一处高地瞭望冰塔林这一带的情况。库恩背了个黄色帆布包，包已经多处脱线，跟长了头发似的。只见库恩把包放下来，从里面拿出了一个望远镜。我像发现宝藏一样，这东西以前看着普通，现在却能派上大用场。库恩拿出望远镜后，朝远处的雪峰看了看，然后再把望远镜递给我，还指了一个大致的方向。我迷惑地拿起望远镜，心想库恩叫我看什么，难道远处有仙女洗澡？

带着好奇，我拿望远镜看向尽头的雪山，可马上吃惊地问："那是什么？"

库恩用德语讲了一堆话，我们根本听不懂，连胡亮都要求库恩讲慢一点。张一城听我口气，觉得有惊人发现，马上把望远镜抢过去，看过后就愣住了。胡亮最后一个使用望远镜，当他看到远处的东西时，如我所料，也惊讶得说不出话来。

30. 凶手

为什么我们会如此惊讶?

那是因为在雪山上,有一架被雪覆盖了一半的坦克。尽管隔得很远,但望远镜里的景象很清晰,我能分辨出那是苏联的T–34中型坦克。坦克深埋在雪山的山腰上,昨夜吹了一夜的大风,坦克又露出雪面来。

T–34是苏联于1940—1960年间生产的中型坦克,被认为是第二次世界大战期间最好的坦克。可再好的坦克,也不可能开到喜马拉雅山上,苏联人没这么傻。我们看见苏联坦克,一个个过了很久才回过神,然后七嘴八舌地议论坦克为什么出现在雪山上。

胡亮先问库恩,那架坦克大概什么时候出现在对面的雪山腰上的。因为按时间来计算,库恩1934年在喜马拉雅山上坠机,而T–34坦克于1940年6月出厂,同年开始装备苏军,1941年6月22日才在白俄罗斯格罗德诺首次参战。由此可见,苏联坦克比库恩来得晚,库恩如果运气够好的话,应该看见了坦克是怎么来的。

可惜的是,库恩摇了摇头,表示不清楚,他也是一个月前才发现的。看到苏联坦克后,我很想马上飞过去,一窥究竟,可凡事需要按部就班,眼下头等大事是杨宁的生死问题。库恩对坦克完全不感兴趣,自从坦克出

现后，他都没有想过去看一看，一直都在冰塔林和冷杉森林里走动。

"从这雪坡下去吧，赶紧的！"

张一城看我们都在发呆，于是不耐烦地催了一句。雪谷外是一个倾斜的雪坡，异常陡峭，唯一比较平缓的地方也有60度。雪坡有百米多长，我们小心翼翼地先把背包丢下去，然后才一屁股坐下去，四肢慢慢地把身体往下挪。雪坡下面有一排棱角尖利的冰塔林，我们心惊胆战，就怕一不小心滚下去，脑袋会被冰锥刺穿。

库恩轻车熟路，头一个滑到雪坡下，还帮我们捡包袱。我滑到底下后，回头看了雪谷一眼，有一种不想再回去的感觉，可杨宁和韩小强还在里面，这让人感到很矛盾。胡亮和张一城捡起背包，叫我别回头看了，趁天气尚好，快一些找到有用的药物回营地。我点了点头，背起包就跟着库恩往冰塔林里走，准备去碰碰运气。

冰塔林里的雪地不算太厚，我们走的速度明显比雪谷里快。在雪谷里，一脚踩下去，很多地方的雪都埋到膝盖了。张一城一看雪地容易行走了，就抢先走在前头，东张西望地找草药。我对草药不太熟悉，总觉得雪山上不可能有草药，除非走到更远处的冷杉森林里。不过话说回来，现在连苏联坦克都有了，有草药也并不稀奇。胡亮在我旁边，对我说别太灰心，按理说冷杉森林不可能出现在这一带，既然森林都有了，草药也能有。

走在冰塔林里，我们总觉得像到了仙境，若非急着寻药，真想停下来欣赏这幅难得一见的奇景。库恩来回张望，总以为能再看到戈沃罗夫，却每一次都没如愿。我长叹一声，想要去安慰库恩，正愁怎么讲德语，却见库恩激动地跑到前面了。我心说，不会那么巧吧，难道戈沃罗夫真的没死？

胡亮和张一城急忙跟去，我也追在后头，想要弄清楚库恩如此激动的原因。当我们都停下来时，发现银色的雪地上有数道拖拽的红色血痕。现在雪已经停了一会儿，可见血痕是不久前染上去的，否则早被白雪覆盖了。顺着鲜红色的痕迹，我们绕了几个弯子，以为会看到戈沃罗夫，或者失踪在天空里的格雷。

怎想，绕了好几个圈后，我们看到的不是格雷，也不是戈沃罗夫，而是另一个人——一个已经死了很久的人。

"怎么会是他？"我一头雾水。

张一城挤到前面，踢了踢靠在冰塔下的那个人，问："这个日本鬼子不是塞在油桶里的那个吗？他怎么跑到冰塔林里了？"

我和胡亮对视一眼，同样很纳闷，任大家再厉害，都没猜到日本鬼子的尸体会在此处。记得，我们驾驶的C-47运输机坠落在喜马拉雅山时，除了美国人格雷以外，大家都跳伞了。跳伞逃生后，我们在C-47运输机的残骸里，没找到格雷的尸体，却发现有一个油桶里塞了一个日本鬼子的尸体。再往后，空气团冲过雪山，油桶滚到雪谷里，那时候鬼子的尸体不见了，取而代之的是杨宁那丫头。

"我还以为鬼子活过来，跑掉了，没想到他还在雪山上。"我啧啧道。

鬼子的尸体上到处都是血，全像刀伤，没有野兽的齿印。就算有其他路通到冰塔林，野兽们拖尸体时，尸体肯定要流出血液，可现在从血迹上看，应该是到了冰塔林才被划出伤口。日本鬼子早就死了，这点千真万确，不可能出错。如果从天上坠机不死，那被我们放在雪谷里凉了一夜，怎么都该冻死了。

胡亮想了想，不可思议地问："鬼子在油桶里已经死了，他怎么能走到这边？难道我们那时候都搞错了？"

"这不可能！"我马上把刚才想的说出来，大家都觉得有道理。

张一城鄙夷地盯着鬼子的尸体，对我们说："我从没看见野兽不把食物吞掉，反把尸体拖那么远，一定是它们嫌鬼子不好吃，所以在雪山上拖着玩。"

我看着鬼子就想起杨宁，毕竟那时候鬼子不见了，换成杨宁在油桶里。可杨宁根本不记得发生了什么事情，她当时已经昏迷了。从这点上看，也不太可能是杨宁所为，在雪谷里她一直和我们在一起，没有时间把鬼子的尸体丢到这么远的地方。

张一城对鬼子咬牙切齿，直嚷嚷便宜了鬼子，要不可有得鬼子受的。我们本不想理会鬼子的尸体，打算继续找雪山草药，可胡亮却蹲了下来，揭开了鬼子的军服。那套军服几乎被红色染遍了，我们都没有去摸它的打算。胡亮动手时，发现军服早就被人解开了，因此他很容易将其掀开了。

"我操，这是怎么搞的？"张一城看见军服下的情况时，不禁作呕。

我在一旁捂着嘴，心想鬼子的肚子居然被人剖开了，里面的内脏都去哪了？胡亮撩起军服，看了好久，一点也不觉得恶心。从鬼子肚子的切口看，应该是用刀之类的东西剖开的，不可能是动物撕咬造成的。张一城学我捂嘴，在一边问会不会是鬼子同伙饿得不行了，所以吃了自己的同类？我不置可否，可又觉得鬼子再变态，也不可能吃同类吧。

库恩看我们对鬼子恨得咬牙切齿，便用德语问胡亮，我们跟鬼子有什么深仇大恨。毕竟库恩1934年就掉到雪山了，虽然知道日本侵占东三省的"九一八"事件，却不知道后来的事。胡亮耐心地把鬼子侵略亚洲各国的事情，尤其是惨绝人寰的南京大屠杀翻译后，库恩立刻表示那种行为很可耻，不配当人类，狠狠地批判了一番。我和张一城面面相觑，若告诉库恩，德国和日本一样，屠杀了犹太人，他会有什么反应？当然，我们都没忍心把事实说出来，就让库恩保持心里的纯洁吧。

胡亮看了好一会儿，没找到什么线索，这才站起来。鬼子的尸体惨不忍睹，我慢慢地产生了怜悯的情绪，并想杀死他的凶手会是谁？当然，这说法不对，因为飞机掉下来的时候，鬼子就已经死了，要怪就怪日本人逼

得我们闯驼峰航线。我站在鬼子的尸体前，心说人都已经死了，谁那么狠得下心，把尸体拖到这里泄愤。

那是一种奇怪的感觉，起初我们都憎恨日本人，可经历了几天的恐怖折磨，竟或多或少觉得这个惨死的鬼子太可怜了。直到今天，我都忘不了那感觉如何生根发芽，拔也拔不掉。大概在大自然面前，生命没有区别，而鬼子参军有一些也并非自愿而来。

那时候，我们商量了好一下，就连张一城都心软了。最后，大家决定简单地把鬼子埋起来，以免野兽来吃尸体。当库恩和张一城挖出了一个不深不浅的雪坑时，我和胡亮就去搬动鬼子的尸体，可这一搬就都惊讶地松开了手。

31. "零式机"来了

张一城看我反应很大，便走过来问怎么了，难不成鬼子还魂了。库恩也围过来，用德语问胡亮怎么了。我咳嗽了好几下，然后抬起鬼子的左手，叫大家一起仔细看了看。在鬼子的左边袖子上，有几根很细小的蓝色毛发，这是我们第二次看见蓝色毛发，第一次是在杨宁的手上。

库恩不知情，胡亮便把事情经过告诉他——三个月后再次见到杨宁时，她被塞进一个油桶里，手里抓了一撮蓝色毛发，发根还连着很小片的肉及血。我们那时候就很疑惑，从未见过人类或者动物的毛发是蓝色的。过了很长一段时间，我都没再想起蓝色毛发，这一次却冷不防地在鬼子身上看见了。

"你紧张个啥？肯定是蓝毛人把鬼子从油桶里拖出来，再把杨宁塞进去时，毛发分别留在他们身上了。"张一城不以为意。

我不得不承认，张一城的推断有道理，于是就和胡亮再次抬起鬼子，埋进挖好的雪坑里。库恩一边埋人，一边问胡亮，有没有见过蓝毛人。胡亮摇头，表示从没见过，况且库恩待在雪山上的时间比我们都长，他都没见过，我们怎么可能有缘得见。鬼子很快被埋好了，张一城直叹，如果他也死在雪山上，希望别像鬼子那么倒霉，尸体被人亵渎。

　　我们再次出发时，时间还早，这时蓝色的天空越来越广，铅云渐渐退去了。我仰望难得见到的晴空，一阵感慨，不知道这是否是最后一次看见蓝天。其他人跟我一样，一看见蓝色在天空蔓延，几乎都分神了。我很想再看一眼战友飞过上空，可惜货运航班早已改成夜间飞行，在如此明亮的白天，战友们不会飞出来。

　　"别看了，走吧。"张一城催了一声，他最现实，不愿抱任何幻想。

　　我对张一城说："以前都不觉得飞机飞过天是那么美，现在想再看一次，却又那么难。"

　　"能有杨宁好看？"张一城话里带话。

　　胡亮深呼吸了一下，然后说："别贫嘴了，杨宁还在营地等着我们，快抓紧时间吧。"

　　库恩积极地走在前面，依他的印象，没有看见过冰塔林里有植物。张一城东张西望，也没有收获，这样一来，大家就得走到尽头处的冷杉森林里。冰塔林里分布了不少的水坑，形状有些类似陨石坑。水坑的表面并不是水，而是一片很薄的冰面，有时走得太快了，不小心踩进去，一只脚全都湿了。

　　除了库恩，我们每个人接二连三地都中了水坑的"埋伏"，主要是水坑表面伪装得很好，跟普通的雪地没什么区别。我很快就学乖了，专门跟在库恩后面，胡亮也跟库恩靠得很近。只有张一城拉不下面子，硬要一个人走在最前面，替我们探"雷"。

　　随着天空的云朵消散，阳光越来越强烈，可惜雪山上的阳光一点也不温暖。我们顶着太阳走了一会儿，因为没有戴墨镜，一下子就眼花了。雪山上不比别的地方，没有墨镜，冰雪散射的阳光轻则让人晕眩，重则暴盲。我半眯着眼睛走了一会儿，总觉得好奇怪，似乎很多人在窥视着大家。我来回看了看，冰塔林里除了我们，没有其他生命存在。胡亮见我老停下来，便问我怎么了，当听说了我的怀疑后，他竟点头承认自己同样有那感觉。

"你们到底走不走？"张一城回头催道。

"没事，继续走吧。"我敷衍了一句，然后又跟大家一起往冷杉森林那边前行。

自从进入了冰塔林，我老是疑神疑鬼，被人窥视的感觉挥之不去。可阳光那么明亮，冰塔林里又没什么地方可以躲藏，照理说不该有那种感觉。当几片云飘过时，落在最后面的我居然发现身后有个人影。猛地，我转过身，拿枪对准后面，但后面却一个人都没有。胡亮走回来拍了拍我的肩膀，问又怎么了，我怕被指脑子乱掉了，所以没敢把实情说出来。

"难道我跟库恩、赵菲、杨宁这些人一样，都疯了？"我心里有些害怕，不愿意接受这样的事实。

"喂，你们不想救杨宁，趁早告诉我，省得浪费时间。"张一城看我们再一次慢下来，不耐烦地喊了一声。

库恩不懂我的心思，以为我累了，用德语问我要不要休息。我挥了挥手，示意接着走，不用等我。谁知道，他们一离开，我又看见拉长的人影出现在眼前，这一次不止一个人影，而是三个长长的人影。我扭头瞥了一眼，没看到人，后面什么都没有。我曾想过，会不会是冰塔的影子，但我看见的影子的确是人影，和冰塔影子完全不一样。

当时，我越来越害怕，以为自己疯了。为了不被人发现这个问题，我就故意走得很快，跟大家保持一两米的距离。可后来，我在冰塔林里看到越来越多的人影，最多一次有近十个。被窥视的感觉让我浑身不舒服，记得胡亮说过他也有那感觉，难道大家都疯掉了？

张一城本来走在最前面，连库恩都没那么快，可他却忽然停住了。我以为发现了草药，急得狂奔过去，怎知张一城却是在凝望一座高达50米的冰塔林。

"看什么看，再值钱我们也搬不走！"我扫兴道，心想还以为这混蛋也发现了人影，看来真是老子疯了。

张一城闻言，把凑近冰塔的脸收回来，奇道："你们不觉得这些冰塔有点奇怪吗？"

"有什么奇怪，不就是几块冰吗？"我不以为然，要说奇怪，哪有神秘出现的人影奇怪。不过，我随后扫了一眼面前的冰塔，忽而也觉得有些奇怪。

库恩可能从没注意过冰塔，经过胡亮的翻译，他也跟着站在一旁凑热闹。这一凑，库恩就连连惊呼一连串的德语，接着后退了好几步。这座冰塔虽然很高，但冰层不算太厚，靠近一点能勉强看到冰塔内部。我们借着珍贵的阳光，从半透明的冰层里看见一个人影，和成人的大小差不多。胡亮不敢相信地又去看了别的冰塔，竟也有一个人影站在里边。

我恍然大悟，原来人影来自冰塔内部，在阳光照射下投出模糊的人影。冰塔并非完全透明，有些完全看不到内部，阳光照射时才能显现出人影。我吐了口气，心说吓老子一跳，还以为自己真的疯了。这些冰塔外表看着挺漂亮，没想到内部竟有个人，近千座冰塔就有近千个人。

库恩住在雪山9年，没有一次注意过冰塔，他看到内部有人影时，还以为见鬼了。我看着库恩的样子，嘀咕了几句，库恩的精神状态时好时坏，没有注意到异常是可以理解的。在库恩的脑海里，他只想找回戈沃罗夫和保险柜，对其他的事物都不太关心。经由我们提起，库恩才开始惊讶所处的雪山上如此神秘，恨不得敲碎冰塔，看看里面的人影是怎么回事。

张一城比我们着急，拿起匕首就刺向冰塔，除了留下一条刮痕，冰塔纹丝不动。这些冰塔形成数百年，甚至数千年了，比我们几个人加起来的岁数还长。这些冰塔绝对固若金汤，跟普通的冰石不一样，不用炸药是轰

不开的。

"妈的，冰塔里面怎么会有人呢？"张一城绕着一座冰塔走了一圈，啧啧地叹道。

"难道先把人立在这里，然后用冰块垒起来，慢慢地形成冰塔？"胡亮猜测。

"这方法不错。"我笑说，"可谁这么闲，干吗非得把人放进冰塔里，那些人也不情愿啊。"

库恩没什么看法，除了惊讶，还是惊讶。我看着库恩，又看看冰塔，琢磨冰塔是哪个朝代搞出来的，起码不会是近代。古代人的思想很难揣摩，但雪山上不可能有墓葬，这些人不会是帝王的陪葬品。冰塔内部很难看清，当阳光照射时，我们才能看见人影。最清澈的冰塔只有半透明的程度，可这程度连人影的样貌都看不见，只有个影子。

我们花了不少时间在冰塔上，眼看上午就要结束了，却仍未找到药物，我就不再去理睬冰塔。只要塔内的人影不出来害人，它们爱偷看我们，那就由着他们偷看吧。其他人很想打破冰塔，但都认同我的想法，所以又继续往前走。森林就在前面不远处了，那里的植被总比冰塔和雪谷好一点，多少能找到点有用的东西。

"刘安静！"

忽然，有人在后面喊了我的名字，声音有点飘忽，像鬼魂在叫人。老人常说，荒山野岭里有人叫你，千万别回头，因为那是鬼想害死你。大家刚看过冰塔内的人影，听到这喊声，还以为人影活过来了。我一个当兵的，自然不信鬼邪，回头一看，原来是韩小强在喊我。只见韩小强站在雪谷出口，扶着半死不活的杨宁，急得又喊了我一声。

我心说，韩小强，你他妈搞什么名堂，干吗把杨宁拖出来。要不是隔得太远，我肯定把这句话喊出来了，其他人也议论纷纷，问韩小强想做什

么。可是，我们没时间问了，澄蓝的天空上竟掠过三道黑影，一阵噪声由远及近。

我拿过库恩的望远镜朝上面看了一眼，愣了一会儿，然后对大家说了一句话："零式机来了！"

32. 骆驼

话音未落，三架日本人的零式机就从雪谷后的天空冲出来，并带来刺耳的响声。零式机飞得很低，一过雪谷，他们就急速直降了近千米。在那样的高度下，零式机的驾驶员肯定能注意到地面上的人，要攻击人也易如反掌。我望着远处的韩小强和杨宁，急火攻心，再不找掩体，日本鬼子就要一炮炸死他们了。

库恩大概见过很多次飞机飞越雪山，要不是我们来了，他都以为那是苏联在派飞机抓捕他。躲飞机躲了9年，库恩的经验比谁都丰富，一见零式机压低了，他就抱着我伏在一处冰塔后，并叫胡亮和张一城也快躲起来。这还没算完，库恩教我们把白雪泼到身上，以免鲜艳的颜色被零式机看见。

可能躲得快，零式机没逮到我们，库恩认为光躲着不安全，硬又带着我们转了几个冰塔。这样零式机不管从哪个角度看，都很难找到人。可是，韩小强和杨宁就惨了，雪谷那里没有能躲的地方，除非挖个洞埋了自己。尽管我们想要帮忙，替他们死都愿意，但隔得太远了，实在心有余而力不足。

韩小强不知道要做什么，拖着病危的杨宁跑了出来。这不，零式机很

174

快调了个头，一齐瞄准雪谷出口，俯冲下去。有一架零式机可能都没看清楚人，一调头就开了炮，把雪谷轰得震天响。巍峨的雪山被炮弹击中，顷刻间引起了雪崩，雪谷里被炸起一波浓的白色雪雾，那边的情况就立刻看不见了。

三架零式机冲进腾起的雪雾里，飞机的声音被持续的雪崩掩盖了。我瞅准机会，不自量力地想要奔过去救杨宁，却听到雪谷里发出了更大的巨响，雪雾里闪现出红色的火光。紧接着，有一架零式机冲出雪雾，又朝冰塔林这边飞过来，另外两架零式机进入雪雾后，没有再出现，也许失事了。

飞机越压越低，张一城见状，都有把握用枪打碎挡风玻璃了。然而，库恩对飞机有种莫名的恐惧感，硬是不让我们暴露在飞机的视野范围内。韩小强带着杨宁，慌不择路，一头滚下雪坡，翻进冰塔林里。我心悬在嗓子眼上，就怕他们撞到冰塔的棱角，落个浑身是血的下场。

我看不下去了，挣脱库恩的束缚，冲过去要救人。我明白，这是一种很鲁莽的行为，也许帮不上忙，还拖累其他人。可是，见到昔日战友身陷险境，要袖手旁观，我真的做不到。当我从一座冰塔后奔出去时，库恩和胡亮想要拦住我，所以跟着跑了出来。张一城大概和我想得一样，一见我跑了，他也提着枪跑出来。

我们离开冰塔后面，飞机就轰了一炮下来，原来日本鬼子已经发现我们了，要是继续留在那里，现在已经成炮灰了。冰塔被炸得四分五裂，我们不敢回头，只觉得无数的碎冰石飞溅到身上。一阵烟尘从身后冲过来，暂时笼罩在曾经清澈明亮的冰塔林上，给我们得以逃生的机会。否则，让我们和零式机赛跑，永远不会有胜算。

库恩眼看零式机咄咄逼人，以为那是苏联人又来捉他了，吓得赶紧抱住我，拖着我到了烟雾最浓的一处地方。我什么都看不见，四周全是棕色的呛鼻烟雾，气呼呼地推开库恩，想再冲出烟雾救杨宁。可胡亮却拉住我，并朝我喊，让我快看烟雾里，那儿有一道很长的金红色光芒。

"我操，那不是骨城壁画里的光吗？"张一城奇道。

我没有出声，安静地盯着烟雾里朦胧的金红色光芒，才一会儿，那道金光就升腾到空中，慢慢地消失了。尽管我对那道神秘的光很感兴趣，但那也比不过战友的性命，尤其是"死"了三个月后又"活"过来的杨宁。我趁烟雾还未散尽，又要到雪谷口去救人，可胡亮跟库恩一样，都不让我迈出烟雾。

零式机的响声还在上空，张一城最恼做缩头乌龟，于是一边大骂操你妈，一边用盒子炮往上还击。我们根本看不到烟雾外的情况，日本人也是蒙头乱轰，跟瞎子打架一样。张一城大为光火，还骂我们是东郭先生，骂自己居然也心软地去埋了鬼子的尸体。现在可好，人家鬼子不稀罕，要赶尽杀绝。

都到了这种关头，我没有心思去争论谁对谁错。换在别的环境里，我们或许不会对那个被剖腹的鬼子有同情心，那种特定的情绪只能在特定的环境里出现。

日本人驾驶的零式机盘旋在上空，他们不时地炮击，尽管还没伤到我们，但这样轰炸下去，肯定会打中。我一怒，也跟着张一城一起，举枪朝天空乱扫。库恩见我们打得痛快，便跟胡亮站在一块儿，听着飞机的响声开枪。我们一阵乱扫，渐渐地分散开来，当我放下枪时，其他人不知道去哪儿了。

烟雾的范围已经扩大了，幸好扩大后，能见度已经加大。我本想摸回去找库恩，但一想，这不正好让我去救杨宁他们吗。于是，我立刻转身，想要跑回雪坡那边，不料一转身就撞上个庞然大物。那不是冰塔，若撞上冰塔，我肯定头破血流了。那东西很大，很结实，又稍微有点软。我捂着流血的鼻子站起来，拿枪想要攻击，却见烟雾里的东西会动，还朝我喷了一脸的唾沫。

"骆驼！"

渐渐地，我在烟雾里看清了这东西的轮廓，分明就是一头很壮硕的骆驼！有那么一小会儿，我以为自己又疯了，喜马拉雅山哪来的骆驼？那头骆驼就在我面前，我摸上去时，那感觉如此真实，不可能是假的。骆驼舔了舔我伸过去的手臂，像是在对我笑，要不是时候不对，我真想抱抱这头可爱的家伙。可零式机还没被轰下来，如此庞大的东西就站在我旁边，这不是叫鬼子注意这儿吗？

我见势想跑，那头骆驼竟跟着我，以前一直以为骆驼跑得慢，没想到跑得比我还快，它还以为我在逗它玩。这么大的动静，即使有棕色烟雾掩护着，鬼子也能发现我和骆驼了。果然，没等我从骆驼身边逃开，鬼子就用零式机上的机枪一番扫射。骆驼惊慌失措，成了肉盾，替我挡住了所有的机枪子弹。

直到鬼子停止扫射，骆驼便倒在烟雾里，没有再能站起来。我脑子空白了，忘了鬼子还没走，立刻半跪下去，想要看看骆驼还有活的希望没。可骆驼吐了几口血，朝我挤了挤眼睛，接着一阵挣扎，然后就死掉了。我又怒又悲，生命没有种类的分别，即便是牲畜，也懂得救人。死亡在驼峰航线上太多太多了，哪怕是动物的死亡，对我们来说，也是一种难以接受的痛苦。亏我刚才还想从骆驼身旁逃离，真他妈不是人，没有骆驼，就没有我刘安静了！

这时候，库恩带着胡亮找到我，他们看见骆驼后，大吃一惊。张一城直到把子弹打完了，才肯来找我们，当他见到死去的骆驼，便问我们从哪儿搞来的。我没时间跟他们讲经过，摸了摸渐渐冰冷的驼尸，便忍着悲痛站起来。

　　此时，烟雾快要散尽了，日本人停住攻击，想要等视野恢复正常后，一举将我们歼灭。我心说，零式机的优点不适合远途作战，它们的最佳作战半径只有三百公里，从缅甸或者云南那边飞到喜马拉雅山，一定快要耗尽能源了。日本鬼子有可能为了杀掉我们几个坠机的中国人，而冒险来到危险的雪山上吗？日本人机关算尽，他们知道驼峰航线会把飞机吞噬，自然不会太用心去追击了。

　　张一城没我想得多，他看烟雾快没了，日本人又在静待时机，他就先发制人。零式机已经降到很低的高度了，张一城的枪法向来很准，他瞄了一眼零式机上的油箱，立刻连开三枪。零式机虽然在那时候让美军都头疼，但也并不是没有缺陷。在日本人设计的那种飞机上，没有任何装甲保护飞行员和油箱，油箱也没有自封装置和灭火设备，很容易被击中起火。

　　不负众望，张一城打中了零式机的油箱，鬼子没来得及跳伞，飞机就轰隆地爆炸了。我们一脸乌糟，相视而笑，库恩还用德语猛夸张一城枪法好。张一城从不跟人谦虚，他听胡亮翻译后，就说自己以前可是祁连山上的神枪手，山里的动物一见他就得跑。我喘了几口气，便想去找杨宁，幸好刚才零式机没怎么对杨宁和韩小强下手，否则真不知该怎么办。

　　我放眼望去，韩小强正跪在雪地上，杨宁却不见了踪影。我疑惑地跑过去，大家紧跟在后面，一边跑，一边嘀咕杨宁怎么不见了。还没到那头，韩小强就朝奔过来的我们喊了几句，我听到那些话，心说糟糕，怎么会这样！

33. 热血

原来，就在我们躲避零式机时，韩小强携着杨宁滚下雪坡，杨宁倒霉地掉进了一个覆盖着冰层的水坑里。韩小强滚到别处，没有掉进水坑，可杨宁滚到冰层上时，只维持了几秒钟，整个人就落进寒冷的水坑里了。冰塔林的水坑有的浅，有的深，深的足以淹没一个人。韩小强拉住了杨宁的手，可力气不够，根本不能把杨宁拉上岸。杨宁除了鼻子以上的地方，其他身体部位都浸在极冷的冰水里，脸色已经变成紫黑色了。

我急匆匆地跑到水坑旁，拉起杨宁的手，将她拖出了冰冷刺骨的水坑。这时候，杨宁已经没有呼吸了，身子比死人还冷。我一腔愤怒，韩小强成事不足，败事有余。好端端地，不把杨宁留在营地里，把她带到冰塔林，这不是找死吗？韩小强惊吓过度，一时说不出话来，胡亮叫我先别生气，因为他摸到杨宁还有微弱的脉搏。

现在雪谷被炸得面目全非，雪雾弥漫着，没有烟雾那样容易散开。我们看不见雪谷里的情况，再回去起火取暖，恐怕会害大家一起死。我恨不得脱下衣服，用体温去温暖杨宁冰冷的躯体，虽然这看起来很猥琐，但能救命，哪还管得了那么多。可我如果真脱了衣服，身上的温度会很快随风飘走，根本不能救杨宁。

日本鬼子的零式机爆炸坠毁后，冒起了不小的火势，我们本可以去那里帮杨宁恢复正常体温，可零式机坠落的位置是一个大水坑，火势很快就熄灭了。那边的水坑应该很深，因为零式机掉下去时，整个机身都被淹没了。

这时候，张一城走到我跟前，对我说："老刘，你别紧张，我有办法救杨宁！"

"你有什么办法？"我吁吁地问。

张一城神秘道："别废话，快背着杨宁跟我来，迟了就来不及了。"

我心想，张一城是不是在骗我，如果他真有办法，怎么不早一点讲出来，非要留到生死关头？我没有一点办法了，只好背起杨宁，跟着张一城又回冰塔林里。库恩看我体力不支，便抢下我背上的杨宁，将她扛在肩上，大步地追向远去的张一城。张一城跑回冰塔林后，停在了死去的驼尸边上，然后对我们说，那东西能救杨宁。

"你开什么玩笑？骆驼肉又不是唐僧肉，吃了管用吗？"我失望道。

张一城急了，对大家说："你们这群没见识的！我们祁连山也有骆驼，虽然数量不及新疆多，但也有啊！"

"然后呢？你他妈别卖关子了！"我看了看库恩背上的杨宁，心里的感觉难以言表。

"祁连山下有处戈壁滩，生活了好多只骆驼。我们猎民冬天去打猎，有的来不及回家，在路上被风雪堵住，很容易就会被冻死。这时候，情况稍微好点的人会去骆驼栖身的地方，杀掉一只，接着把骆驼的肚子剖开，把冻僵的人放进去！"张一城顿了顿，继续说，"骆驼的热血有很好的解冻作用，比烤火还管用。"

我听完这话，迟疑了好一下子，骆驼刚救了我，现在就把它的尸体剖开，哪里对得起良心。胡亮见我不忍心，便说骆驼已经死了，杨宁还活着，但命在旦夕，再犹豫就追悔莫及了。我心有不忍，可不能把杨宁也葬送了，于是就跟张一城一起，用刀划开骆驼的肚子。说实话，骆驼虽然死了，但体内的温度仍非常高，我戴着手套都感觉像火烧一样。张一城从库恩身上接过杨宁，直接将她整个人塞进热气腾腾的骆驼肚子里，衣服都没脱，只留下一个头露在外面。

韩小强惊魂未定，我回头看了他一眼，说："你站那么远干吗，怪你也没用，你为什么要跑出营地，还带着杨宁？"

胡亮也问："是遇到雪豹，还是有日本人追你们？"

韩小强看着杨宁，紧张了半天，终于把我们离去以后发生的事情说了出来。就在我们离去不久，韩小强就听到石头落地的声音。营地四周垒了一道石圈，如果有人走近营地，在没有光线的情况下，必然会踢倒石圈。韩小强知道我们不会这么快折回，所以就拿起枪，从帐篷里打开手电，想要警告侵犯者，怎知一看就吓坏了他。

进入营地附近的是几尊裸女石像，韩小强听我讲过，却还未亲眼见过能活动的石像。仅仅晃了一眼，韩小强就发现石像移动了一大段距离，很快就要触到帐篷了。石像用枪打不死，也没锤子去打碎它们，因此韩小强就咬牙背着杨宁，连滚带爬地逃出了洞穴营地。石像时快时慢，韩小强想要甩掉它们，可怎么都办不到。直到来到雪谷口，想要朝我们呼救时，日本人的零式机就杀来了。

"那几个石像又动了？"张一城咋舌。

"我也不知道怎么回事，它们一路跟来，要不是日本人炸掉雪谷，可能它们现在已经追到冰塔林里了。"韩小强说完一阵后怕。

"难道石头真的成精了？"我摸不着头脑。

韩小强回头看了看白色雪雾笼罩的山谷，好像能看到石像在想方设法杀过来一样。我对石像的兴趣很大，但眼下更关心杨宁的安危。幸好，张一城的办法奏效了，杨宁被驼尸的热血包裹着，脸色很快由紫黑色变成了

淡淡的红色。张一城一直压着骆驼肚子的切口，不让切口裂开，他看见我眉头松了，便说得赶快找个地方生火。因为驼尸热血不会一直维持高温，当杨宁从驼尸里出来，她身上的热血会再次带走温度，所以必须有一团火让热血迅速干掉。

"在冰塔林里生火，不太安全吧，谁知道地下会不会又有一个水坑。"我担心道。

"那我们把骆驼拖到森林那边去，那里应该没有水坑了。"胡亮对我说。

我点点头，心想只能这么做，骆驼的位置靠近森林那边，比回雪谷要近。现在雪谷里不再安全了，回去只能找死。说到这里，大家可能会以为水坑的出现不合情理，在严寒里怎么可能有水。我也觉得奇怪，也许水坑很干净，有一些没有杂质的水是不会结冰的。

那时候，我忽然想起库恩在9年前坠机时，曾见过地上有一条流动的银河。当然，那肯定不是天上的银河，而是地上真的有流动的水。在飞机快要坠毁时，驾驶员已经打开了航行灯，由于灯光反射，冰塔林里的水坑就结成了一条银河，在天上很容易看走眼。这也说明，9年前的水坑更多，可这些年雪山受到飞机航行的污染，很多水坑开始冻结成固态了。

"想什么呢，一起拖骆驼啊！"张一城打断了我的思绪。

我醒过神儿，赶忙拖着骆驼往森林里走，可骆驼太沉了，库恩一起帮忙都步履维艰。我们才拖了一段距离，在旁帮着背包的韩小强就喊了声。我心说又怎么了，你他妈不能像个男人，至于这么害怕吗？我不厌其烦地抬起头，看着韩小强手指的地方，那是被零式机轰塌的一座冰塔，冰塔毁灭后，露出了里面的人影。

事情一桩接一桩，我们早就不管冰塔里的人影了，因为没有办法打破冰塔。谁知道，机缘之下，日本人炸掉了坚硬的冰塔，这才让内部的人影露出了真容。

34. "玛特计划"

烟雾已经没了，在阳光的照射下，破碎的冰塔很耀眼，一时之间没能看清内部的人影长什么样。当视线清晰时，我们都吓了一跳，冰塔内部的人影竟然就是裸女石像！那石像看似不会动，也没怎么杀过人，可在未知的秘境里让我们极其害怕。只是一眨眼，那尊石像就已经移到眼前，速度快到我们都没看见它怎么过来的。

库恩比我们都害怕，这是我第一次见到勇猛的库恩会害怕。胡亮忙问库恩怎么了，却听库恩用德语催我们快拖骆驼，别让裸女石像靠近。我被库恩的恐惧感染了，慌忙之下，使劲地拖着骆驼往森林走。顷刻间，似乎所有的冰塔都出现了异样，韩小强走过一座冰塔时，对我们说冰塔已经有很明显的裂缝了。

"难道里面的石像都要出来了？"张一城惊呼。

"不会吧？你不要吓人！"我望着近千座冰塔，要是石像都破塔而出，一起攻向我们，那不就死得很惨？

张一城看大家分心了，又催道："你们快干活，别管那些丑女石像！又不是没见过女人！它们哪有杨宁漂亮！"

我一边拖，一边想，裸女石像究竟是什么做的，日本鬼子的炮弹都炸

碎冰塔了，为什么它们一点儿事情都没有？不能说石像藏在冰塔内部，所以炮弹的轰炸力对它减弱了，其实，炮弹的轰炸力对内部的东西影响最大，石像理应粉碎了才对。

说话时，有几座冰塔发出了"砰"的声响，曾经坚硬的冰塔就这样碎裂了。碎裂声就像怪物嚼骨头似的，叫人毛骨悚然。只分神几秒，冰塔林内就多了几尊裸女石像，一起朝我们这边移过来。张一城看石像越逼越近，松开拖骆驼的手，朝石像打了几枪，可依旧没有伤到石像。

"这些娘儿们是妖还是怪，老朝我们这几个男人冲过来，是不是想强奸我们？"张一城收起枪，说了句让人哭笑不得的话。

我们没来得及做出反应，原本已经平静的雪谷里，又响起了飞机开过的巨响——零式机又来了！先前一共出现了三架零式机，后来有两架钻进雪雾就没出现了，我们还以为它们坠毁了。张一城干掉了一架零式机，除了实力，多少有些运气。现在又来了两架，我们拖着沉重的驼尸，哪里能逃得快。

很快地，雪谷里就冲出了一架冒烟的零式机，鬼子的飞机似乎出了问题。就在飞机失去控制，开始摇摆时，那架零式机上有两个鬼子跳伞逃生了。我们松了口气，还以为会被零式机追杀，敢情鬼子的飞机也出问题了。零式机坠毁时又炸掉了几座冰塔，越来越多的石像从塔内出来，它们在数量上早就超过了我们这些人。

且说那两个鬼子跳伞逃生后，落在我们不远处。有一个鬼子比较倒霉，他降落的地点正好是一处冰塔上方，还没来得及调整方向，鬼子就被塔尖刺穿了身体，红色的鲜血溅了一地。另一个鬼子刚着地，我们还没弄清楚怎么回事，就看见鬼子的头掉到地上滚了几米远，身体还保持着站立的姿势。

我们谁都没有看见裸女石像是如何移动的，只是眨眨眼睛的一瞬，它们就围到了断头鬼子身边。同样，我们也没有看见石像是如何断头取命的，但肯定是石像所为。因为我看见有一尊石像手上沾了血，旁边的石像半身上也被高速飞溅的血液染红了。

"它们真的会杀人！"我不由得吸了口冷气，这杀人的速度、杀人的方式都太让人瞠目结舌了。

张一城却乐道："活该这两个鬼子，看他们还想杀中国人！他娘的，老子要是有军队，对日本是一定要屠国的！"

"得了吧，等你有自己的军队了，月亮都变太阳了！"我干笑一声。

言语中，库恩和我们已经把骆驼拖到森林边上，韩小强背着包勉强跟在附近。胡亮放下骆驼的一只腿，叫我们先别急着进森林，他要先看看里面的情况。现在情况紧急，裸女石像动作时快时慢，让人永远保持紧张状态。我恨不得马上躲进林子里，起码有个掩体，总比在冰塔林里强多了。可森林里一切都是未知的，库恩在这生活了9年，也不能把森林里每一处的情况都说明白。

"老胡，你看什么呢？骆驼的血就快冷了，我们必须马上生火，不然杨宁就死定了！"张一城急道。

我犯难地看着渐渐集结的石像，心说哪怕你们给几分钟也好，这样杨宁至少有活下去的希望，为什么要对我们赶尽杀绝？石像没有心没有肺，跟它们讲道理是白搭。我回头看着森林，里面积雪较少，肯定没有水坑了。这里有木材，我们只要用子弹的火药做助燃剂，很容易就能烧一堆火。可是，眼前不是烧火的问题，而是后有石像追兵的问题。

"老胡，你别谨慎了，我们快进森林吧！"张一城再次催道。

胡亮也理解情况紧急，粗略地看了一眼，便又回来把骆驼拖进森林里。森林里古木纵横，落叶和白雪混在一起，踩上去就沙沙作响。张一城急忙在森林里选了一处积雪较少的地方，给杨宁生了一团火，我和胡亮则去找干裂的枯柴。韩小强和库恩就在森林边缘盯着越来越多的石像，说来奇怪，他们一盯着，石像就不动了。我后来想了想，石像都是在我们眨眼时才移动的，莫非只要不间断地盯着它们，那就什么事都没了？

"刘安静，你快过来看！"

我刚想到石像移动的问题，胡亮就在另一头叫我，当我跑过去时，就看见森林深处的泥雪里散布着金属碎片和尸骨。我长叹一声，这是一个坠机现场，是战友们的魂归之处。雪山每一处，几乎都能找到战友，不是他们飞机技术不行，是飞机和天气在考验着大家。

直到现在，我还清楚地记得，我和胡亮在飞机残骸里捡到了一把折叠刀、一把已没有木柄的长枪、一个带拉链的皮包，还找到一把装有7粒子弹的手枪，以及钢丝绳、降落伞绳、氧气筒、滑轮、帆布带、纱布等物品。

飞机残骸散落在长约300米、宽约100米的范围内。飞机的主要部分依然能辨认出来：只剩下电线和破碎仪表的机头、两只机翼（上面还涂有蓝底白色五角星的美国空军军徽）、14缸发动机4个、直径1.4米的轮胎6个、起落架3只、氧气筒8个、机用发报机1台、涡轮1个、螺旋桨叶片3个。

最引人注意的是，有一块铝片上面用金属笔手写了"滤波器损坏"字样，估计是飞行员在飞机坠毁前写下的遗言。战友们生命处于危险中，仍不忘报告飞机的情况，怕后人找到时，出现什么差错。一下子，我眼眶就热了，没人会知道这些细节，可我们不需要被记住，我们只希望和平能够用生命换回来。

我们收拾了悲伤的情绪，想要继续找枯柴，给杨宁烧火取暖，怎想又在附近看见另外的飞机残骸。飞机的半边残骸摔落在一棵冷衫老树上，树干被残骸砸断了，里面的铁钩上有一个人悬吊着，大腿已经断裂，另外两个人相互依偎着靠坐在不远处的一棵树下。我心里很清楚，这说明飞机失事的时候，战友们并没有当即死亡，只是后来因伤势过重或冻饿而亡。

我们也会如此吗？再过不久，其他战友会不会像我这样，发现我们这几个人死在雪山上？

我没敢多想，趁着石像没有逼近，找了很多柴火。杨宁从驼尸里出来时，已经能说话了。张一城包里有个铁口盅，他一直带着，等火大了就烧了点水给杨宁喝。我担忧地望着森林外的石像，琢磨着要不要等会儿走出森林，不然石像肯定会杀进森林。

此时，胡亮却过来拍了拍我肩膀，问道："你知不知道'玛特计划'？"

"'玛特计划'？没听过！"我看着胡亮，答道，"你怎么忽然问这个？"

胡亮对我亮了亮一份被烧了一半的文件，说："看来森林里的飞机，带了一份很重要的机密文件，所以杨宁那次坠机才这么保密。要不是韩小强透露，我们都不知道杨宁他们出事前，曾念过1417060255那组数字。"

"什么是'玛特计划'？"我迷糊地问。

胡亮不跟我卖关子，直接把没烧毁的那几页文件翻给我看。

35. 燃油

　　那几页文件是中英双语的，里面记载了一个机密的计划，我和胡亮恐怕是最先窥到文件的普通士兵。当时，我们身处险境，根本没有多想，只想一饱好奇心。再说了，如果是重要文件，我们有机会肯定要带出去，不能丢在无人踏足的雪山秘境里。

　　"玛特计划"，全名应该叫"玛特霍恩计划"。"玛特霍恩"是阿尔卑斯山山脉中一座海拔4478米的山峰，中美用此名作为轰炸日本的代号。这个计划最初是打算从印度起飞，经过"驼峰"轰炸日本本土，可这么做耗油太大，难度也很大，所以必须把它的起飞地点前移，最后军方才把基地从印度迁至四川。

　　起飞地点前移后，燃油补给又成了大麻烦。按照"玛特计划"，印度基地不在轰炸日本的航程范围之内。所以，印度基地那头的飞机都必须先飞到成都，再从成都飞往日本。由此，"玛特计划"提出印度基地的飞机要自己补给燃油。

　　我们看到的机密文件，就是"玛特计划"制定后，开始实行"自己补给自己"的计划。即用自己的运输力量将航空油料、炸弹和其他供应品运往成都基地，完成空袭日本的燃料贮备。可是，后来因为很多种因素，没有完成补给目标，进而使得最初定于1944年5月1日轰炸日本的日期改到了5月底、6月底。

"玛特计划"实施时，已经是一年后（1944年）了，我和胡亮提前看到了计划的雏形，而杨宁他们那批人就是为那个机密计划探路。没想到，他们一开始就出事了。后来，我也得知即使日夜加班加点空运补给，也没完成目标，因此"玛特计划"才数次推迟。要知道，平均每运送一加仑汽油，就要在空中耗掉七加仑汽油，这样做看起来笨，可战争时却是唯一能用的办法。除了美国扔的两颗原子弹，还有1944年及1945年的屡次轰炸，这才逼得疯狂的日本投降。

张一城看我和胡亮站在森林深处，久久不过来，他就大喊了一声，问我们在干吗。杨宁已经醒了，我便转过身，和胡亮一起回去。至于被迫先曝光的"玛特计划"，我和胡亮决定不在他们面前透露半字。这份计划已经制定出来，想必军方有存底，我们这样说出去，谁知道会不会将计划泄露而导致失败，虽然看起来我们都不像叛徒。

杨宁醒过来，意识比以前清醒多了，可是话仍不多，不知是不愿意讲，还是没力气讲。库恩见杨宁醒了，对胡亮用德语说，赵菲和杨宁一样，都是很漂亮的中国女子。我很想说，赵菲没死，你这家伙居然9年了都没和她碰到，怎么就只想着找戈沃罗夫，你他妈的不会喜欢男人吧？

我话还没说呢，张一城就对着驼尸问："你们说，这头骆驼怎么跑到雪山上来了？"

"你问我，我问谁，雪山上奇怪的事情海了去了。"我已经没心思去刨根究底了。

"当时在冰塔林里，炸出了很多烟雾，我们都在朝天上开枪，谁会注意到骆驼怎么出现的。"胡亮说道，"我看，骆驼肯定是凭空出现的。"

"那就怪了，凭空出现，要怎么出现？"张一城绕进了死胡同里。

　　站在森林边上的韩小强退了回来，大喊："不行了，石像离森林越来越近了！"

　　杨宁望着那群石像又开始歇斯底里，我怕她做出过激的举动，想要去安抚她，可她一头躲进我的怀里，怎么都不肯松开抱着我的手。我心想，都已经走出雪谷了，后面就是地图上的1号峰，有没有C-54远程运输机的残骸，退到后面不就知道了？库恩有点偏执，认为戈沃罗夫跳伞时落在森林往冰塔这一边，不愿意去雪山那边。胡亮对库恩讲了几句德语，大概意思是石像围过来了，现在后退到雪山是权宜之计，又不是不回来了。

　　跟精神有问题的人交流，并不困难，只要你找到他们的弱点，就能像哄小孩一样简单。库恩听了胡亮的话，收拾东西跟我们准备走出森林，这时候森林外再一次响起飞机划过天空的声音。先前冲上雪山的三架零式机里，已经有两架葬身在冰塔林了，现在还有一架，它正飞出茫茫白色雪雾，开向森林这一带。

　　我一听鬼子又来了，急得直跺脚，这几个鬼子到底来雪山干吗了？亏得冷杉森林很茂密，零式机压得再低，也不可能看得见躲在森林里的我们。鬼子先在冰塔林内一番轰炸，过了一会儿，释放了很多石像，可石像一个都没被炸碎。鬼子可能察觉到异常了，这才继续飞到前面，想要轰炸冷杉森林。

　　"你看看，鬼子不领情，埋了他们的同伴，现在他们都不肯放过我们！"张一城恼火道，恨不得回到冰塔林里，把鬼子又挖出来。

　　"算了吧，跟死人有什么好计较的。"我扶着歪歪扭扭的杨宁，对他们说，"他们没良心，你也想跟他们学吗？"

　　"少说大道理！刚才要不是老子一枪爆了他们的油箱，你现在有机会显摆读书人的道理吗？"张一城哼哼道，尽管他话糙，但真的有道理。

　　韩小强听我们争辩完了，忙问："什么时候埋过鬼子，我怎么不知道？"

　　胡亮背个大包，走在最前头，他回过头说："你那时候还在洞穴营地里，我们遇到了一具日本人的尸体，就是最初在油桶里的那具，后来我们把他埋了。"

　　韩小强没说什么，听完后就拎着两个包，跟着大伙往森林的尽头走。路过森林里的飞机残骸时，杨宁的反应很强烈，一直问她是不是在做梦。我拍了拍杨宁的肩膀，叫她别怕，有我们在，不会有事的。杨宁好像记起了什么，对大家说残骸里是不是有几个油桶，那里面有珍贵的燃油，那是要运到四川的。

　　库恩背了一支长枪，他用枪头这里扫一扫，那里撩一撩，真的戳到了两只装满燃油的油桶。还有几个已经空了，估计是飞机坠毁时炸掉了。那两只掉在离残骸很远的地方，没有受到火势的影响，再加上低温环境的影响，那两桶燃油得以保留了下来。

　　"做个标记，以后还可以运回去……"杨宁虚弱地说。

　　"你别操心，我们会做的。"我敷衍了一句。

　　这时候，日本鬼子已经轰炸到森林里了，很多树都烧了起来。零式机进攻了很久，只要我们再坚持下去，它总会用完弹药。杨宁催我们快把油桶用白雪埋起来，不然被鬼子炸到了，油桶里的燃油就一滴都不剩了。可天上有鬼子，地下有石像，这两个要命的东西都已经来到森林范围内了。石像在我们没注意的时候，竟然扳倒了好几棵参天老树，距离越拉越近。

　　"现在没什么希望了，不如用掉这两桶燃油吧！"张一城忽然说。

　　"这怎么行？"我以为张一城想烧油取暖，便摇头不干。

　　说话时，日本鬼子又胡乱射击，虽然离我们不算近，但声音就在耳边了。情况紧急，我们不能再讨价还价，坚持什么高尚的情操。张一城出了个馊主意，计划就是把油桶推到雪山脚下，故意让鬼子看见我们。等鬼子

飞近时，我们就跑开，然后再枪击油桶，引爆油桶里的燃油。

胡亮直说，这个方法太冒险了，万一没跑开，那就和鬼子一起死了。何况，燃油要留给前方补给用的，我们怎么能拿来儿戏。张一城气急败坏，哼了一声，骂我们不现实，现在横竖一死，留着燃油干什么。说不定放着过了一百年都没人发现，燃油留那么久，可能都过期不能使用了。

"轰——"

鬼子又开始了新一轮的轰炸，而石像也毁了一半的森林，我们时间无多，杨宁也意识到了，于是由她先点头同意用燃油当炸药，大家才依次答应。油桶已经倒下了，我们只须轻力推动，很容易就推出了森林，并没有遇到困难。可我总是心惊肉跳，就怕油桶在推动时引起火花什么的，到时候鬼子没炸死，倒先炸掉我们了。

森林外的雪山比雪谷还要壮观，我们站在它脚下，都不能看到山顶，仅能看见雪山的一角。我一出森林，就先看有没有C-54残骸，可屁都没有见到一个，杨宁这丫头八成说的是疯话，我居然还当真了。除了我，没人惦记杨宁曾说过的话，蒙面人、飞机什么的，大家恐怕早就忘了。

森林和雪山相接，一出来是个斜坡，坡上全是白雪，比别的雪地要厚很多，软很多。眼尖的库恩发现了一串脚印，虽然很难辨认，但我们一眼就瞧出那是人类的脚印。这就是说，早在我们逃到森林这头前，已经有一个人来过了。库恩马上高喊，一定是9年前跳伞的戈沃罗夫，而我们却认为那是同样幸存下来的陕西女人赵菲。

不等大家议论清楚脚印是谁留下的，日本人的飞机就逼近了，我们刚想把油桶先推到比较高的地方，以便炸掉零式机。就算炸不掉，也能引燃零式机的油箱，那里是零式机最容易出问题的地方。正当我们一齐使力推两个油桶时，我向上看了一眼，没想到竟瞥见山腰上的坦克动了一下。

36. 完美的避难所

　　我迟疑了一会儿，以为逆光的原因，看错了。可停在雪山上的坦克又大幅度地动了，特别是坦克炮移动了方向，这绝不是幻觉，也不是风能吹得动的。我急忙叫大家往上看，这时候坦克上的炮塔跟着转动，把每个人都吓了一跳。我们还以为是一架废弃的坦克，没想到还能动。

　　鬼子驾驶着零式机，已经看见了雪山脚下的我们，却没有发现坦克动了。鬼子急切地想消灭我们，飞机还没平稳，零式机上的机枪就开始扫射了。我们躲闪不及，失手之间，油桶就咕咚咕咚地滚回森林里。我张大了嘴巴，想要把油桶稳住，可往森林里一看，那里已经站满了石像，冰塔林已经毁于一旦。

　　杨宁纵使舍不得那两桶燃油，她也明白，油桶可能要爆炸了。当油桶滚到森林边缘时，日本人的机枪射穿了油桶，原本冰冷的燃油立刻轰隆炸起，冷杉森林倒了一大片，我们也被爆炸引发的冲击波震得浑身发麻，倒在斜峭的雪坡上。库恩刚倒下，马上大喊了一声，听起来应该是喊了戈沃罗夫的名字。原来，库恩以为坦克里的人是戈沃罗夫，可我依然认为是赵菲，除了她想不到别的人了。

　　只见坦克上的坦克炮又移动了一下，猛地轰出一炮，刚压近雪山的零

式机被打个正着，坠毁在烧起大火的森林里。张一城大笑一声，活该鬼子被炸死，坦克里的人真给我们出了口气。胡亮和我一样，都以为是精神同样出问题了的赵菲，所以不敢贸然跑到山腰上，生怕坦克下一步就要攻击我们了。

库恩找了9年，已经成痴了，看到坦克动了，他一会儿说德语，一会儿讲俄语。翻译过来，粗略的意思就是怪自己没想过到坦克这边找，那里面的人肯定就是戈沃罗夫了。我看见库恩跑上去，追都追不上，何况我身边还有个跑不动的杨宁，所以只能由着库恩跑上去。只过了几秒钟，坦克的炮塔门就喀嚓一声缓缓打开了，然后有一个人从里面探出一个头来。

"不会吧！"我瞪大了眼睛，以为自己看错了。

胡亮也吃惊道："这是怎么回事？"

张一城更是高兴地骂道："我操，这是什么魔术，格雷怎么会在坦克里，他不是在天上就消失了吗！"

"真的是格雷？"韩小强小声地怀疑。

我一见格雷就特激动，要不是他当晚稳住飞机，把跳伞的机会让给我们，恐怕大家都已经死了。后来，格雷没有跳伞但在C-47运输机残骸里找不到他的尸体。不过，我在雪谷里发现赵菲的坠机时，找到了格雷的围巾，却一直生不见人，死不见尸。怎么都没想到，格雷竟然在那架苏联的T-34坦克里，并击中零式机又救了大家一命。

这本是一个令人振奋的消息，可奔上去的库恩一看不是戈沃罗夫，整个人就马上僵住了。光看库恩的背影，我就能体会到他的失落，好不容易燃起的希望顷刻间变成了泡影。我扶着杨宁走到雪山上，回头看了看起火的森林，那群裸女石像暂时没追上来。胡亮看我累了，便接过杨宁，替我扶着走不动的战友。

张一城和韩小强见到格雷，很是开心，早就迎了上去，没有注意到库恩的失落。我在库恩面前没有太喜悦，走上去时拍了拍他的肩膀，用中文说了句别伤心。库恩不知道听不听懂，反正他朝我挤了个无奈的笑脸，又恢复了原来的失落样子。当库恩弄清楚格雷是我们的战友时，他就用德语说很替我们高兴，不过更让库恩好奇的是美国和中国什么时候结盟了，他完全不知道第二次世界大战爆发了。

格雷从炮塔门爬出来，张开怀抱拥抱我们每一个人，当听到库恩说德语，他才把热情收住了。库恩懂一点英语，在我们跟格雷解释他的来历时，他好像听出了问题，顿时以为自己跟鬼子一样被鄙视了。格雷可能一个人待久了，对德国人库恩也没什么厌恶感，听到库恩9年前就掉在雪山上了，他就把最后一个拥抱给了库恩。

我们用英语问格雷，到底怎么回事，为什么C-47坠落时找不到他了。格雷先是警惕地看了看远处的雪谷，那里的白雾还凝聚着，起火的森林里也看不到追上来的裸女石像，他这才将经过告诉我们。

那晚，我们都跳伞以后，格雷找准了机会，也从起火的飞机跳伞了。格雷为了不让飞机掉下的起火残片砸中我们的降落伞，坚持留到最后才跳出舱门。在夜空里，格雷已经拉开了降落伞，一晃一晃地要跟我们落在雪山上。倒霉的是，C-47落下的火点越来越多，有一片起火的残片砸到了格雷的降落伞上，伞面穿孔后，格雷就如一颗石头一般，迅速地掉了下去。

格雷失去了降落伞的保护，直刷刷地落下去，我们在黑夜里没有注意到，因此才以为格雷没有跳伞。落下去时，格雷的围巾飞掉了，他整个人掉进一个冰湖里，故而得以生还。格雷游出冰湖时，身上什么东西都没有，走的路线和我们也完全不同。那晚，一起出发的飞机都坠毁了，格雷在冰湖附近看见了一架起火的飞机，便去那里取暖求生。

冰湖距离冰塔林很近，这一带只有那儿才有未结冰的水湖，否则掉在别处，早就粉身碎骨了。格雷那天本想到雪谷方向去找我们，可是空气团过境，雪谷后方出现了雪崩，他没有办法进入雪谷了。一路走过来，格雷发现了森林尽头有座雪山，雪山上有架苏联人的T-34坦克，于是就将坦克作为最完美的避难所，一直等到今天才遇见我们。

"天啊，原来是这么回事！"我恍然大悟，还以为格雷真的消失在天空中了。

张一城往上瞅了瞅T-34坦克，怀疑地问："那坦克到底是谁开过来的？我看样子挺新的，不像是老货吧。"

格雷用蹩脚的中文回答："坦克比我早到，里面有食物和武器，所以我才能打掉zero（零式机）。"

胡亮又问："除了我们，你还见过谁？其他战友中没有活下来的人吗？"

格雷沉重地摇头道："没有了。不过……我看见一个怪物了！"

"怪物？"韩小强凑上前问，"长什么样？"

听到怪物二字，杨宁吓得哆嗦起来，本来英勇的女战士现在变成这个样子，我看了不禁心痛。我走过去扶着杨宁，胡亮就松开手，杨宁扶着我时才没有继续颤抖。格雷发现了微妙的变化，先是愣了一下，然后又继续讲他见到的怪物。杨宁不想听怪物的事情，而是叫我小心后面的石像，不要被它们追上来。我扭头看着山脚下的火焰，那里一切平静，天空里也没有日本人的飞机了，应该暂时很安全。

格雷也扫视了附近的环境，然后对大家说，有一只身上长了蓝色毛发的怪物爬到山上，钻进一道口子很人的山缝里。此前那只怪物从远处拖来一具尸体，一直往森林这边拖拽。但有只雪豹半路杀出来，想和蓝毛怪物抢尸体。两方搏斗时蓝毛怪物用利器去刺雪豹爪子，那爪子正按在尸体腹部上，因此造成刀伤。不过尸体腹中的内脏被雪豹掏掉了，雪豹受伤掉头逃脱。蓝毛怪物去追雪豹，似乎更愿意吃雪豹。虽然格雷在坦克里有望远镜，但他只能看见大概，很多时候冰塔和森林都阻碍他的视野。

"Oh my God！"格雷讲到一半，忽然指着山脚下，惊喊起来。

我们纷纷回头看下去，许多裸女石像已经穿过了森林大火，渐渐地涌到雪山上。看格雷惊恐的样子，想必也见识过裸女石像的恐怖。我们人太多了，总不能一起挤进坦克里，完美的避难所在人数面前，有时候会显得不完美。格雷忙叫我们跑上去，坦克上面有道山缝，蓝毛怪物就是跑进那里面了。既然怪物能生存在雪山里，说明山缝里也是一处完美的避难所，对付蓝毛怪物总比对付杀不死的石像要容易得多。

"妈的，那些石像究竟是什么做的，太古怪了！"张一城望着山脚下，心烦意乱。

"跟着格雷走吧，再废话，石像可就追上来了！"我催道。

韩小强咬着嘴唇跟着我们，无力道："还以为它们不会继续追上来了！"

胡亮殿后，等我们都往上爬了，他才在后面说："石像应该不用吃东西，难道只为了杀人取乐？它们这么追我们总有原因吧。"

逃命时，我们哪里还顾得了原因，根本没工夫去想。我们不是肉包子，石像不是狗，这之间的玄机一时半会很难参透。至于格雷提到的山缝，在我脑海里跟洞穴里的裂缝差不多。当格雷带着伤病的我们跑上去时，看到了他口中提及的山缝，所有人都吓呆了。

我抱着摇摆的杨宁，望着那条山缝，情不自禁地念了一句："这到底是什么地方？"

37. 跳伞进入未知的区域

所谓的山缝，的确是一条裂缝，是在喜马拉雅山地震时撕裂山体而成的。那条山缝就在山腰以上，如果不走到山缝口，在山下很难看到雪山被撕裂了。裂缝口足足有一里多长，最宽的地方几十米，最窄的也有十多米。裂缝里看不到底，只能分辨出裂缝口处的山岩是红色的，之中还弥漫着不少红色的烟雾。山岩突起的部分很多，要真爬下去，对我们来说不难。

然而，最让大家感兴趣的不是山缝，而是山缝里卡住了一架C-46运输机。飞机残骸上的编号41-24687依旧清晰可见，我看了就惊呼一声——那架飞机正是杨宁三个月前驾驶的。原来，三个月前他们那批人失踪时，杨宁驾驶的飞机撞进山缝里，卡在半空中了。杨宁靠在我肩膀上，看见飞机后，好像想起了什么。

"怪了，这如果是杨宁驾驶的飞机，她怎么逃出来的？里面的人不是应该掉到山缝下面吗？"我心想。

大家知道那是杨宁驾驶的飞机时，和我有同样的疑问，奈何情势危急，大家都没有刨根究底。这时候，石像开始围到雪山上了，它们速度时快时慢。我看了看雪山周围，真的没有能够躲避的地方了。坦克最多能容纳四个人，我们有七个人，不可能全部挤进去。即使能挤进去，坦克的铜墙铁壁也未必能阻挡裸女石像群。那些石像被零式机轰炸了好多次，冰塔都倒塌了，它们仍毫发无伤。

张一城望了一眼不见底的山缝，不情愿下去，于是就叫我们先等一等，他要用坦克去轰击石像群。格雷一听就阻止张一城，然后不好意思地说，刚才击中零式机时，已经把弹药用光了。现在的坦克就跟一个空壳似的，起不到攻击的作用了。张一城又气又恨，骂苏联人怎么不多装点弹药，真小家子气。

我心想，既然蓝毛怪物能爬下去，说明红色烟雾没有毒，底下的空气应该能呼吸。我们在雪谷里看见的红烟柱，估计就是从山缝里升到天空的。即便如此，山缝里深不可测，我们这样爬下去，不知道要爬多久。万一摔下去，下面又没冰湖什么的，那不是等于自杀？但我们不能一直被石像追杀，人总要睡觉的。我又想，自然界里，有些动物能够提前感知到危险，蓝毛怪物可能预感到石像杀过来，所以一早就爬进山缝里了。

张一城不想狼狈地被追赶，便说："既然天意如此，那我们都爬下去吧，说不定有个神仙在底下住着。"

胡亮望着没底的山缝，心里也没底："我看算了吧，杨宁身体不好，哪里爬得下去。"

雪山上没有掩体，看着裸女石像如潮水般涌上来，我们每个人都慌了。说来奇怪，原本最勇敢的库恩居然最害怕，没等我们做决定，他就徒手往山缝爬下去。胡亮急忙劝阻，谁知道库恩就激动地用德语答了几句，接着就什么都不说了，一直往山缝下面爬。胡亮把话翻译过来，大概是库恩叫我们快点下去，那些石像不好惹，再晚就来不及了。

韩小强很不情愿，宁愿躲进坦克里，可当我们再回头时，坦克竟然已被裸女石像拆掉了，炮塔都断开了。这是何等力量，早已超乎我们的认知

水平了，见到这种景象，所有人都被迫下了决心——爬进未知的山缝里！

韩小强站在山缝边上，扔了块石头下去，过了好一会儿才听到落地声。底下肯定没有水潭，这就意味着我们不能出任何差错。杨宁现在稍微能够活动了，但要安全地爬下去，肯定办不到。我正愁怎么办才好，张一城就对我们拍胸脯保证，他能背着杨宁爬下去。以前，张一城不止一次背着受伤的猎人爬祁连山，背杨宁不在话下。

我望了望山缝，阳光都照不进底下，这里面肯定很深。要是爬到一半没力气了，在山岩上不可能换人背杨宁，到时候支撑不住了，就是两个人一起摔下去。这里不是祁连山，喜马拉雅山气候比祁连山恶劣，山缝里也很陡峭，背人爬下去难如登天。况且那些受伤的猎人身体强壮，能够紧紧扣住张一城，杨宁没多少力气了，如果没抓紧，一样会坠落下去。

"这不行，那不行，你说怎么办？"张一城不高兴了。

眨眼间，裸女石像如蝗虫过境，很快要赶到山缝口，我们已经没有时间犹豫了。杨宁一直盯着卡在裂缝里的残骸，努力地回忆一些事情。我看见那架残骸，明白杨宁之前的话不能不当真了，但她如何从飞机残骸里逃生，这又是一个谜。要从悬在空中的飞机里爬出来，动作力度都要把握好，否则很可能把飞机压垮。

"我想起来了！我……"杨宁嘀咕了一下子。

"想起什么了？"我忙问。

"飞机里还有一个伞包，我们可以跳伞下去！"杨宁告诉我。

"真的？"我如获至宝，要是有一个伞包，我完全有把握带着杨宁跳进山缝里。问题是那架残骸卡在山缝里，我怕人一进去，飞机就往下掉了。不过，这是唯一的方法了，死活要试一次。

韩小强能够爬下去，但速度不快，我便叫张一城和韩小强先下去，他们俩互相照应。至于格雷和胡亮，先帮我守住杨宁，我马上爬下去找伞包。要是我失足摔死，或是飞机掉下去了，他们再想办法把杨宁弄下去。生死关头，大家都不虚伪地争着逞英雄了，他们都点头照办。

当张一城和韩小强爬下去后，我就跟在后面，小心翼翼地攀到飞机残骸处。那里的位置和地面有二十多米远，爬上爬下花的时间不多。我到达残骸边上时，朝残骸踢了几脚，没想到残骸卡得很稳，要爬进去找伞包的话，安全系数蛮大的。我像一只猫，慢慢地爬过机翼，然后钻进机舱里。那一瞬间，我想起杨宁说过的话"飞机里还有一个伞包"，难道杨宁之前不是爬到地面，而是跳伞下去了？

如果杨宁跳伞了，那她怎么回到雪谷那一带，她跳伞后发生了什么事？

想着想着，我对山缝底下渐渐产生了一种好奇、恐惧、崇敬的复杂感觉。自然界里未知的领域里有太多人类无法理解的事物，莽撞地闯进去，生死已不重要，重要的是能否接受里面的神秘。我很快就找到了没有受损的伞包，可惜只有一个，要不格雷和胡亮可以一起跳下去。

找到了伞包，我就从原路返回，迅速地爬回地面。我趁穿伞包的同时，叫胡亮和格雷马上下去，石像离山缝不到十米远了。这些石像看起来僵硬，但我们在第一次遇到它们时，有一尊石像是会攀山钻洞的。就算我们跳下去了，也未必安全，石像一定会追下去，它们甚至可以直接跳下去，身子都不会摔坏。

地面上很快就只剩我和杨宁了，我叫杨宁紧紧地抱住我，千万别撒手。当然，这样跳伞肯定会失败，杨宁若有力气抱住我，那就能让张一城背下去了。因此，我在飞机残骸里割了几根带子和绳子，把杨宁和我绑在一起，这样才敢跳伞。可是，两个人一起跳伞非常危险，一不小心没打开伞包，或者是撞到山岩，那后果就不堪设想了。

我特地找了一处比较宽的地方，准备起跳前问杨宁："你害怕吗？"

"我不怕！"杨宁虚弱又坚定地答道。

　　"那你抱紧我，一定要抱紧！"我嘱咐道。

　　说实话，真正抱着一个人跳伞的事情极少，电影里的情节都太假了。我当时是被逼的，石像都到屁股后面了，根本不敢去想会不会失败。我硬着头皮跳下去，提前拉了伞包，降落伞很快就打开了。一路飘下去时，我都在控制降落伞的方向，以免撞上突起的山岩。很快地，我便赶上了最先爬下去的库恩，他看见我和杨宁飘下去，朝我们苦苦地笑了笑。

　　整个降落过程，时间长得难以计算，山缝的深度超过了我的预想。降落到一半时，山缝里的光就没有了，幸好我事先让所有人都系了一支已经打开的手电，这样才方便落地时互相寻找对方。我和杨宁一路飘下去，两人对望着，彼此的呼吸声和心跳声都能听到。

　　随着越来越接近山缝底下，红色的烟雾变得更浓了，我们的手电光都只能穿透红烟几米而已。我怕看不到情况了，降落伞会撞到什么东西，可好像到了深处，空间就更大了，根本没有磕绊。我们打破了烟雾的缓慢流行，刷出一道气流，红烟就开始腾舞起来。红烟有一股硫磺的味道，闻多了有点头晕，不过仅此而已，并没有其他反应。

　　终于，我们的手电光线触到地面的东西，反射了光线上来。我知道准备到山缝底处了，于是就叫杨宁准备好落地的姿势，以免在着地时受伤。就这样，我和杨宁率先到达了未知的山体区域里，接触到了这个故事里最神秘的核心部分。

38. 远古神话

山缝底下都是碎石，我着地时被杨宁的动作带了一下，崴了左脚。我不知道周围有什么东西，蓝毛怪物会否在旁边，所以急忙把降落伞割断，并解开了跟我绑在一起的杨宁。底下的区域都是红色烟雾，我怕和杨宁走失了，一直抓住她的手。

"刘安静，我好像来过这里。"杨宁忽然出声。

关于这一点，我之前已经猜到了，于是就问："你想起什么了？"

杨宁想不起来，头疼道："我只记得来过，那群蒙面人……咳、咳！"

我听到杨宁提起蒙面人，心说你刚恢复神志，怎么又疯掉了。蒙面人、C-54远程运输机都不可能在这个鬼地方，要是真有，飞机修好后也没办法飞出去。杨宁在呢喃时，我举起手电朝上面喊了几句话，告诉大家我们已经着地了。张一城在上面骂了一句，说我老钻空子，找了轻松的方法下来，下回再有这样的情况，就换他跳伞了。

库恩攀爬速度极快，不知道是本领很强，还是惧怕裸女石像的原因。我和杨宁着地不到一分钟，库恩就从高处跳下来，把碎石踩得哗啦哗啦地响。库恩跟我们语言不通，当听到对方的声音时就互相拥抱，鸡同鸭讲一样地交流。我没敢一个人走进红雾深处，一直在原地等大家，过了20多分

钟，所有人才陆续地落到地面。

"你们都没事吧？"胡亮一下来就问。

韩小强最后一个下到地面，他说没事，那大家就不会有太大的问题了。我们集中在一起，用数支手电照向天空，浓烈的红雾里出现了好多石头人影，这说明石像已经跟进山缝里，而且距离不太远了。我们出发时，预料到会在营地外耽搁，所以每人都带了好几支手电，以及一些食物。这些东西除了从赵菲那里拿的，还有就是库恩这几年辛苦攒出来的。

大家不知道山缝有无出口，为了保留能源，我们又恢复了前几天的节约规则。不过，我觉得这条山缝虽然很大，但可能和洞穴营地的格局差不多，肯定有别的出路。格雷看了看四周，隐约感受到有风从深处吹过来，便叫我们先到那头避一避。石像就在头顶，我们必须尽快找到逃生的出口，或者能躲开石像的地方。

"那大家都靠近一点儿，千万别走散了。"我说道。

其他人"嗯"了一声，拢在一起，在红雾里往更深的地方走。朦胧中，我们的视线里映现出一个很大的空间轮廓，空间里似乎有建筑散落着。那些建筑有点像房子，又不大像，像是随便堆砌起来的。我怕这里会有毒蛇，可张一城却说这么冷的地方，有毒蛇也冬眠不醒，无须害怕。库恩倒不怕这些，他一直用德语责怪自己，为什么从没来过这地方。既然森林和冰塔林里找不到戈沃罗夫的踪影，那他有可能被风吹进了山缝里，落到这片未知的区域里了。

我们听不到任何动静，只有脚下的石子摩擦声，还有彼此的说话声。这条被地震撕裂的山缝太安静了，安静到我们害怕，不说话就会感到恐惧。渐渐地，我们快要靠近山缝空间里的建筑时，更远处就亮起了十多个银色圆球。那些圆球跟我在雪谷见到的一样，雾气之中就像月亮，悬在高处。大家第一次见到，跟我最初的反应一样，格雷还以为见到魔鬼了。

"喂，有没有人啊！"张一城壮起胆子，朝远处喊了一声，可是连回声都没有。

"嘿！"格雷叫了一声，他在雾气里看见了一个奔跑的人影，可一下子就看不见了。

除了库恩，我们谁都没打算去追，我拦住要冲过去的库恩，叫胡亮劝一劝。跑掉的人绝不会是戈沃罗夫，裂缝里的环境太特殊了，人类怎么可能在这里生存下去。库恩被我们拉住后，挣扎了一下，后来被胡亮说服了，这才平静下来。我们再走出约摸几百米远，这才把雾气里的建筑看清楚，原来那是一座庙宇。

庙宇很简陋，并没有电影里的那种精美，仅仅是多块红色巨石搭起来的，并横在山缝空间里。巨石上有不少古老的图腾，像是记录了一段历史，图腾旁边还有一些奇怪的字符。我们一边回头张望，一边走到古庙附近，想搞清楚是什么人在裂缝里堆砌了这座建筑。韩小强不太想看石庙，他一直催我们，裸女石像就在后面，我们干吗要停下来。

我并不想留在古庙里张望，听到韩小强催了一句，便想叫大家继续往前走，希望能快一点找到别的出口。谁知道，杨宁却指了一块城墙般高大的巨石，叫我们过去看一看。我举起手电，扶着杨宁走到那边，大家也一起跟来。只见，几束手电光线照到巨石上，那里刻画得最为详细，应该是讲述了一个远古神话的故事。

根据古庙的石画我们推测，在很久以前有一群三头人（画中人为三个头），他们住在喜马拉雅山上的山洞里。后来，喜马拉雅山可能发生了强烈的地震，造成多人死伤。三头人平日里最常干的事情就是制作石像，那石像应该是三头人崇拜的一位女神，而那女神的样子就是裸女石像的模样。

三头人造的女神石像数量很多，至少在巨石上刻画了很多。远古的这个民族很擅长用石头造物，在巨石画里他们不仅造了女神像，还有很多石屋、庙宇。到了巨石画的末尾，喜马拉雅山又发生了地震，天空闪现强烈的光芒。那些石像都活了过来，它们一个个地捏断三头人的头颅，毁灭了三头人的文明。自此，巨石画就没有了，山缝大概就是那时候的地震造成的，而三头人的最后一族人建立了这座石庙。

张一城看完这些画，嗤之以鼻："人怎么可能有三个头，真他妈吹牛！不是我瞧不起古代人，但他们是不是也太会吹牛了？"

"这倒不是，有些远古石画有点神化了，不是很写实，人当然不可能有三个头。"胡亮说。

我的看法却和胡亮不一样，壁画只会神化崇拜的对象一般不会神化崇拜者自己。巨石画出现的年代已经不可考了，但能够撕裂喜马拉雅山，那种地震肯定很强。如果不是发生在太古时期，那么肯定有一些文字记载，起码在神话故事里有反映，就如女娲补天可能是隐射了一场陨石雨。

巨石画尽管神话水分大，但上面记载了石像的生成，以及异变，这又说明巨石画里的信息也有不少写实的部分。天空上的光芒、裸女石像拥有生命、三头人文明灭亡，我们已经亲眼见过头两件了。可惜，巨石画只画到三头人文明灭亡了，并没有给出能够消灭裸女石像的方法。三头人肯定也曾苦思很久，他们没什么办法了，估计才把石像封在冰塔里。至于是怎么做到的，巨石画也没有记载，我们只能得知裸女石像的最初来历。

韩小强看我们忘神了，便催道："刘安静，快走吧，我好像看见石像追来了！"

其实，我们只看了一分钟不到，看画总比看字快，并没有耽搁太多时间。大家没搞懂石像会动的原因，都很失望，石像就在后面，可又不能去问它们。我很是费解，冰塔里的裸女石像已经很久没有动过了，是什么原因使得它们又活过来，是不是我们做了三头人曾做过的事，引发了这场噩梦？

39. 保险柜

巨大的空间里，我们狼狈而逃，石像步步逼近，不给任何喘息的机会。再这样下去，石像迟早会追上我们。库恩回头盯着石像，叫我们快点往后面退去，他有一个办法阻挡石像。我们一头雾水，但胡亮把话翻译过来后，大家都很听话地退到很远的地方。

库恩跟着我们跑过去后，从包里掏了点东西出来，我很快意识到那是手榴弹。库恩想炸掉巨石庙，用倒下的巨石挡住石像，我们最初遇到库恩时，他也用了同样的方法挡住石像。库恩一连丢了七八个手榴弹，爆炸的声音震得我们耳朵都剧痛无比，幸而古庙倒塌了，而山缝空间没有出现坍塌的情况。

我捂着耳朵，待爆炸声消失后，想要讲话，却只听到耳朵里有嗡嗡的声音，嘴巴里一点声音都发不出。杨宁靠在我身上，被巨响震得浑身瘫软，没有人扶着，她就要倒下了。库恩这么做非常危险，根本没有考虑到山缝会不会垮掉，幸好现在只有石庙塌了。张一城想要骂库恩太鲁莽，但同样讲不出话，只能动动口型。

庙宇塌了后，我们就趁机继续往前走，现在谁都不知道石庙能否完全挡住石像，必须抓紧生命里的一分一秒。山缝空间深处的红雾渐渐淡了，我们的视线也慢慢清晰，这处山体空间里有好多嶙峋的怪石，估计三头人就是从山体内部取用石料，造出了能够活动的石像。可是，依旧不能用手电照出山体空间的尽头，有的山体裂缝有几公里甚至十几公里远，如今我们才走出不到半公里。

大概又走了一公里，我们回头再用手电照了照，暂时没有看到石像的影子了。直到那时，我们才松了一口气，可没想到，接下来的事情更加离奇。

张一城很快发现空间深处有人生过火，但那是很久以前了，他还找到了一些有霉斑的锡碗。我们也陆续找到人烟的痕迹，从火灰、破碗、毛毯等东西上来看，住在这里的人已经不在了。这些东西一摸上去，都黏糊糊的，要是经常用，应该很光滑才对。格雷看我一直照顾杨宁，他就走过来小声跟我说，别老关心自己人，库恩在另一头显得很激动，估计又要发疯了。胡亮和韩小强已经走到库恩那边，他们可能怕库恩又发疯地搞出几柄手榴弹，所以一直在库恩附近。

库恩没等我跟格雷和杨宁走过去，他就惊叫了一声，吓得我差点尿裤子了。我赶忙问胡亮怎么了，干吗又忽然喊了起来。胡亮还在跟库恩交流，韩小强就小声对走过来的我们说，库恩找到了一个降落伞，那应该是苏联人的东西。

"苏联？"我惊讶地问，同时想起雪谷中也有一个降落伞，也是苏联的。

胡亮看我不明白，这才说："库恩认出来了，那个降落伞是戈沃罗夫背过的。"

"伞包不都是一样的，他凭什么这么肯定？"我不太相信，库恩已经偏执成狂，恐怕见到个苏联人就联想起戈沃罗夫。

张一城这次却相信库恩，他说："那降落伞已经很旧了，估计是好几年前跳伞时使用的。戈沃罗夫就是在这一带附近跳伞的，如果9年前的风很大，很可能把他吹进山缝里。你不想一想，雪山上那么冷，戈沃罗夫肯定会把降落伞当成防寒的衣服，肯定要带到这地方。"

"那他为什么不爬上去，不去找赵菲和库恩，而是一个人留在这里？"我问。

"这答案就多了。可能戈沃罗夫爬不上去了，受伤了，所以只能在山洞里苟延残喘。"张一城据理力争。

我被说得没法反驳了，正想问既然如此，那戈沃罗夫去哪儿了，猫在碎石地上的库恩突然又大叫了一声，往前面跑了几步才停下。石壁的一处角落里，躺着一个结着冰霜的保险柜，冰霜已经很厚了。我心一沉，难道那就是库恩提过的保险柜？这么说来，戈沃罗夫真的到过这里。

库恩着急地剥掉保险柜上的冰霜，想要打开它，可又想起戈沃罗夫可能在附近，接着又发狂地奔跑了一阵。我们忐忑地跟过去，那里有一个羽绒睡袋，睡袋里有一具冰霜干尸。说起睡袋，那并不是当代产物，最早有记录的羽绒睡袋是在1892年用于英国的ALFRED MUMMERY探险队伍，英国登山者在19世纪时还用睡袋爬过珠穆朗玛峰。

库恩扒出睡袋里的干尸，看了看尸体上的衣服，马上就哭了起来。不用胡亮翻译，我们都知道，那就是戈沃罗夫的尸体，原来他早就死在这里了，难怪库恩找了9年都没有结果。这种时候，我们都没有作声，只是静静地站在一旁，等库恩自己缓过来。我那时想，如果换作是我，找一个朋友找了9年，能够坚持得下来吗？就算坚持下来，这9年里，我能坚定地认为朋友没有死掉吗？最后的答案太残酷了，信念太坚定，反而会导致意志在那时候由强变弱。

"喂，要不要叫库恩起来，大男人有什么好哭的！"张一城忍不住了，第一个小声地议论。

我摇头说："人家那是有情有义，德国人为苏联人哭，说出去谁信？日本鬼子会为我们哭吗？"

"你他妈钻牛角尖！待会石头人追上来了，我看你哭都哭不出来！"张一城回头看了一眼，但并没有石像的踪影。

我们说话时，格雷和胡亮去拍了拍库恩，叫他别太难过了。库恩忍住悲痛，说自己没事，然后就在尸体的衣服里摸了摸。韩小强觉得奇怪，走过去一看，然后回来告诉我们，库恩好像在干尸的身上找到了一把钥匙。我心说，这时候找钥匙干吗，莫非想要打开封闭了9年的保险柜？

身后的保险柜是戈沃罗夫从苏联带出来的，可后来在喜马拉雅山上坠机，保险柜掉出来了。从种种迹象上来看，保险柜砸进裂缝里，戈沃罗夫也掉了进来。他当时应该没死，并把保险柜拖到地缝深处，可见保险柜里面的东西比他的生命还要重要。

我们面面相觑，心里想的念头估计都一样——"9年前，戈沃罗夫究竟把什么东西放了保险柜里？"

库恩拿起钥匙，走回保险柜那边，拨了一组密码，然后就把钥匙插进去转了几下。我们提着手电站在库恩后面，没有要避嫌的打算，库恩也没叫我们走开。随着"砰"的一声，保险柜被库恩打开了，柜子身上都震起了一波灰尘。库恩急忙伸手进去，往里一掏，手上就抓了一个东西出来。

40. 诡异的五秒

　　我们围上前，就连虚弱的杨宁也起了好奇心，想一窥保险柜的秘密。只见库恩手上拿着一盘胶片，是那种老式电影放映机用的胶片，外表的铁盘就像一个轮子。我以为保险柜里还有东西，可弯着身子，用手电往里照了照，屁也没有一个。难道，这9年来，库恩就是为了找这盘胶片？

　　张一城扫兴道："我还以为是什么宝藏，原来是盘胶片！都打仗了，还看什么电影，不如看皮影戏！"

　　"你先别吵！"胡亮说完，就示意大家安静，先让库恩冷静下来。

　　韩小强站在我旁边，他瞥了胶片盘一眼，小声对我说："上面的俄文你认识吗？那应该是石像的意思！"

　　"石像？"我狐疑道，胶片里的内容难道拍摄了石像，不会正好是喜马拉雅山上的石像吧？

　　这时候，库恩拿起胶片盘，站起来跟我们讲了几句德语。胡亮逐字逐句翻译，原来库恩想请我们在附近找一找，有没有电影放映机。因为9年前他们坠机时，除了保险柜掉出舱门外，还有一个放映机。既然保险柜在这里，那么放映机可能也在附近。我却觉得希望不大，保险柜可能没砸坏，但放映机掉下来肯定散架了。

　　格雷却不那么认为，他告诉我们，苏联的放映机会保存在一个防震的盒子里，摔下来也不会散架。我不信那么高的地方，机器摔下来不会坏掉，再好的盒子也不管用的。可胡亮叫我先别啰嗦了，找不找得到，先找了再说。我一时语塞，便扶着杨宁先到一边休息，然后打着手电在旁边找了找。

　　很快地，格雷就在远处叫我们过去，听那口气，应该是有发现了。我急忙又扶起杨宁，慢慢走过去，那边的石壁上有块发霉的幕布，被人用石头压住顶端两角，挂在一处崎岖的石壁上。石壁不远处有个机器，那就是库恩说的放映机。那时候的放映机没有现在的先进，我们看到的放映机是手摇式的，直到1915年电动马达出现之前，电影一直是手摇以每秒16格放映的，所以这台放映机在那时候也不算先进，相反还有点过时了。

　　我凑近一看，这台放映机上除一块铜质铭牌标明了生产国和品牌外，并没有刻上编号，按那个年代的惯例，没有编号的机械产品往往用于军事情报部门。要放库恩手上的胶片盘，必须有新光源，否则怎么摇放映机都没有用。库恩又去戈沃罗夫的遗物里翻了翻，果然找到了备用光源，是配在放映机上使用的。

　　我们看着库恩激动的样子，本想催他快点离开，可这是他人生里等待了9年的时刻，无论我们怎么催，他都不会离开的。再说了，我们被库恩的行为感染了，都很想知道胶片里拍摄了什么内容。韩小强不是很放心，几次跑远了，去观察后面有没有石像。大概石庙阻塞了石像过来的路，到现在都没有再见过石像了。

　　待一切准备就绪后，库恩就迫不及待地播放胶片，可打开新光源后，怎么都放不出内容来。韩小强是搞机器的，虽然专攻无线电那方面，但空军航校里有什么东西坏了，也都是找他去修理。韩小强把放映机检查了一会儿，对我们说机器坏掉了，要修好是有可能，但要花一点时间，毕竟手上没有专业工具。

"那你修吧，我正好找个地方坐一会儿，现在腰酸背痛，比死了还难受。"张一城嘴上那么说，其实心里也和我们一样，想要看看胶片上有什么东西。

我和胡亮琢磨了一下，这样盲目地继续往前走，不一定是明智的。不如趁韩小强修理放映机时，我们先到四周查看情况，如果找到出口就马上回来通知大家。杨宁现在行动不方便，我老扶着她，肯定要拖后腿。所以，我就叫张一城先照顾杨宁，库恩和韩小强修放映机，我和胡亮、格雷到前面去看看。

"那可不行！"张一城不乐意了，"逞英雄的事情怎么能少了我！要陪杨宁，就让刘安静陪吧，他们俩比较熟悉。我跟杨宁话都说不上一句，人家也不乐意让我陪的。"

"别走！"杨宁也小声央求道。

我犹豫了一下，张一城就当我答应了，刚坐下的他马上就和胡亮、格雷打着手电往前面走。我怕手电的电源耗尽了，还嘱咐他们多带了两支在身上，以免在漆黑的地方找不到他们的位置。当人都离去后，我就把一个背包放在地上，让杨宁坐下去休息。逃了那么远，别说杨宁，就连我都筋疲力尽了。张一城嘴巴不饶人，其实挺懂得体贴人的，要不是他一路帮忙，我可能也活不到现在了。

"刘安静，我……我头好疼！"杨宁依偎在我身上，难受地说。

我摸了摸杨宁的额头，烧不知是退了，还是被寒气冲到了，反正摸着已经不太热了。于是，我就问："是不是太累了？"

"不是！我好像来过这儿！"杨宁痛苦道。

"你来过？"我想起杨宁的飞机卡在山缝上，她如果没爬出来，那就是跳伞下来了。可惜刚才那边雾气太大，我们不可能进行地毯搜查，所以

没有发现别的降落伞。但杨宁提醒我，飞机残骸里还有一个伞包，那看来她曾到过山缝深处。

"我知道你不相信我，可真有蒙面人，我被他们抓过！真的！要不是我逃出来，都没有机会再见到你！"杨宁吃力地说。

我知道杨宁又在说疯话，但不好说她是个疯子，故而敷衍道："我相信你啊，你别担心了，我们都在这里，没人能把你抓走了！"

"你撒谎，你根本不相信我！"杨宁眼神犀利，一眼看出我的内心。

我刚想解释，韩小强就大呼一声，放映机已经修好了。杨宁和我好奇地站起来，想要去大开眼界，看一看胶片里拍摄到了什么。韩小强把事情搞定后，他就说要去把胡亮他们叫回来，一起看胶片。我估摸胡亮他们没走远，韩小强手里又有枪，就点头叫他快去快回，要是有危险就呼救。

库恩急不可待，韩小强还没走，他就马上把胶片放到机器里。胶片放进去后，我看了看存着胶片盘的盒子，韩小强见了就对我说，那上面除了用俄语写了"石像"，还有一个术语"16毫米–80格"。所谓"16毫米"，就是16毫米的胶片规格，而80格就是胶片的长度。我们看见的放映机是手摇式的，电影一直是手摇以每秒16格放映，所以胶片的内容长度应该只有5秒。

5秒？5秒能记录什么？能重要到被锁在保险柜里？

在库恩开始摇动放映机时，我就在心里想，这诡异的5秒究竟记录了什么天大的秘密？我们是不幸的，又是幸运的，苏联人当年派飞机追库恩他们，害得库恩等人坠落在雪山上，倒霉的我们在9年后也坠机了。如今，我们遇到库恩，更有缘得见那诡异的5秒内容，这是多么幸运的事情。

然而，我错了，当库恩播放出那诡异的5秒内容时，恐怖正不知不觉地朝毫不知情的我们走来。

41. 警告

　　库恩目不转睛地盯着发霉的幕布，忘了我和杨宁的存在，我们三个人就这样提前看了胶片里的内容。一开始，幕布上就出现了一个黑白色的石像，石像的样子和裸女石像差不多。说差不多，是因为石像背对着我们，无法看见它的正面。不过，我看背面就能看出是裸女石像了，这不是吹牛，而是很深的恐惧影射在脑海里后，你一辈子都忘不掉。

　　石像的背影看不太清楚，无法得知石像在哪里，再加上放映机可能还有点问题，幕布上一直有雪花的跳动。5秒的内容就只有这些，除了石像外，没有人，也没有能看清的事物。我本来满是期待，看完后十分失落，这算哪门子机密，苏联人也太会装神弄鬼了。杨宁也很纳闷，她看了看我，发现我很失望，便冲我笑了笑。

　　库恩把胶片放完了，却又重新再放，没有停下来。我不懂德语，无法和库恩交流，看他不肯说话，就陪着他看无聊的胶片内容。胶片一直重复着，看多了，我就开始烦躁了，连杨宁都不想再看了。大约重新放了几十次，我实在忍不住了，就想去找胡亮回来，不然都不知道如何劝库恩保持理智。

　　不过，我还是没有马上离开，总觉得一离开，库恩会以为我们都丢下

他了。我硬着头皮看幕布，心想这胶片是谁拍摄的，又是为什么拍摄。苏联人再笨，也不会把5秒这样的内容当成宝贝。或许，这5秒有我忽略的地方。我自己说服自己，又仔细从这5秒里找答案。结果，眼拙的我依旧没找出哪里有问题，也许是画面太模糊，所以很难找到答案。

"对了！"我忽然想起来，便问，"杨宁，你懂俄语吗？"

"我懂一点，但不是很多。"杨宁直起身子回答我。

"我那晚在雪谷里发现赵菲的飞机，上面掉了一个雪茄铁盒下来，里面有几张写了俄文的纸。"我从放映机那里走开，跟杨宁一起去翻了翻大家背来的包。

当时，我打算把雪茄铁盒拿给韩小强，让他翻译里面的俄文。库恩能和戈沃罗夫交流，必然也懂俄文，但我怕是戈沃罗夫的遗书，库恩看了会更受刺激，所以先让杨宁检查一遍。后来我仔细一想，雪茄铁盒是从飞机残骸里掉下来的，戈沃罗夫已经跳伞了，怎么可能有时间在上面写遗书。因此，铁盒里的纸张肯定不是遗书，而是别的重要信息。

杨宁展开那几张脆薄的纸张，望了一眼库恩，发现对方在入神地看胶片，于是她就放心地帮我翻译纸片上的内容。

根据那几页密密麻麻的记载，胶片是一个叫汤姆的英国人在20年前拍摄的，当时汤姆想要爬珠穆朗玛峰，但没有成功登顶。在那段历史时期里，的确有很多外国人争先恐后要征服珠穆朗玛峰，英国人的比例最大。拍摄的胶片是为了记录汤姆成功登顶，可后来遇到暴雪，他就躲进一个山洞里，然后看到了裸女石像。

由于拍摄器材质量有问题，拍摄的画面不太好，汤姆把胶片带回英国后，胶片上的内容只剩5秒还能勉强观看。汤姆发现喜马拉雅山的远古遗迹后，想要把胶片卖给有钱人，然后带着大家一起来中国寻宝。怎知，汤姆在卖胶片的前一天，竟然暴亡了。卖家很迷信，认为那盘胶片不吉利，于是没有买下。

汤姆死前似是有预感了，当晚他就留下了一个警告，任何人都不要未经他许可去看胶片。经过几年的辗转，胶片就到了新成立的苏联那边，被一个科研所收购了，戈沃罗夫就在那个研究所工作。那盘胶片被买下后，苏联人研究过一段时间，可碍于和中国的关系，没有贸然闯进来寻宝。

直到1934年的一天晚上，戈沃罗夫翻出了尘封的胶片，放出来又看了一遍。可是，胶片刚放出来，赵菲就打了个电话到研究所，叫戈沃罗夫回家一趟。那晚，所有的工作人员都回到研究所，进行一个武器研究项目，而那时候戈沃罗夫回去得太急，没有把放映机收起来。

赵菲急着把戈沃罗夫找回家，是因为那晚他们的一个德国朋友潜到苏联，想得到他们的政治保护。那位德国朋友就是库恩，因为库恩反对德国当局，遭到迫害后他就来到苏联找戈沃罗夫。这两位来自不同国家的人怎么成为朋友，纸上没写，只写到戈沃罗夫安顿好库恩就回研究所了。

研究所的进出限制都非常严格，那晚戈沃罗夫用钥匙打开研究所时，里面的工作人员都被肢解了，现场血淋淋的，地狱一样地恐怖。除了戈沃罗夫和已经死去的所有同事，没人再有钥匙能够开门进来。戈沃罗夫想起了胶片的警告，肯定是在他离去后，胶片里出了什么状况，害死了他的同事。

在那个年代，人权观念还没有现在这么普及，出了那样的事情，戈沃罗夫是百口莫辩。他知道会被当局判定为敌对势力的爪牙，再怎么解释都没有用，再说了那晚正好有个德国朋友来找他，这些表象看起来，他就是唯一的凶手嫌疑人。戈沃罗夫深知那时候的政治局势，所以当晚趁着研究所的事情没有被发现，他就携着放映机和胶片盘，带着库恩、赵菲坐上私人飞机逃出苏联。到了这里，纸上的内容就完了。从潦草的字迹来看，戈沃罗夫应该是在飞机上写的，所以没有提到后面的坠机事件，可能同行的

人都不知道他把那几张纸放在哪里了。

我听完杨宁的翻译，心说这几张纸算是一封自白书，并不是遗书，戈沃罗夫了解那时候无法申冤，但求多年后能把真相公布出来。

"刘安静，你觉得戈沃罗夫说的是真话吗？"杨宁把纸叠好，很认真地问我。

我望着杨宁的眼睛，想了想，说："我相信戈沃罗夫，他在危急时刻写下的自白书，不可能会说谎。"

"那胶片的事情怎么解释？"杨宁严肃起来，"我也相信苏联的那个研究所安全措施做得很好，搞武器研究的，非常注重出入的检查。如果不是戈沃罗夫杀人，难道真是胶片在杀人？"

"胶片当然不能杀人！洋人的话就当是放屁，他们最喜欢搞诅咒的把戏！"我不以为然，"估计是汤姆失足摔死，他家人为了把胶片卖个好价钱，于是编了一个谎言蒙骗世人罢了，我们又不是古人，怎么能够相信那种鬼话！"

杨宁渐渐清醒了，笑着说："你还好意思说，有时候，你的思想比古人还古板呢！"

"你终于恢复了！"我高兴道，这丫头不再像刚才唯唯诺诺了，恢复了往日的爽朗。

"我就是觉得还有点头疼，感觉来过这里，但想不起来了。"杨宁正常道，"刚才看这些俄文，让我想起进空军航校前，跟战友们在东北打仗的事，脑子总算不那么浑噩了。现在想一想，这里怎么可能有蒙面人，我真是脑子乱了，谢谢你没把我当成疯子。"

我回了个笑容："能找到你，那就谢天谢地了，那三个月来，我都以为你……"

说到这里，我就把话打住了。如果没有蒙面人，那杨宁这三个月都干吗去了，难道一直在雪山晃悠？那杨宁手上的地图怎么来的？从她念出的那组数字分析，肯定是有人在喜马拉雅山上求救，而求救的方式就是驼峰航线飞行员的自用方格坐标图。韩小强的朋友戴飞龙曾从美国把飞机开回来，同行的唯一一架C-54远程运输机在喜马拉雅山坠毁。因为关系到战地前线的士气问题，所以C-54飞向中国而坠毁的事情没有公布开来。杨宁不可能那么巧，发疯时编出雪山上有一架C-54残骸，还能搞出有裸女石像的地图来。

"你还是以为我疯了，对吗？"杨宁看我陷入沉思，便直问道。

"不是，不是，我怎么会怀疑战友！"我尴尬地笑了笑。

"算了，不跟你计较了。"杨宁正经起来，"你把这几叠纸给库恩看看吧，这是他朋友留下的信，他有权看的。"

我迟疑地接过纸，不放心地说："这合适吗？你不怕他疯得更厉害？"

杨宁对我皱了皱眉头，说："你想想，库恩这9年来肯定很迷茫，不知道发生了什么事情。他这么想要找到戈沃罗夫，还有保险柜，肯定是想知道9年前发生了什么事情。说不定，库恩还以为是自己德国人的身份，害得朋友被苏联政府迫害，内疚到现在呢。我们不可能再去苏联了，如果有机会，能让库恩帮戈沃罗夫平反也好啊。"

"好吧，都听你的。"我苦笑一声，心想杨宁是将心比心啊，自己疯过后才这么能替库恩着想。

杨宁已经能够自己行走了，她推着我，叫我把纸条递给库恩，别让库恩再傻傻地看胶片了。我们一前一后走过去，本想开口叫库恩看纸条，却发现幕布上的5秒胶片投影已经和刚才不一样了！

杨宁更是惊呼一声："天啊，这怎么可能？"

42. 别了，我亲爱的朋友

库恩还在转着放映机，幕布上依旧是一个裸女石像的投影，可投影里的裸女石像竟然动了！原本，裸女石像背对着大家，现在却已经转过身，我们能够看见它的正面了。胶片只有5秒的时间长度，我和杨宁都看了几十遍，甚至仔细地研究过了。裸女石像一开始在胶片投影里根本没有动过，我们两个人都非常肯定，就算是幻觉也不大可能两人都一样。

我站到幕布前，眼睛睁得老大，石像的确动了，我们都没看错。胶片盘只有一盘，我和杨宁在看纸条时，也没听到库恩换胶片盘的动静，只听到他不停地摇放映机。我看着似乎入魔的库恩，浑身起了一阵寒意，并暗骂自己太蠢了，这么明显的问题居然到现在才看出来！

胶片只有80格，每秒16格地播放，只能放5秒。以前的放映机和现在不同，当时的放映机里最先进的一种，也必须在放映胶片完毕后，用人工进行倒带。现在库恩不停地摇着放映机，根本没有进行倒带，那胶片上的内容如何持续地放下去？就是说，我们一开始放胶片时，奇怪的事情已经发生了，可我们都没有注意到。

"库恩，别看了，胶片有问题！"

我急得用中文喊了一句，库恩听不明白，依旧痴迷地在看胶片。顿时，我想起纸条上的事情，难道戈沃罗夫想不明白的问题，今天要在我们面前呈现了？那晚，究竟是谁杀死了研究所的人，难道真是胶片在作怪？我摇了摇迷糊的库恩，实在没办法了，便把那几张纸摆到他面前，这样才使得库恩把视线从幕布上移开。

库恩用德语朝我喊了一堆话，我听不懂，估计是问我从哪儿找来的纸。我举起雪茄铁盒，库恩瞬间就明白了，于是就抓紧时间去阅读那几张戈沃罗夫留下的纸。我和杨宁想要关掉放映机的光源，借此停掉胶片的播放，可无论怎么关都行不通，似乎光源已经不受控制了。我正愁要不要打碎放映机，这时再往幕布上一看，我的妈呀，幕布里的裸女石像不仅转了身，正对着我们，现在好像更往前面移动了一段距离。

"刘安静，胶片真的和戈沃罗夫说得一样！"杨宁紧张道。

"别怕，我不信它能跑得出来，咱们先想办法把胶片从机器里拿出来。"我嘴上那么想，心里却忍不住害怕起来。

说起来，我和杨宁都身经百战，每次飞越驼峰航线都与死神打交道，理应胆子不小了。可是，在那样的环境里，以及长久的折磨下，我们看到胶片的异变后，理智已经到了崩溃的边缘了。我也才深深地体会到，为什么库恩、杨宁以及素未谋面的赵菲会精神失常，这他妈都是逼的。

我想掏出胶片盘，可怎么掏都没用，放映机变得十分坚固，拿石头都砸不坏。杨宁一急，想去扯下幕布，这样至少能把投影最大限度地模糊掉。没想到，我们再往幕布上看时，裸女石像已经非常靠近前面了，似乎下一秒就要爬出来了。石像能动，这已经超乎寻常了，现在胶片投影里的石像也会走，这完全颠覆了我们的世界观。

在这里，我必须解释一下，这个现象并不灵异，也和当今的玄幻故事不一样，当然更不是日本的鬼故事。很快，我就要提到这一切谜底的答案，所谓的石像运动，其实早在我们的生活当中就已经略有体现了，

只要你够仔细就能注意到。现在，我们回到故事里，继续讲述当时发生的情况。

我和杨宁大步向前，要扯掉幕布，却发现幕布已经贴在石壁上，根本无法扯动了。我眯着眼睛往幕布后面看了一眼，裸女石像的光影竟然已经变成了立体的模样，正一点点地从石头里分裂出来。一瞬间，我和杨宁都明白了，戈沃罗夫的同事那晚放映胶片时，石像跑出来杀光了所有人。如果那晚戈沃罗夫能够冷静下来，仔细巡察研究所的角落，估计还能看到石像。

这时候，我拍了拍脑袋，现在哪还管9年前跑出的石像去了哪里，赶紧叫库恩一起逃命才是。

我刚过去拍了拍库恩，示意他别愣着，拎了背包就跑吧。杨宁急忙过去抓了几个包，吃力地丢给我，然后又望了一眼幕布。我接过那些背包，又背又提，像个背夫一样。库恩急急地看完了纸条，恍然大悟的样子，然后对我说了一番听不懂的德语。看我不明白，库恩一时手脚并用，想跟我解释一些事情。

库恩见我听不懂，便把杨宁叫来，用俄文说了一通。这段话说得太长了，杨宁听得一惊一乍，我甚至以为她又要疯掉了。库恩还未把话说完，石像就从幕布里脱出来了，我怕头颅会被石像拧断，想拖着库恩跑，别他妈继续讲废话了。可库恩死活不干，还把他背包里武器、食物甚至身上的保暖衣服都给了我们。

"别了，我亲爱的朋友！"

库恩用很蹩脚的中文笑着对我们说，然后把我们往远处推，接着吼了几句德语，最后向我们微笑地猛挥手。我知道库恩打算永远长眠于此，陪伴苏联的朋友戈沃罗夫，一时间心里特别难过。库恩9年的心愿终于达成了，他活下去的动力也就没有了，其实他完全可以跟我们离开喜马拉雅山，前提是我们能逃出去。

我们和库恩相识不到几天，但他处处帮助我们，为我们流血拼命，这岂是普通朋友能够做到的。后人说得好，有些感情不能以时间衡量，在特定的时候，彼此间的感情能够胜过别人一生的相处。我难过地想去拉回库恩，可杨宁拖着我往深处逃，还劝我别难过了，库恩刚才把重要的事情用俄文告诉她了。我尽管很好奇，但没有心思去问库恩最后跟杨宁说了什么。

过了一会儿，库恩就消失在黑暗里，我再也没有看见库恩。杨宁也哭了，带着我继续向深处跑，就怕石像会追过来。在去通知胡亮、张一城、韩小强和格雷的路上，杨宁给我翻译了库恩的原话，那段话几乎解释了一切——

"中国的朋友，谢谢你把戈沃罗夫写的信交给我。我是德国的一名科学家，主要研究物理方面，戈沃罗夫的信让我大为吃惊，原来这些石像成形的原因是这么回事。我听胡亮说，这里是中国的喜马拉雅山，是你们的驼峰航线，在这个区域里有很多难以理解的奇事，因为这里是两个大陆板块挤压的地段。天啊，魏格纳是正确的。

（板块学说最早由德国人魏格纳提出，他是德国气象学家、地球物理学家，1880年11月1日生于柏林，1930年11月在格陵兰考察冰原时遇难。他被称为"大陆漂移学说之父"，但他的板块学说到了1965年才被正式认可。）

"喜马拉雅山经常地震，那是因为两个大陆板块在碰撞摩擦，这里有很大的能量，所以才能引发强烈的、频繁的地震！当板块碰撞时，不只是贴在一起，还会弹开。这些能量不仅撕裂山体，还在空间里撕出了裂缝，那些金红色的光芒就是空间裂缝！

"石像一开始不会动，后来它们吸收了太多的能量，因此才有了意识，能够以异常的速度杀人。通常，吸取了能量的东西会无法满足，这就

跟磁铁一样，它们会一直往具有某种特性的东西移动，或者吸附。

　　"要是我猜得没错，石像有时能动，有时不能动，是因为喜马拉雅山曾很久没有强烈地震过，所以远古文明造出的石像曾在很长一段历史里没有动过。现在石像有剧烈的活动反应，这说明山缝里已经撕出了很大的空间裂缝，那道裂缝不像其他裂缝那样微弱，闪过金红色光芒就结束了，它会一直维持着，我们见到的红雾应该就是空间裂缝散发出来的。

　　"空间裂缝肯定通往另一个地方，9年前我们逃进中国新疆境内时，一转眼就到了喜马拉雅山。我断定，裂缝的另一端就是中国新疆，你们大可以从那里逃出雪山去。雪山上的苏联飞机、新疆骆驼还有神秘出现的坦克，这些足以证明我的观点了。这几十年来，这一带的空间裂缝处于活跃的时期，我想其他地方也或多或少有空间裂缝。你们飞越驼峰航线经常遇到危险，我想除了天气原因，还有就是因为板块碰撞撕出空间裂缝，才影响了你们的飞机。

　　"胶片上的石像拍摄时，不仅石像吸收了空间裂缝的能量，胶片也吸收了。我们在这里播放，石像被雪山上凝聚的能量激活了，空间能量是超越一切空间存在的，即使在平面世界里也能存在。石像本身不特殊，特殊的是不断由两个巨大板块撞击产生的巨大能量。那晚在苏联，石像肯定用残余的能量出现了，大家发现研究所的人都死了，却不知道凶手就在胶片里面，它杀了人又回去了！

　　"这些远古文明造出石像，石料一定是从山体裂缝深处取出来的，所以才能吸收和运用那些能量。你们现在身上也有那些能量，石像虽然看不见，但它们会追着你们而去。可是，只要找到裂缝深处的空间大裂缝，我相信即使不能到新疆，也能逃到别处。这么多石像追进裂缝来，肯定是因为在地下有空间裂缝了，你们顺着红雾走，一定能够找到。

　　"这是一个很复杂的物理学说，不能详细跟你们解释了，现在没人

能理解，相信有一天会有人能理解的。我把思考过的答案全部告诉你们了，希望你们能找到空间裂缝，逃到新疆那边去。祝你们好运，我亲爱的朋友！"

我听完杨宁急促的解释，还未来得及消化这些超越我们认知水平的知识，心里就轻轻地回应：别了，我亲爱的朋友！库恩！

43. 你是谁

　　杨宁跟我一样，尽管她记住了库恩的话，但她复述了一遍也没能完全理解。我只能从神话的角度去想，简单地说，金红色光芒是雪山地震时引发的，那种光芒是一种通往别处的"门"，但同样会散发出能量。裸女石像用的是一种从地底深处挖出来的石料，它们与金红色能量有一种共鸣，能够吸收、运用这种能量，且永远不会满足。

　　女娲造人，以及《西游记》里的孙悟空出世，这都影射了中国远古神话里就出现过类似的事情。女娲是用泥土造人，或许就是吸收过某一处地震带的能量，那些泥人才有了会动的本领。而孙悟空是从石头里蹦出来的，这故事比女娲传说要近一点，这更表明石头变成人（妖）在古代也发生过。

　　"雪山里的那些壁画！"我想了起来，那些壁画早在《西游记》成书前就出现了，原来壁画里记载的就是石头吸收了能量的变异经过。库恩八成说对了，空间裂缝能够通往别处，那些西夏壁画应该就是西夏人穿过裂缝时留下的。一些古代人的占卜，说是能够到达仙境，也是空间裂缝在作怪。在洞穴营地，那里有骨城壁画，可惜历史上没有关于这座城池的记载，但从壁画上看，骨城也出现过巨大的空间裂缝，他们也来到了雪山，并留下了那些壁画。

"原来驼峰航线上经常迷航失事，是这么个原因。"杨宁心有余悸。

我望着身旁的杨宁，心里想到了一个问题，不过没时间去计较，当务之急是要找到胡亮他们。我和杨宁忍着悲痛，提着手电大呼他们的名字，胡亮是最先回应我们的，韩小强、张一城、格雷都没有回答。胡亮看见我们跑进来，忙问出了什么事，我没时间解释，赶紧叫他去找别人，我们马上找金红色光芒，这是逃出去的最后希望了，现在后面多出了一个杀人不眨眼的石像。

"他们到底哪儿去了，难道都跑到前面去了？"我急道。

杨宁喊了几声，没人回应，我们又继续往前走。胡亮很着急，问库恩怎么没跟来，杨宁看我无法说出经过，她就替我把刚才的事情说了一遍，胡亮听完大吃一惊，他直言没想到离开一会儿竟发生了天翻地覆的大事。

"你们到前面找路，分开找后，没约多少时间后回来吗？"我问胡亮。

胡亮摇头说："我们约半小时后回到放映机那边，现在刚到时候，他们应该差不多回来了。"

"那就糟糕了，他们要是回去，肯定要遇到石像，这可怎么办？"杨宁犯难了。

"我们不能回去等他们了，说不定石像已经到屁股后面了，它的速度难以琢磨，我们还是别回去的好。"胡亮看着身后的黑暗说。

"那万一他们真的回去怎么办？"我不想再有人死掉，想了想，便决定一直大喊他们的名字，叫他们千万别再回去了。

"等一等，你是谁？"杨宁举起手电，看见一个人跑进黑暗的深处。

"别叫了，如果是我们的朋友，他们肯定会回应，不会跑开。"我赶紧阻止杨宁，"你忘了格雷说过，山缝里爬进了一只蓝毛怪物，我们到现在都没见过，也许那就是。"

　　胡亮怀疑地走向前，这条山缝目前只有一条道，如果蓝毛怪物出现了，那其他人可能会被袭击。要知道，冰塔里的日本人就是被蓝毛怪物剖腹，然后吃掉内脏的，可见蓝毛怪物十分凶狠。我们走了一会儿，接着就看见石子地上有一摊血，一看大家就心凉了。那血太多了，完全能要了一个人的命，只是不知道血是谁的。

　　我们顺着血迹走上前，马上就看见一个人躺在那儿，会是谁？希望谁都不是，只是一个石像。可是，大家跑过去用手电照了照，那是我们的朋友、我们的战友、我们的兄弟、我们的家人——张一城！

　　"天啊，老张，你醒醒！"我跪下去，扶起张一城。

　　"刘安静，老张已经……"胡亮摸着张一城的脉搏，用特别的眼神看着我，意思是张一城已经没救了。

　　"这怎么可能？他离开前还好好的！"杨宁难过地说。

　　我抱着张一城，他的头已经被砸烂了，脸上的肉都糊成了一团。要不是我们能认出张一城的体型和衣服，怎么都不愿意相信张一城竟然死了。他半小时前还和我有说有笑，一路上打前锋，为什么老天让他惨死在这种地方！张一城不怕死，他就怕死得窝囊，没有死在战场上。我一下子看见两个朋友死在眼前，像被人捅了好几刀，这种痛苦竟比往日战友牺牲时还要强烈，这几天我们的血液已经流到一起，不分彼此了。

　　更甚，原本是我要来找出路，让张一城陪着杨宁。命运太能捉弄人，一个普通的暂别成了永别，空留余恨。如果不是张一城要代替我，他或许就不会死。我很怕死，但我能替这样的兄弟去死，我一万个愿意。我抱着满身是血的张一城，希望他还能醒过来，可过了好几分钟，他没有醒来，体温却已经消失了。

　　"老刘，放手吧，老张走了。"胡亮劝我。

　　"刘安静，我们把老张埋了吧，时间不多了，其他人可能也有危险。"杨宁在我耳边说。

我忍住眼泪站起来，韩小强和格雷还在别处，他们可能也出事了，否则不会不回应。我愤怒地想，到底是谁杀了张一城，他这么勇猛，谁是他的对手，难道就是刚才跳过去的蓝毛怪物？我一气之下，拿起枪要替张一城报仇，可一想，张一城身上有枪，他应该能够反抗，难道是被蓝毛怪物伏击而死？张一城是祁连山有名的猎人，感觉很敏锐，怎么可能会被伏击？

事情不对劲！

尽管我察觉到问题了，但仍静下心来，简单地刨出一个石子坑，把张一城埋在山缝里。在这里，没有人会知道发生了什么事情，也永远不会有人记住为了"航空救国"而死在雪山上的英雄，可雪山上有无数同胞的英魂陪伴，还有那位亲爱的朋友——库恩陪着。我把一把枪跟张一城埋在一起，他那么喜欢枪，有把枪在身边，他会在世界的另一端感到开心的。

我们用最快的速度埋了张一城，以那时的情况，这是唯一能做的，不能和现在的风光大葬相比。我们都敬完礼后，从幕布里出现的石像追了上来，我见到了就满腔愤怒，拿起枪就朝它疯狂地射击。其实，石像吸收了能量，但并没有生命的认知，它杀人完全是为了人体上同样吸收过的能量而已。我明白这些道理，但心里积压的愤怒已经抑制不住了，所以石像就成了泄愤的对象。

杨宁和胡亮拖着我，叫我别冲动，赶紧逃开才能去救格雷和韩小强。我很久才平复下来，可是前面好像没有尽头，怎么都看不到人，或者库恩提到的空间裂缝。不久，杨宁又大喊一声"你是谁"，我和胡亮想追上去，但黑影很快就不见了。

"难道格雷他们也……"我忍不住往坏的方向去想。

"继续找吧。"胡亮不愿意做坏的设想。

　　杨宁和我并排走，奇怪地问："我和张一城不太熟，但我听你说，他是祁连山里出色的猎人，后来为了抗战才去航校的。以张一城在祁连山锻炼的本事，不应该会被蓝毛怪物埋伏了，我觉得这里面大有问题！"

　　关于这个问题，我之前也想到了，但悲伤过度，没有往深处想。现在杨宁提出来了，我就觉得的确不对劲啊，总觉得遗漏了什么。

44. 韩小强的秘密

我粗略地回想了一番,当时放映机被韩小强修好了,库恩马上播放了胶片。对我们每个人而言,胶片上的内容都极具吸引力,韩小强会为了把人叫回来,而放弃立刻观看胶片内容的机会吗?韩小强积极去找人回来,胡亮却没听到韩小强的呼叫声,而我们在放映机那边也没听到,有这样找人的吗?

我心说,只有韩小强这样的战友出现在身边,张一城才会放下警惕,若是蓝毛怪物则不可能得手,甚至让张一城连呼喊的机会都没有。难道真的是韩小强下的毒手?如果不是韩小强,张一城怎么会死掉?我越来越心寒,大家一路上都很照顾韩小强,他怎么能下得了手,莫非他就是队伍里的奸细?

对了,日语!在飞机飞出昆明不久,飞机出现故障,格雷想要放弃驾驶时,韩小强曾喊了一句"等一等"的日语!

大家都是中国人,说什么日语,分明就是汉奸!格雷是机长,就算不是跟我们说话,跟格雷这个美国人说话应该用英语才对。我当时没有多想,以为韩小强和胡亮一样,和其他空姐学过几句日语,现在却害得张一城惨死。这个该死的韩小强,竟然找这样的机会杀死同伴,老子不杀了

他，怎么能让张一城瞑目？

"老刘，你先别激动，一切都未明了。"胡亮劝我。

"那张一城是怎么死的？"我问，"他的日语跟谁学的？"

"你不能说别人会日语就是汉奸啊，去日本留学的人很多，他们回来了也报效祖国。"杨宁不愿把战友想成内奸。

"你们别忘了！油桶里有具日本鬼子的尸体，你们难道不觉得，韩小强对那日本鬼子很关心吗？"我提醒道。

"这么说，也对啊，我也觉得很奇怪。"胡亮回想道。

"可你们不能这样冤枉人，我们又没证据，或许张一城他是真的被蓝毛怪物……"

杨宁还没说完，我就打断道："张一城不会笨到被怪物伏击，除非是他最相信的人下了毒手！"

我不愿意再多说话，之所以那么冲动，是因为连续看见两个亲密的朋友死在眼前。就算是圣人，恐怕也很难保持理智。我比谁都不愿意去怀疑韩小强，但张一城百分之百不会被人轻易杀死。韩小强的确有太多秘密了，如果我早一点弄清楚，也许就能够救张一城了。现在韩小强不见了，怎么喊都不回答，他去找人时也没喊过人，这就是做贼心虚的表现。

随着往前疾行了很远，我们发现这条山体隧道变宽了，而且多出一些大小不一的古庙。古庙比起第一座要小多了，刻画的东西都千奇百怪，很难去理解。我沿途都没有发现格雷留下的标记，也没见到他的尸体，也许他还活着。同样，韩小强也不见踪影，不知道是不是逃跑了。

"等一下，前面有个包。"杨宁看我们没有停下，赶紧用手电晃了晃，提醒我们另一头有发现。

我急奔过去，那是韩小强的包，那个包非常小，就系在腰间。小包的四周似乎有搏斗的痕迹，石子地上显得很凌乱，还有很少的血迹。韩小强不会随便把包丢下，除非是有人袭击他，或者是他袭击别人时掉下了。我顾不了所谓的隐私，拿起小包就扯开，这一看，三个人都傻了眼。

包里有很多日文信件，有的还没来得及拆封，看起来是机密文件。我吓得张大嘴巴，刚才还侥幸地希望误会了韩小强，现在证据确凿，还怎么相信他！军队里有内奸，这种事情说多不多，说少不少，可在我身边却是第一次发现，而且是由我亲自发现的。我心说，韩小强你这个王八蛋，难怪你这么早秃顶了，肯定以前就在鬼子的飞机上飞过很多次了。现在鬼子的密函就在你随身带的小包里，我看你怎么解释。别给老子遇到，要是碰上了，非打死你！

"难道真是韩小强？"杨宁显得很意外，"虽然我前几天意识不清醒，但你们离开雪谷山洞时，韩小强一直陪在我身边，都没有离开过，也没有趁机杀了我。"

"坏人是懂得伪装的，你以为特务那么笨！"我气呼呼地看着那些日文密函，可却看不懂。

胡亮接过去看了几眼，说："这是通敌密函，几乎都是通知鬼子，关于我们何时出发，飞机里有什么重要物资。"

"啊？这么重要的情报，他泄露给日本鬼子？"杨宁难以置信。

"这就难怪了！我们那段时间遇到好几次日本鬼子的袭击，好多次拿捏的时间都特别准，连地面导航站都被攻击了。"我的情绪已经超出了愤怒的边缘，韩小强真是十恶不赦，再怎么也不能出卖同胞啊。

当时，中国一片混乱，很多人都背井离乡，四处逃难，也有的去了海外。我们飞驼峰航线的，大部分人都受过高等教育，几乎都有去海外定居的机会。可是，我们都选择留下来，挽救危亡的中国。它之所以被列强欺辱，不是它不争气，而是当时的掌权者种下的祸根。我们为了让和平回到中国，回到每一个国人的身边，放弃了荣华富贵，韩小强怎么能忍心出卖

这些战友!

我们的飞行员招募审核可以说很严格，也可以说不是很严格，要是有特务混进来，并不是不可能的。早在几年前，中美就在各自国家招募有潜质的飞行员，在中国这一方，人员多为因为战争而失学的青年大学生，当然也有我这样的退役老兵。

一开始，我们被培训成为飞机驾驶员，培训合格之后，分配给美国飞行员，作为副驾驶员，协助美国飞行员完成飞行任务。当时培训一个青年学生的飞行培训时间很短，现在说出来，很多人都认为不可思议——只有20天。20天就培训一个飞机驾驶员，在今天，20天还不够训练一个汽车驾驶员呢。

这20天里，韩小强混了进来，做了报务员，他就是为了把我们起飞和降落的时间向日本鬼子通风报信。可韩小强现在为什么要杀死张一城，是张一城发现了他的秘密，所以要杀人灭口吗？要不是张一城死了，我们谁都不会往韩小强身上怀疑，肯定什么事情都没有地一起走出雪山。

更让我觉得好奇的是，油桶里的日本鬼子是谁，和韩小强有什么关系。我们搬的油桶都是空的，如果里面有具尸体，肯定在机场里就发现了，这就是说搬运油桶时有人察觉到尸体的重量了，但没有说出来。

我正在思考，忽觉背后一阵凉风，该死的石像又追上来了。库恩把攒下来的手榴弹都给了我们，他可能预感到不会再回到洞穴营地了，所以一切家当都带在了身上。我想扔个手榴弹，把一座石庙炸塌，挡住追来的石像，可又怕引起坍塌，不是每个人都像库恩一样厉害的。

"前面有人!"杨宁跟我同时站起来，我看向后面，她看向前面。

"是韩小强!"胡亮用手电照到韩小强的背影时，叫了一声。

"韩小强，你个王八蛋，给我站住!"我朝前面开了一枪，但故意没打中韩小强，因为我要亲口听他交代为什么要杀了战友。

　　我们一起追上前，韩小强头也不回地跑着，他跑步的姿势有些踉跄，好几次差点摔倒。我们很容易就追近了，可前面的空间忽然又大了，简直比洞穴营地大了几十倍。那里面有一座嶙峋的小山，可以说是山内有山。这座小山上有好多古怪的石像，这些石像和裸女石像不同，看成色应该是最早出现的一批石像。

　　我望而生畏地停住了，先确认石像不会动，然后才追进这个十分巨大的山体空间里。韩小强跑上了眼前的小山，山石有很多小径，是人为凿出来的。韩小强跑得那么慌张，已经不打自招，我更加难过，原来他真的是内奸。我们一起追上小山，每经过一座石像时，都生怕石像会忽然拧断我们的脖子，所幸它们都没有动。

　　我和杨宁、胡亮分成三头，在小山上围追韩小强，力气很快消耗了一大半。小山几乎撑满了这处地下空间，它的山顶都几乎触到穹顶了。我一边追，一边大口呼气，暗骂韩小强跑得真快，在外面的时候他居然装得像女人一样柔弱，特务真他妈的会伪装。

　　终于，我成功地堵住了韩小强的去路，胡亮和杨宁也在左右两个方向出现了，韩小强已经没有退路了。

　　"韩小强，你他妈的这么狠，居然把老张杀了，你可真下得了手！"我举起枪骂道。

　　"老刘，你听我解释，事情不是这样的！"韩小强着急道。

　　"不是这样？那你跑什么跑？你包里的日文密函又是怎么回事！"我怒道。

　　"你误会了，我的秘密不是这样的，你听我说！"

　　韩小强话一出口，我们这四个人之中，有一个竟朝我举起了枪，并准备扣动扳机。这个人不是韩小强，竟然是……

45. 真相

我瞠目结舌地望向左边，胡亮走了过来，并把枪朝我这边移过来。接着，一声枪响，我一动不动，根本没有想过把枪对准胡亮。枪响过后，我以为自己中枪了，可身上一点都不痛。再一看，原来是站在我右边的杨宁开了一枪，打中了胡亮的右肩，胡亮右手上拿的枪也落到了地上，滚到山下去了。

"胡亮，你……"

我一阵惊诧，不知道要说什么，胡亮居然想向我开枪，他为什么要这么做？韩小强盯着我，似乎有很多话要说，他手上没有武器，我和杨宁就由他走上来。我弯下身看着挣扎在地上的胡亮，想要说话，可什么都说不出来。信任是一种珍贵的东西，可如果被人践踏了，信任又是能够伤人的最佳利器。

"刘安静，你被骗了！"韩小强走到我身边，说，"你想知道真相吗？"

"什么真相？难道你不是特务？"我不知该相信谁了。

杨宁把我拉起来，然后盯着喘息的胡亮，说："刘安静，先听韩小强怎么说。"

"我是清白的，我没有杀张一城，而胡亮才是凶手，他才是真正的内奸！"

韩小强斩钉截铁地告诉我，往日的弱势感觉已经不见了，取而代之的是一种气魄。原来驼峰航线多次被日军拦截，组织上怀疑队伍里有间谍混入。在印度那边有两个副驾驶嫌疑最大，而在中国昆明这边似乎也有个间谍，但却不知究竟是谁。韩小强是调查员，在中国昆明这里搜集了很多日文密函，用以证明两个副驾驶通敌之罪。这次飞行，韩小强是秘密地被安排进来，到印度那边的机场盘问嫌疑人，更重要的是找出中国昆明的间谍。

降落在雪山上后，韩小强发现胡亮几次想动他藏有日文密函的包，他就开始怀疑胡亮是第三个间谍，极可能在他昏迷时那个包被胡亮注意到了。当然，韩小强不敢轻易断定，只是猜测而已。直到张一城他们久久不回来，韩小强出去找人时发现人死了，而胡亮再突袭他，想抢装有日文密函的包，这时候任谁都会确认胡亮是第三个隐藏的间谍。

韩小强看见胡亮不否认，他就把这段时间观察的推断继续讲出来，用以证明自己的清白。原来胡亮一开始并不是内奸，直到进入航校后，才慢慢被以前认识的空中小姐给腐化了。胡亮被日本人笼络后，他就开始向鬼子们提供重要情报，拦截驼峰航线。

在起飞前不久，胡亮从当地的牢房里救出了一个日本军官。那个军官是在缅甸边境被抓获的，组织上一直关着，后来胡亮把那个日本军官藏在我们要驾驶的C-47运输机里。等我们都把油桶搬上去了，一起去签任务单时，鬼子就从帆布袋里跑出来，钻进空油桶中。

遗憾的是人算不如天算，地震带上蓄积的能量爆发了，我们的飞机除了遇到恶劣天气，还被冲上来的空间裂缝能量严重影响。飞机失事坠落在喜马拉雅山，躲在油桶里的鬼子没来得及逃跑，跟着飞机撞到雪山上，死在油桶里。

发生在二战驼峰航线的诡异事件

　　我听后诧异地想，原来是这么回事，还以为有人要运输鬼子的尸体。谁能想到鬼子是自己钻进油桶，然后闷晕在里面和飞机一起摔死的。不过，鬼子的尸体怎么被拖到冰塔，油桶里换成了杨宁，韩小强就不知道了。

　　"胡亮，事情真是这样？你真是特务？"我听完真相，咄咄道。

　　胡亮被打伤了，没有力气站起来，他愤愤地承认："没错，就是这样！"

　　"那你为什么要杀了张一城？"杨宁追问。

　　"为什么？我只不过报仇罢了，有什么错！"胡亮恼羞成怒。

　　"报什么仇，我们什么时候得罪过你？"我疑问。

　　"那个日本军官就是我的父亲，是你们害死了我的父亲！"胡亮气得发疯，露出了本性，"张一城那混蛋，用语言羞辱我父亲就算了，还让他的尸体在飞机残骸外冻了一夜。最后，我父亲的尸体居然还被野兽拖到冰塔林里，吃掉了内脏。我好容易才旁敲侧击，让你们同意埋掉我父亲。可是，张一城后来看见零式机来了，又大骂我父亲，你叫我这口气怎么能忍得下！我早就想杀了张一城，刚才是个好机会，所以我就下手了！还有最重要的一个原因，那就是我跳伞逃生时本想留在最后，找机会带着父亲一起跳伞，谁知道张一城那混蛋居然把我先推出去，还高尚地以为把活的希望留给了我！"

　　"你不怕我们发现？"我愤愤地问道，同时心说，没想到张一城好心没得好报，早就埋下了祸根。

　　"怕什么！我的秘密已经让韩小强知道了，如果山缝尽头是出口，能够逃出去，他肯定要揭穿我，不如先替我父亲报仇！"胡亮咬牙切齿地说。

　　我又恨又悲，原来身边的战友才是敌人，才是杀死同胞的凶手。我提着枪，想要杀了胡亮，以祭张一城的在天之灵。可是，我扣了好几次扳机，没有一次能够下手。以往，我杀敌人不会手软，何况眼前的人如此可恶，杀掉了张一城。我静静地站着，良久问了一句话："胡亮，我有个问题想问你。"

"问什么？"胡亮喘息着。

"你除了有机会杀掉张一城，也有机会杀了我们，为什么没有下手？"我怔怔地问。

胡亮先是一愣，然后小声说："我本来没有杀人的打算，如果能逃出雪山，我就永远不会再回去了。我只想找个地方隐姓埋名，过自己的日子，不去管国家间的仇恨。可是……"

"你是日本人？"杨宁忽然问。

"我母亲是中国人，我父亲是日本人。"胡亮对我们说，"可我母亲因为跟日本人在一起，被当地人欺负而死，后来我父亲又被家族人排挤，所以我后来是在德国长大的，在那里学会了日语和德语。"

我欷歔地看着胡亮，眼前的这位战友已经变得很陌生了，原来的胡亮已经死了。这一个胡亮，命运很悲惨，但悲惨的命运不是杀人的借口。

这时候，杨宁突然问韩小强："你呢，你怎么会喊出日语？"

韩小强眉毛一竖："我和胡亮相反，我母亲是日本人，我父亲是中国人。我父亲因为反对日本侵略中国，被日本当局迫害，我母亲就带着我逃回中国……这才是我真实的身份，我现在的资料都是假的，但我不像胡亮甘愿出卖中国。"

胡亮哼哼地笑了笑："韩小强，你好像忘了一件事，你也没对刘安静讲真话吧。"

"你还有什么秘密瞒着我们？"我惊讶地问。

韩小强不想说，可胡亮却一脸坏笑道："他……他根本不是男人！她是个女人！"

46. 距离天堂最近的地方

"你是女人？"我忍不住大声地问。

韩小强显得很不好意思，胡亮不怀好意地大笑一声，然后趁我们不注意，抓起地上的枪就自杀了。枪声回荡在山缝的巨大空间里，回声久久不消失，像是胡亮的灵魂在发疯般地狂笑。我看着胡亮的尸体，不知道要怎么处理，还是干脆留在原地，我们去找出路逃出雪山。

"刘安静，你在难过？为了胡亮？"杨宁好奇地问我。

"我不知道。"我回答，事实上我的确不知道。

"真没想到，胡亮会是内奸，那个日本军官是他父亲。"杨宁叹道。

我把视线移到韩小强身上，问："我更没想到，你是女人，你真的是……"

话音未落，小山的山面跳下来一道蓝影，我和杨宁躲开了，但韩小强被蓝影撞到了，一起滚下小山。我急忙抓着枪追下去，蓝影肯定就是格雷提过的怪物了，可惜现在还没看见格雷，不知道他去哪儿了。杨宁跟我跑下小山，追了很远，都没能赶上和蓝毛怪物纠缠在一起的韩小强。

"是她，是她！"杨宁边追边喊，"她是个女人，是她把我打晕，然后塞进油桶里，我想起来了！"

我追下去时，嘴里进风了，好不容易才大声问："韩小强是女人，这到底怎么搞的？她后来一直跟我们在一起，怎么能把你打晕了？"

"我不是说韩小强，我是说那个蓝毛怪物，她不是怪物，她是一个女人！"杨宁大叫道。

我来不及多问，追下去要救韩小强，免得又有一个战友死在面前。一路滚下去，韩小强后来抓住了一个石块，止住了跌势，否则这样下去，她不被蓝毛怪物杀死，也要活活摔死。我见状想过去擒住那只蓝毛怪物，怎知她一回头，我就僵住了。她真的是一个人类，一个女人，只是头发和身上的体毛都是蓝色的，这真是天下奇闻。

"你是谁？"杨宁举枪逼问。

"你们别过来，再过来额就杀了这个人！"蓝毛女人用一口陕西腔调回答。

我大吃一惊，这口音……这不是在雪山里求救的陕西女人吗，怎么会是这个蓝毛怪物？难道掉在雪山太久了，身体出现了变化，以致成了今天这副模样？可库恩也在雪山待了9年，他依旧英俊帅气，不疯的时候还特别精神，根本没有变成怪物的模样。不过，蓝毛女人的年纪好像很小，看起来应该没有赵菲那么大，虽然我们都没见过赵菲，但眼前的蓝毛女人分明是个几岁的孩子。

"你到底是谁？"杨宁逼问，不肯放下枪，这和她受过的心理创伤有关。

"额？额本来可以吃了你，但没吃，额是你的救命恩人！"蓝毛女人用力地压着受了伤的韩小强，回头对杨宁说。

"吃我？为什么没有这么做？"杨宁渐渐走近。

"因为你像额娘，额死去的娘。"蓝毛女人突然失落道。

"你娘？"杨宁愣住了。

我意识到了什么，顿时愣住了，这蓝毛女人该不会是赵菲在雪山上生下的女儿吧？

"额娘说她叫赵菲，额爹叫戈沃罗夫，额叫赵小丫！"蓝毛女人老实地回答。

我和杨宁同时深吸口气，这毛丫头居然是赵菲的女儿。按照库恩的说法，还有赵菲留下的日记，当时飞机撞山了，赵菲肯定还没有生下女儿，最多只是怀孕了。赵菲坚强地活下来后，估计那时候已经没有其他活口了，丈夫和库恩都跳伞跑了。为了活下来，赵菲才把飞机上死掉的飞行员做成肉干，一点点地吃掉，还把飞机当成一个窝——因为她要分娩了，必须蓄积能量！

我回忆了一会儿，赵菲的日记一开始是文字记载，后来就全部变成涂鸦了。我们还以为是赵菲疯掉了，不想再写日记，故而换成了乱涂乱画。现在看来，后来记日记的人不是赵菲，而是赵菲的女儿赵小丫！

"你娘呢？快告诉我们！"我们放松了警惕。

浑身蓝毛的赵小丫一手掐着韩小强的脖子，一手捏着把枪，不服气地说："额娘死了很久了！额娘叫额自己照顾自己！额饿了好几天了，你们又毁了额的窝，没东西吃啊，额要吃了你们！"

"等等！"我急道，"先别急，我们有吃的，你等等。"

我说完，从包里丢了两块巧克力过去，那是美国货，我们掉在雪山后一直不舍得吃。谁知道，蓝毛赵小丫抓起巧克力，连着包装袋咬了一口，大骂东西不好吃，没有人肉好吃。我心一沉，赵小丫跟寻常人不同，她可能从小看见赵菲吃人肉，已经习惯做个食人族了。赵菲只教给赵小丫生存的本领，其他人类所需要知道的事情，赵菲一件都没有教给她。

眼看赵小丫要对韩小强下手，我就又喊了一句，想要转移赵小丫的注意力："等等，小妹妹。你前几天是不是用无线电呼救了？"

　　赵小丫果然上当了："额在山崖上的窝喊着玩的，学额娘，她以前经常那样喊。后来额娘腿受伤了，不能动了，过了好多天就死了。"

　　我目瞪口呆，本想转移赵小丫的注意力，没想到反被她将了一军。原来不久前，赵菲死掉了。我一阵恶心，赵小丫的一生就这样毁了，现在把她带出去，估计不会适应人类社会。可是，我一想到以后还有战友坠落在雪山上，赵小丫会把他们当成食物，心里就有一种复杂的感觉。不过，赵小丫好像并不爱吃人，因为她那时拖着胡亮父亲的尸体到冰塔林时，可能是想储存食物。那时有只雪豹杀出来，赵小丫就丢下尸体去追雪豹。这些都是格雷用坦克里望远镜看到的，但喜马拉雅山的雪豹数量锐减，很难再遇到了。

　　赵小丫猛料不断，说完这话，又瞪着我骂咧咧道："额真的好饿了！在雪谷里，额本来打死了两个人，想要吃的。可你们从洞里出来，吓死额了，额就跑了。"

　　我惊愕地完全说不出话来了，没想到当时和张一城钻出洞穴营地，是赵小丫救了我们，并没有所谓的神秘人。因为我们还未走出山洞，所以赵小丫并没有看见我们，只看见风雪里的两个鬼子。这误打误撞，反倒救了我和张一城，可惜张一城最后还是死于非命。

　　"我好饿，额要吃东西了，额要吃东西了！"赵小丫话一说完，想要去咬韩小强的脖子。

　　这时候，赵小丫的动作太大，推了推韩小强的额头，头上就掉下一顶头发——原来是假发。韩小强真是女人，假发下是一头短发，但看起来像个男人。赵小丫要咬人，我们正要过去制伏她，却见她拿起枪，朝韩小强身上打了一枪。韩小强使出最后的力气，抢过枪，反过来还击。

　　"等等，刘安静，别过去！"杨宁忽然大喊，"短发女人就是韩小强，我想起来了，我都想起来了，她会杀了你，你不要过去！"

　　杨宁喊的话太长了，我没听完就已经跑过去了，韩小强本来要开枪打赵小丫，谁知道赵小丫歪了下脑袋，子弹就射中了我的右肩。我中弹后倒在地上，往下面滚了好远，杨宁惊慌地追下去，亏得我抓住了石像的一只脚，这才没有像韩小强摔那么远。我刚想吃力地站起来，却听见小山上又响起一阵枪声。

　　"我没事，你别紧张，先扶我起来。"我安慰杨宁。

　　"天啊，我全想起来了，幸亏你没事！"杨宁激动道。

　　我带着疑问走上去，想要爬回去救韩小强，但刚才赵小丫打中了她的胸口，肯定没有活路了。我跟杨宁再回去时，看见韩小强和赵小丫都倒在血泊里，两个人都死了，最后一枪打中了赵小丫的眉心。我站在罩着红色雾气的小山上，想搞清楚谁杀死了谁，却听到山下有人喊我的名字，那中文很烂，听着就知道是美国人格雷！

　　"格雷还没死？"杨宁对我喜悦道。

　　"我们先下去吧！"我顾不得埋尸体，现在右肩疼到心脏里了，拿枪的力气都没了。

　　"我扶着你，你慢一点。"杨宁小心翼翼地搀着我，没想到过了几天，现在换成杨宁照顾我了。

　　我们走下小山后，格雷想来抱住我，当发现我身上有伤，马上问怎么了。我把赵小丫的事情告诉格雷，他才说刚才在山下看见蓝毛怪物，所以一枪打向怪物的眉心，并不知道那是一个小女孩。我苦笑一声，本以为赵小丫是被韩小强打死的，没想到是格雷。杨宁没等格雷问话，她就把库恩的遗言、张一城被杀死、胡亮是内奸、韩小强意外死在赵小丫手上的这些事情讲了一遍。

　　格雷接连喊了几声"Oh my God！"，惊讶得瞪大了眼睛，他不敢相信离开一小时就发生了天大的变化。接着，格雷看我受了伤，问我要不要先

去处理伤口，这样下去会流很多血。我咬牙说还撑得住，然后用英文问："你刚才去哪儿了，为什么喊你，你都不回话？"

格雷情绪很激动，他走往小山的另一端，向我和杨宁挥手，用英文说道："我走到了这边，看见了很美丽的景色，这里真的是距离天堂最近的地方啊！"

47. 永生

在小山的另一端，笼罩着很多红雾，比另一边浓烈得多。我忍着伤痛走过去，看见那里的地上裂开了一个大口子，比起我们跳下来的山缝口子还要宽，最宽的地方起码有几百米。在这条裂缝里，红雾不断地从底下吐出来，原来这就是红雾的源头。

"好美的雾。"我惊叹一声。

"刘安静，快看，红雾里有金红色的光！"杨宁指着裂缝里头，大喊一声，"库恩说得没错，裂缝里有空间裂缝，那里能通去新疆！"

格雷对库恩提出的理论还不了解，只知道个大概，但他觉得这里就是天堂了，因为红雾的尽头实在太美了，加上金红色的光芒在雾气深处闪烁着，这种场景能够见一次就满足了。杨宁叫我先坐下，要给我处理伤口，然后说有很重要的事情要告诉我。格雷本来很有兴致欣赏裂缝里的奇景，但知道死了好几个人，心里顿时难过悲痛，也不怎么说话了。

"刘安静，你还记得我精神不稳定时，跟你说你已经死了吗？"杨宁问我。

"记得啊，你提这事干吗？"我说完，又问，"对了，你说我会死在短发女人的手里，你怎么会知道今天的事？"

"我都想起来了，我们有机会逃出雪山了！"杨宁对我说。

原来，杨宁在三个月前坠机时，她的飞机卡在另一头的山缝里，无奈之下，她就跳伞了。同一架的飞机活下来三个人，另有一个人坠机时就死了。他们三个人跳进山缝里时，一路走到这处小山附近，看见了冒着红烟和金红光芒的裂缝。谁知道，当他们看得入神时，裂缝里爬出来几个蒙面人，一起把他们三个人制伏了，并拖进了裂缝深处。

接下来的事情，杨宁就记得她被关进山洞里了，被关的还有其他人，甚至还有日本人。过了一段时间，杨宁被迫去修一架C-54远程运输机残骸。修了快三个月，杨宁找机会逃了出来，并拿走了一份地图。逃了几天，杨宁才在一个雪山山洞里找到一处裂缝，当她滚进去时，就到了雪谷外面了，后面的事情就是和我一起经历的了。

"你是说，库恩提到的这个空间裂缝，不一定会通往固定的地方？你第一次从里面到了另一个地方，然后再从那边逃过来，却到了雪谷外面。"我慢慢消化着。

"这其实不难理解。"杨宁的确很聪明，已经领悟了库恩提出的原理，"喜马拉雅山经常地震，气候最为异常，这里的空间裂缝有大有小，分布在雪山各个角落，当然不一定会回到山缝里了。"

我好奇地望裂缝里瞥了一眼，问道："那你说的蒙面人真的有吗？他们在哪儿？新疆吗？"

"应该是天山那一带，我看见雪山了，还以为在喜马拉雅山，那三个月的折磨让我疯了，但现在完全好了。"杨宁欣慰道，"你一开始应该发现了吧，我如果真的在喜马拉雅山待了三个月，既然没死，那应该适应了高原气候，那么我在雪谷时怎么会有强烈的高原反应？因为我在的雪山是天山。"

我佩服地点头："你挺会分析的，我真没想到这一点。要是我们出去

了，把鬼子赶走了，你也去做个科学家吧。"

杨宁叹了口气："可能没有机会了，我怕我……"

"怎么了？"我心里七上八下地问。

"我不知道库恩是不是遗漏了什么，当我穿过裂缝时，金红色的光芒给我脑海里投射了好几个画面，非常真实。"杨宁忧心忡忡地对我说，"第一个是一个日本鬼子死在我面前，第二个是你被短发女人打中右肩，第三个画面就是……"

"就是什么？"我害怕地追问。

"我死了。"杨宁很简单地回答，不想让我太在意。

"这……"我不知要说点什么，难道穿过空间裂缝时，会有未来空间的画面投影在人脑上？

杨宁已经完全清醒了，她现在说的话都能够相信。她提到三个画面，已经实现了两个：第一个是死去的日本鬼子，她那时疯掉了，以为见鬼了，所以拿我的枪打死了鬼子；第二个是我被短发的女人打死，其实是打中右肩，但也很像被打死的样子；第三个就是杨宁自己死去的画面。我想要问第三个画面是怎样的，可不懂怎么开口，难道要问，你是怎么死的？

想了很久，我才说："或许第三个画面是几十年后了，人终归有一死。"

杨宁在替我止血，听我这么说，她就抬起头说："不，有的人不会死。张一城、库恩、韩小强，还有坠毁在驼峰航线上的战友们，他们不会死，他们会永生，永远活在这个世界上。"

我皱起眉头，听着这句文绉绉的话，心想杨宁真有文化，我读的书也多，但就说不出来。当伤口包扎好了，杨宁就起身跟格雷商量，待会儿要一起爬进裂缝深处。我受了伤，爬行很不方便，但只有这条出路了，不然后面的路已经被堵起来了，想退回去也办不到。杨宁已经经历过了，库恩最后的遗言也给了她理论上的支持，我们没有理由再去怀疑，只是裂缝口似乎不稳定，它不一定能够通往安全的地方，万一通往另一个危险的地震带怎么办？

"再危险的地震带也比不过喜马拉雅山！"杨宁笑着对我说。

我努力记住杨宁的一颦一笑，还有格雷的样子，生怕转眼就会失去最后两个战友。格雷拥抱了我一会儿，嘱咐我爬下去时一定要小心，别还没到金红光芒处就摔下去了。我笑了笑，没有回答，只是在做最后的准备。我大概永远不会再回到这种恐怖的地方了，所以离开前，把韩小强、胡亮和赵小丫都堆进一团乱石子里，当做他们的坟墓。

我、格雷和杨宁每人对韩小强的墓敬礼，但面对赵小丫的墓时，我们只鞠躬了，没有敬礼。最后，到了胡亮的墓，我们三个人默默地站了很久，鞠躬不是，敬礼不是。过了很久，大家什么动作都没有做，当看到幕布钻出的石像赶到这边了，我们才急忙回到裂缝边，准备进入未知、神秘的金红色光芒里。

终于，逃离雪山时刻来临了，我又不舍地回头，虽然看不到张一城、库恩、韩小强了，但不管怎么样，他们真的永生了，他们会永远活在我的心里。尽管没人会知道这些事情，但我们一开始就知道自己不需要被世人记住，我们只需要彼此间能够记住。

随着石像的逼近，我们一起爬进裂缝里，过程持续了几分钟，很快就接触到那道很长很宽的光芒。那感觉就像秋天里午后的阳光，暖暖地晒在身上，让人觉得好舒服。裂缝里有不少黑云沉积着，里面也有金红色光芒，大概是另一种板块撞击出来的能量。到了现在，也有人把那些东西叫做球形闪电，我没有见过球形闪电，但看书上的描述，应该是相差无几。

爬进金红色的光芒里后，我们就穿了过去，到达了一处阴冷的山洞里。杨宁很快确认，那就是她被蒙面人拖出去的山洞，附近肯定有一架

C-54残骸。格雷跟着我们走出山洞，看到外面狼烟四起，很明显这里也在打仗。杨宁告诉我，当时坠落在喜马拉雅山的C-54飞机肯定掉进了空间裂缝里，落到了山洞外面，但唯一能够保持形态的就只有山洞深处的这条金红色光芒。

"我们炸掉它吧，这样一来，就没人再能从这里去到喜马拉雅山了。"我提议道。

杨宁拍手答应："我也是这么想的。我们三个月前飞到喜马拉雅山上空，接收到奇怪的信号，其实就是蒙面人发出去的。我不知道他们的来历，但他们这样会影响战友飞越驼峰航线，不如封掉这条能量最强的裂缝。"

格雷也点头同意，然后我们就找了找背包，每个包里都翻出几支手榴弹，原来库恩偷偷地给大家都准备了。我们一起找出近二十个手榴弹，接着大家就跑到远处，不停地往山洞里投掷，终于炸掉了这处山洞。

事情到了这里，那就告了一段落，可是却还不能呼应故事的开头。因为在后面，还有一小段故事，故事虽短，但却改变了我的一生。

48. 壮志凌云

　　我们从山洞里逃出来后，很久才弄清楚，这一带真的是新疆，具体位置是在伊犁的一座高山上。杨宁说的那群蒙面人已经不见了，山洞里的监狱也被炸毁了，我们过了几天才知道，当地发生了暴乱，一场战争又打起来了。

　　1943年7月3日，当地的一伙土匪在伊宁屠杀当地汉族军民，奸淫汉族妇女。同时，苏联间谍带领苏军特种部队在果子沟切断了进入伊犁的唯一公路——迪伊公路。土匪的暴动很快成功，幸存的国民党守军掩护一部分伊宁居民撤退到了惠远老城和艾林巴克。

　　我们逃出山洞，知悉了战事后，又想马上回到云南，又想帮助新疆人民。最后，我们发现蒙面人留下的C-54远程运输机在反动势力的手里，于是悄悄潜进敌营里，趁他们去攻击另一波势力时，抢走了那架C-54远程运输机。

　　这样的描述，让我们看起来像小偷，但那架C-54飞机本就是我们的，或者说格雷他们国家的。如果继续被反动势力霸占，不知要给他们增添多少欺负百姓的力量。格雷跳上飞机后，高兴地坐到机长驾驶位置上，大叫摸着飞机的仪器真过瘾，要是能一直驾驶飞机该多好。杨宁爬上飞机后，

本想要检查一下，可敌对势力已经发现了我们，所以格雷就马上启动飞机，我负责调整仪器，接着就冲上了云霄。

"刘安静，幸亏我们来得快，原来他们今天下午要把飞机卖给苏联！"杨宁坐在后舱，翻了几份文件，震惊道，"那群蒙面人可能就是靠盗卖军火破烂发财的，这群王八蛋，没什么本事，就会发国难财！"

"那他们怎么不见了？"我想起山洞那边的营地，连战友都不见了。

"不是说发生暴乱了吗，估计都被战火逼走了，这架飞机也是敌对势力抢过来的，根本没给钱。"杨宁鄙夷道，"黑吃黑真方便。"

格雷把飞机开上天空后，确认燃油足够飞回云南，于是就决定回云南去报告在雪山上发生的事故。我也很想回去，经过了那几天的折腾，又救回了杨宁，心里头有太多太多的话要跟战友们说。可是，就在格雷要调头时，杨宁在后舱吓得大叫了一声。我的神经一直绷紧着，总觉得事情还没完，又一次听到惊叫声，潜意识里就想最害怕的事情要来了！

"刘安静，你快看后舱里有什么！"杨宁颤抖地撩去一片帆布帘，那后面竟然有一具裸女石像。

"这鬼东西怎么爬上来的，我们不是炸掉山洞了吗？"我吓得马上爬出副驾驶的座位，想要过去把石像推出飞机外面。

"不行，你不能推出去，下面都是百姓的房子，你会害死无辜的人！"杨宁阻止我。

"那怎么办？"我无奈道，必须趁裸女石像还没动时，先将它解决了。

"我想，这应该是敌对势力从蒙面人那里抢来的，它们可能要卖给国外的商人。"杨宁惊恐道，"现在石像好像还处于休眠期……不对，它动了！"

"妈的，真是阴魂不散！"我怒道，可飞机下面都是民屋，丢下去会害了其他人。

接下来，杨宁去检查了后舱的各个角落，没有再发现石像，但发现了一个保险柜。那个保险柜和库恩找到的差不多，都有苏联的文字。我心里大骇，难道戈沃罗夫准备了两个保险柜？要不然两个柜子怎么那么像。在喜马拉雅山的保险柜里有一盘能杀人的胶片，难道这一个保险柜里也有同样的胶片？

这时候，杨宁完全愣住了，我想问怎么了，格雷却叫快点回到驾驶座上，飞机出现问题了！不管格雷怎么努力，飞机上的仪器都不能用了，可起飞前检查时明明都是好的。杨宁望着动过一次的石像，后怕地回到前舱，告诉我们必须跳伞了。

"为什么？"我奇怪地转头，"你不会跳伞跳上瘾了吧，把飞机开回去，起码一次能抵三架普通运输机的运输量呢。"

"天啊，你还不知道怎么回事吗？"杨宁在颠簸的飞机里大声说，"其他战友可能和我想的一样，一边假意修飞机，一边留下安全隐患，直到起飞后才会出事。你们控制不了飞机了，赶快找一个地方着陆！"

飞机有隐患？还是战友留的圈套？

我和格雷一时无语，赶紧回头，寻找刚才的机场降落，尽管机场可能聚集很多敌对势力了，但现在飞机颠簸得太厉害，真要跳伞的话，成功几率会很小。格雷和我都明白，现在必须有个人掌控飞机，否则飞机会马上坠毁。格雷驾驶着飞机，冒险回到原来的机场，可是那天能见度是零，要降落却看不见机场了，连稍微平整的草地都看不见。

我们在上空盘旋了好一会儿，不时有人用炮往上空轰击，底下的人可能以为是敌机。格雷仔细找了好久，打算找个云缝飞下去，却怎么都没有缝隙。我们在航线上被零式机追杀也躲过了，但在这种天气情况下却无计可施，总不能什么都看不见，开着飞机冲下去，谁知道会不会撞到山上。

飞机盘旋了好一会儿，实在坚持不住了，格雷就放弃了着陆，开着飞机到一处山野，以免飞机坠毁砸到民屋。飞机终于支持不住了，而石像动作的幅度也逐渐加大，杨宁就把伞包给我穿上，叫我第一个先跳伞。格雷把飞机开到了新疆伊犁的一片森林上，这里人烟很少，平时不会有人来。

我站在舱门口，不愿意往下跳，就让杨宁先跳，我和格雷随后跟下去。这一次，格雷依旧以机长的身份，命令我们先跳，他要最后一个才肯跳伞。可是这一次不同上一次，飞机维持不下去了，最后一个人肯定没时间跳伞，会跟着飞机坠毁在森林里。

"刘安静，你先跳吧！"杨宁劝我，看我不答应，她就先把那尊石像推出了舱门。

我不肯，想脱掉伞包，杨宁就说："你不要磨蹭了，浪费大家的时间有什么意思？"

"那你先跳！"我争道。

杨宁忽然对我笑了笑，叫我给她个拥抱，我迷糊地抓着舱门，被杨宁紧紧地抱了好一会儿。松开了我，杨宁把个包交给我，对我说包里是蒙面人留下的资料，还有保险柜的钥匙及密码，刚才她已经把那沓资料看过一遍了，现在想让我先带着资料下去等她。我没有接过包，杨宁就直接把包挂在我脖子上，然后冷不防地推了我一把，我就硬生生地掉出了飞机外。

那一刻，我感觉时间已经静止了，杨宁冲我笑了笑，在风中大喊："我是死在天上的！"

难道……第三个画面是……

我从高空坠落时，心里一直在回忆杨宁最后的微笑，过了好一会儿才有意识地拉开了降落伞包。紧接着，飞机上又有一个人跳了下来，那个人不是杨宁，而是美国人格雷。我不知道杨宁有什么方法逼格雷先跳伞，但格雷肯定不是情愿跳下来的。我和格雷还没降落到森林里，C-54远程运输机就摇晃着坠毁在云杉森林里了。

很可惜，那晚格雷跳伞时出了意外，摔断了大腿。因为在当地得不到良好的救治，死在了新疆伊犁，是我亲手把格雷葬在云杉森林外，让他与飞机长眠在清幽的地方。

飞机坠毁的那天，我一落地就去找残骸，途中遇到了格雷，发现他的大腿断掉了。我背着格雷去找飞机残骸，想确认杨宁是否幸存下来了。可格雷告诉我，杨宁不可能有生还的希望，因为他一跳出来飞机就完全失去控制了。

在森林里，我找到了起火的残骸，它的每一处都被大火烧着，白漆变成了红漆。格雷忍着剧痛，问我杨宁之前给我一个包，里面有什么文件，叫我拿出看一看。我本来想背着格雷去森林外找医生，可他坚持要看文件，所以我就把包拉开。包里面有一叠文件，还有一把钥匙跟一组密码。不想，森林里吹进来一阵强风，我抓在手里的文件都被刮进火里，烧成了灰烬，除了保险柜的密码，我什么都没有记住。天上已经积了厚厚的乌云，大有暴雨将至的势头。本来我想等大火灭了再亲手埋葬杨宁。可没想到飞机坠落惊动了新疆伊犁的反动势力，他们全副武装地杀进来，一时间云杉森林中枪林弹雨。我忍着伤痛，背起格雷往森林另一头跑，天上也开始下大雨，无意中给我们添了一道迷蒙的屏障，躲过了反动势力的追杀。

然而事情总有两面性，我们虽然被暴雨所救，但雨势太大，数小时候后那拉提山爆发山洪，冲毁了大片云杉森林。等雨停后，我连续几天在那拉提山脚下的云杉森林里搜索，却始终找不到那架飞机残骸。

在奔逃时格雷可能还伤到了内脏，他在我背上一直无力地呻吟，并告诉我杨宁问他要了一把枪，可能杨宁想要自杀，改变她看见过的第三个画面。格雷当时身上只有一把枪了，枪里也只有一枚子弹，杨宁却笑说已经

够了。不过，飞机迅速地失去了控制，在摇摆的机舱里，杨宁没有机会自杀，第三个画面还是成真了。

这些战友们都死后，我一个人留在伊犁，帮助一些人脱离敌对势力的控制，但没有对谁提起我曾在驼峰航线效力。

1949年，中国人民解放军挥师西进，昔日的叛乱者见势不妙，纷纷逃遁，新疆终于恢复了和平。

后来，我一直都没有勇气再进入那片森林，可能是害怕面对杨宁的尸骨吧。到了这些天，我才听说有人发现了当年的飞机残骸，于是我就走了进来，走进这片承载了很多记忆的森林里。

——这就是我要讲的故事，没有被世人知道的故事，也没有必要被知道。

49. 等待

　　刘安静老人讲的故事很长，直到凌晨一点钟时，我和美国朋友琳达才听完。我们一起坐在牧民的帐包里，一边喝热茶，一边听故事。好几次，我都有身临其境的感觉，刘安静老人讲故事的辞藻不华丽，也不巧妙，正是源于他的真实经历，才让我和琳达一句话、一个字都没有打断，听完后才惊呼不已。

　　"黄千山，这趟来新疆真的值得了，居然听到了这样精彩的故事。"琳达惊叹不已。

　　我望着刘安静老人，他爬满皱纹的脸颊流下了泪水，我沉默了很久才说："刘大爷，我很少夸别人，但你和那些战友们太让人敬佩了。你能跟我们去一趟美国吗，驼峰航线还有一些战友活着，琳达的祖父就是其中一员，他们一定很想见你。"

　　刘安静老人抹掉泪水，摆手不干："我老了，走不动了，也不想坐飞机了。过去的就让它过去吧，没必要搞什么纪念会。"

　　我不想勉强老人，除了赞美的话，不知道还能说些什么。刘安静老人在1943年的经历太特别了，没有跟他一起出生入死，无法对那些经历做出评价。我和琳达看时间晚了，本想离开帐包，让刘安静老人好好休息。可我们一起身，刘安静老人却叫住我们，说还有个东西要给我们看。

"刘大爷，你还有什么宝贝，难道是保险柜的钥匙和密码？"琳达喜道。

"当然不是了！"刘安静老人猛地摇头，"那保险柜开不得，我不是在故事里给你们讲明白了吗，你们这群年轻人就是不肯听话。"

"那……刘大爷，你要给我们看什么啊？"我又坐了下来。

刘安静老人从一本书里抽出一张纸，纸张过塑了，看得出老人很珍惜这张纸片。老人拿在手上，问我："你叫什么名字来着？黄千山是吧？"

"对啊，老人家，你记性真好。"我恭敬地接过纸张，答应道。

然后，刘安静老人又问琳达："你祖父也是那时候的飞行员，你是美国人？现在要为纪念驼峰航线的活动找资料？"

琳达点头，微笑道："是啊，刘大爷。今天能见到你，我们就已经很满足了！"

"那你们看看这张纸，上面写的是什么？"刘安静老人有意要考我们。

我和琳达在昏暗的帐包里，看了那张纸，上面写了一首诗——

等着我吧，我会回来

只是你要苦苦地等待

等到那愁煞人的阴雨

勾起你忧伤满怀

等到大雪纷飞

等到酷暑难耐

等到别人不再把亲人盼望

往昔的一切

一股脑儿抛开

等到遥远的家乡

不再有家书传来

心灰意冷

都已倦怠

等着我吧,我会回来

不要祝福那些人平安

他们口口声声地说

算了吧

等下去也是枉然

纵然爱子和慈母认为

我已不在人间

纵然朋友们等得厌倦

在炉火旁围着

啜饮苦酒

把亡魂追念

你可要等下去

千万不要同他们一起忙着举起酒盏

等着我吧,我会回来

死神一次次被我挫败

就让那不曾等待我的人

说我侥幸

感到意外

那些没有等下去的人不会理解

亏了你的苦苦等待

在炮火连天的战场上

　　是你把我从死神手中拯救出来

　　我是怎样死里逃生的

　　只有你和我两人明白

　　只因为同别人不一样

　　你善于苦苦等待

　　"老人家，这是……"琳达看完后，不明白地问。

　　"黄千山小伙子，你看得明白吗？"刘安静老人笑着问我。

　　我把纸片还回去，然后说这是一首叫做《等着我吧》的诗歌，写于苏联卫国战争初期。1942年1月，许多文学家和音乐家准备撤往大后方，暂住莫斯科旅馆，诗歌的作者西蒙诺夫把他的诗集送给了作曲家勃兰切尔。勃兰切尔为此诗感动，随后即谱了曲。

　　当时，苏联面临德国法西斯军队进攻，国家处在艰难之中，这首诗描写了战士的希望和妻子对丈夫忠贞不渝的爱和信念，一经发表争相传抄，给了战士以极大鼓舞，有的战士特意把此诗抄在信中寄给妻子。有位战士在战后写信给西蒙诺夫说："您的诗，以及您在诗中所表达的对亲人深切的爱，支持我们度过战争岁月。"

　　战后，西蒙诺夫以此诗为题，写了一出多幕话剧，导演戈尔恰可夫特意要求将由勃兰切尔谱曲的《等着我》保留在剧中。

　　我把这首诗歌的来历都讲了一遍，刘安静老人就对我鼓掌："小伙子，不错啊，真是个好翻译！做翻译啊，就是要懂得很多文化，光懂外语可不行。"

　　"您过奖了。"我不好意思道。

　　琳达好奇地问："刘大爷，你拿这张纸片考我们，有什么特别的原因吗？"

这时候，刘安静才告诉我们，在C-54残骸坠落十五年后，也就是1958年7月5日，有一个人留了一张纸片在刘安静的帐包里。纸片的只言片语都在透露等待的辛苦与甜蜜，这让刘安静老人有了个很虚幻的希望，他一直认为是当年某一位"死"去的战友偷偷送给他的。可是，在我们听到的故事里，刘安静的战友应该全都死了，不可能还有人活下来，或许那只是无聊人随地乱扔的纸片罢了。

"我就知道你们不信，其实我也不信，但这首诗写得太入我心了！"刘安静老人很珍惜地收起来，笑着说，"所以啊，我留在这里帮助别人，顺便等待那些战友们，说不定谁真的活了下来。"

"是吗？"琳达搭腔。

"那当然，小姑娘，世界上有太多奇妙的事情，你不信，它就不存在，如果你信了，那至少还有一个希望。"刘安静老人十分乐观。

我不忍打破刘安静老人的幻想，但如果当年真有人活下来了，肯定会去云南与战友们会合，或者是来见刘安静。可是，两边都没信，看来人真的死了。只不过，杨宁在飞机上看见了什么文件，她临终交给刘安静的那个包里是什么机密呢？蒙面人已经不见了，他们留下的资料全在飞机上，敌对势力本来要运着这些东西去国外，但却被刘安静抢在前头了。

我问了刘安静老人，难道不想知道那些文件里有什么内容，杨宁死前交给他是何用意。可是，刘安静老人却说，在经历了那么多之后，很多事情已经没兴趣再知道了。他只想等待某个战友来找他，所以他一直住在新疆，哪里都不肯去。

那天，我们聊到很晚，直到刘安静老人打了个哈欠，我和琳达才和老人家告别。走出帐包的那一刻，我忍不住问自己，刘安静老人这么坚定地等待，他会等到某个战友来找他吗？

50. 花儿为什么这样红

第二天，技术人员在森林里处理发现的C-54残骸，我和琳达去现场看着。刘安静老人依旧不答应把保险柜的钥匙和密码交出来，我们不好强迫老人家，所以就答应他不去强行开启保险柜。谁知道，里面是不是也有一个石头人的胶片盘，我们可不想找死。

飞机残骸清理出来后，我们只找到一具尸骸、保险柜、手枪、一发子弹，其他就没有发现了。关于石头人，我们在森林里搜索过，也没有任何发现。这究竟是老人说大话，还是石头人自己走掉了，我们以后有的是时间去琢磨。

在森林里，我和琳达着手清理残骸时，脑海里依旧回荡着刘安静老人说的话，那晚他讲的故事太震撼了。可是我不明白，韩小强修好放映机后去找人，为什么没有出声，如果喊出声了，或许张一城就不用死了。还有，胡亮根本没必要朝刘安静老人举枪，大可以趁乱打死韩小强，一了百了，因为当时他们都以为是韩小强在作怪。昨晚，我本想在刘安静老人面前提问，可看他老泪纵横，便不忍心去纠结那几位飞行员厮杀的事情。

对此，琳达倒有自己的见解，她清理飞机时对我说："韩小强去找人，没喊出声，估计刘大爷到现在都纳闷。我想，韩小强是情报人员，她多虑的性格才导致了当时的情况。你还记得吗，韩小强的包掉在山缝里，她如果不是跟胡亮厮打过，就是被赵小丫袭击过一次，当时包就掉了。"

"刘大爷的确提过，韩小强的包掉了，里面有日文密函。"我回忆道。

"韩小强在黑暗中很难找回包，又不敢打亮手电，怕让其他人发现自己的位置，于是就先往前逃了。韩小强会以为，胡亮想趁机除掉她，而她丢失了重要的证据，到时候百口莫辩，胡亮能不趁机抹黑她吗！"琳达对我分析。

"你说得有几分道理，不过那都是后面的事情了，韩小强修好机器后为什么不是一开始就喊人呢？"我还是不明白。

"韩小强不会喊的！修好一台放映机，需要的时间很长，至少不是几分钟能修好的。韩小强修完机器后，可能才察觉到异常，胡亮他们这么久没回来，她就料想张一城可能遇害了。胡亮肯定一直认为，飞机坠毁后，他父亲在油桶里还活着，如果没有把油桶放到残骸外，或许能救回来。"琳达说得头头是道，"后来韩小强才想起来，山缝里的黑暗环境是个报仇的好机会，万一前面有出口，胡亮那就要错失机会了。既然张一城已经死了，韩小强就没必要再喊了，从一开始她就已经意识到结果了。"

我不禁感叹，真是细节反映一切真相，琳达分析得应该八九不离十了。韩小强一开始就不出声，是不想让胡亮知道有人来找他们了。怎料，韩小强还是被发现了，和胡亮厮打的过程中逃走了。那个过程里，韩小强依旧不出声，是因为她身上有日文密函，也知道胡亮已经洞悉了她的身份。那时候要是出声，胡亮肯定倒打一耙，因此只能逃走。

琳达分析完了，便问我："黄千山，那胡亮为什么要朝刘大爷举枪？我觉得根本没有必要，不如一枪打死韩小强，不给她解释的机会。"

关于这一点，我也很好奇，已经想了一晚上了。于是，我对琳达说："如果我猜得没错，胡亮的毛瑟手枪已经没有子弹了！否则，胡亮在追逐

的过程中早就开枪了，还用等到对峙时吗？"

"那为什么不在追逐的过程中逃走？"琳达想不通。

"当时的环境决定了一切。一个人是走不出喜马拉雅山的，他们都受了伤，在没有走到尽头时，胡亮肯定会这么想，他需要同伴，所以不可能一个人跑掉。"我对琳达说，"其实，就算胡亮的枪里还有子弹，他可能也不会开枪了。我听刘大爷的描述，胡亮应该还有良知，他杀了张一城后估计就后悔了。后面的事情都是胡亮在演戏，内心挣扎罢了。死前硬要装出自己就是大恶人的姿态，这在心理学上很常见。胡亮举起空枪，无非是想让战友杀死自己，免了心理上的折磨，报仇后的心态多是如此。"

交谈中，我们把飞机残骸完整地清理出来，将其拖出了云杉森林里。可我依旧有很多疑问，恨不得亲自去一趟喜马拉雅山，重回当年刘安静老人走过的地方。

当天下午，我和琳达又去找刘安静老人，想要去拜祭英勇的飞行员格雷。刘安静十分乐意，带着我们到了森林的一边，那里鸟语花香，也没什么游客，很是安静。格雷的坟墓很干净，刘安静老人可能经常来看战友，所以打扫得很整洁。我们本来带了鲜花过来，想要献给格雷，以表敬意，却看见坟墓边上长了好多小红花，红得十分鲜艳，可我和琳达都叫不出花名。

"这些花只在这边长，别的地方没有，不骗你们！"刘安静老人笑着说。

我跟琳达拜祭时，刘安静老人就在一旁跟格雷说，你老乡来看你了，开心吗？琳达笑了笑，拜完后，她祖父打了一个越洋电话过来。琳达的祖父想和刘安静说说话，虽然彼此不认识，但特殊的感情很难说明白，仿佛他们就是一群失散多年的家人。刘安静老人一开始不想接电话，后来被我和琳达劝了一下，这才拿起手机。

别看刘安静老人一只脚都快进棺材了，但他说起英语来，竟比我这个做翻译的还要流利。我和琳达相顾而笑，刘安静老人能讲那么地道，估计到坟墓这边叙旧时，和格雷讲的都是英文。到现在，中国的老人里能讲那么好英文的，恐怕没有多少个了。刘安静老人怕给琳达增加经济负担，只讲了一小会儿电话，然后就挂断了。

刘安静老人虽然倔强，但和琳达祖父通过电话后，他开始有想见一见其他战友的打算，可他还是不想离开这片森林。

终于，在2002年10月前夕，我和琳达成功地动员了刘安静老人，邀请他去一趟美国，见一见其他驼峰航线时期的飞行员。在那次活动中，我陪着刘安静老人，参观了和琳达等人一起整理的历史资料、照片、文件。刘安静老人忍住眼泪，慢慢地看完，还请我们帮他照相，想要留下一个纪念。

聚会时，刘安静老人很快和美国飞行员熟络起来，巧的是，有一个美国老人竟和刘安静在云南打过几次交道，他们到现在都还记得那时候的经过。大家围拢在一起，回忆当年的往事，然而在说起刘安静在喜马拉雅山上的经历时，他总是三缄其口，不愿意多谈。除了最后的那次飞行，刘安静对那以前的事情却都讲了出来，大家时而哭，时而笑。我和琳达坐在一旁，欣慰笑着，这样就够了。

在那次活动中，琳达还请了一位美国的人类学家，给我们解释了赵小丫为何会全身蓝毛。当然，琳达并没有透露赵小丫是谁，只是问人类有没有可能发生基因变异，导致毛发变色。那位人类学家对我们说，人类不论肤色如何，毛发不是黑色就金黄色，甚至红色，极少有蓝色。可不久前，美国的几位生理学家在智利的一座高山上，发现了一个世界上罕见的蓝毛人群。

被发现的蓝毛人生活在海拔6600多米的高山峡谷之中。那里空气稀薄，含氧量还不到平原地区的一半，探险者在这里好不容易才生活了几周。蓝色人的毛发之所以是蓝色，是因为高原氧气稀薄。要知道，人类体

内的血红蛋白担负着输送氧气的特殊使命，称为人体内运氧的船队。氧合血蛋白把氧释放出去之后，变成还原血红蛋白，这种血红蛋白便略呈蓝色。毛发的根部在皮肉里，如果人类体内的血氧长期不足，毛发的颜色很容易就会变为蓝色。

我也曾做过医学类的翻译，对人类学家的解释略懂一二，缺氧有时不仅导致毛发变蓝，甚至血液都能变成蓝色。赵小丫一出生就在海拔6000米以上的高原严寒地带，加之她是混血儿，身体极可能产生了变化。出生后，赵小丫吃的东西和一般人类也不同，发展的结果自然会很特异。那位人类学家还告诉我们，平原上也有过一些病人有蓝毛症状，这都是严重缺氧造成的，但案例极少。平原上的蓝毛人不及高原上的蓝毛人，高原蓝毛人尽管缺氧，但力气很大，没有出现体弱多病的现象，这应该是长期适应下来的结果。

我听完人类学家的讲述，心说难怪刘安静老人把赵小丫描述得这么强悍，还以为他故意夸大了。当时在山缝里，韩小强被赵小丫制伏了，一来是她力气本身很大，二来是韩小强受了伤，身体一直很虚弱，爬下山缝以及厮打追逐时都已经耗尽体力了。很长一段时间里，韩小强都曾让人搀扶着，被扑倒而无法反抗，那就不足为奇了。

活动举行后，我和琳达又一起把刘安静老人送回新疆伊犁，他比谁都要着急，就怕错过和某位战友见面的时机。当然，没有人来找过他，除了1958年神秘出现的诗歌纸片，一直就风平浪静了。关于飞机残骸里的保险柜，我们没有去开启它，现在保险柜被放在云南的一个档案馆里，好好地封存着，或许将来的某一天，有缘人会得见里面藏了什么东西。

事情到了这里，算是真正地告了一个段落。

2002年11月，我和琳达拜别了刘安静老人，准备各回各家。谁知道，这时候又传来一个令人不解的消息：当时，我和琳达在森林里发现的飞机

残骸里有具尸骸，刘安静老人把飞机所有的特征都讲明了，因此我们就以为那尸骸是杨宁的，也就是一名女性的尸骸。

可是在11月的那天，我们竟然接到法医的电话，他从提取的尸骨上暂时没有分析出尸骸的身份，但他百分百肯定尸骸的主人是男性。

这个消息让我很纳闷，那时候飞机不是只有杨宁在上面了，如果不是她的尸骸，那会是谁的？杨宁后来到哪儿去了？我站在草原上，准备去伊宁机场赶飞机回昆明时，回头看了一眼绿色的大草原，心想也许刘安静老人是对的，有些事情值得等待，但愿他的等待能够开出美丽的红花，也希望我能很快听到他的好消息。

坐着车前往机场，风景像倒带一样，从我眼前往后移动。我耳边响起了一个声音，它念着那首苏联名诗的一段——

等着我吧，我会回来

死神一次次被我挫败

就让那不曾等待我的人

说我侥幸

感到意外

那些没有等下去的人不会理解

亏了你的苦苦等待

在炮火连天的战场上

是你把我从死神手中拯救出来

我是怎样死里逃生的

只有你和我两人明白

只因为同别人不一样

你善于苦苦等待

后记

算起来，《死亡航线》是我的第六部小说了。

就我个人而言，我最喜欢、最满意的作品就是《死亡航线》。这部小说很早就在我脑海里成型了，灵感来自多年前去云南找一个老茶人，从他那里听说了驼峰航线的事情，并知道云南和西藏有数架驼峰坠机。那时候，我就开始注意找一些资料，拜访一些那时候的老人。

当然，我承认这部书是故事、小说，不是纪实文学，多少有点编造的成分。如果写成纪实文学，恐怕大家没有兴趣看下去，会觉得很枯燥无味，全是堆砌一些无聊的数据罢了。从我听到的故事里，那些飞行员的经历都称得上传奇，甚至他们留下的坠机残骸，在神秘的山野老林里也带着神秘的味道。

驼峰航线，一个美丽又悲壮的名字，由战士们的白骨、飞机的残片、无数的英魂组成。驼峰坠机的分布区域很广，在广西、云南、四川、重庆以及西藏都有过发现。如今，很多坠机仍未被发现，许多美国老兵一直苦苦找寻。有些飞行员跳伞逃生了，却消失在雪山上。如果换作是我们，当时遇到那样的情况，没有任何救援，靠着身上简单的装备，我们能逃出去吗？

每当我问自己时，便觉得那不是有趣，而是一种痛苦的无助感。尽管

如此，飞行员们还是坚持飞越危险的驼峰航线，那是何等的勇气。

《死亡航线》的灵感来自云南的数位老人，但我写到一半时，脑子里想的却是《泰坦尼克号》这部电影。我个人最喜欢听着音乐写故事，从第一个字写出来，到本书最后一个字，我都在听《泰坦尼克号》的原声音乐。那部经典的电影以发现一艘著名沉船为引子，讲述了一段浪漫感人的爱情故事。到了我这里，讲述一架在新疆发现的二战坠机，引出了关于悬疑、求生、冒险、友情等元素的故事。

故事写到最后，和我的最初大纲已经完全不一样了，但里面提到的谜其实都已经解开了。至于故事末尾提到的尸骸不是女性，而是男性，以及刘安静老人手里的那张苏联名诗是谁给的，找个机会，我会一一告诉大家。

现在，是跟大家说再见的时候了。不久的将来，我还会给大家讲述更精彩的故事。

谢谢。

金万藏

2011年7月13日